JOSTEIN GAARDER

O DIA DO CURINGA

Tradução:
JOÃO AZENHA JR.

43ª reimpressão

Fundação Nacional do Livro Infantil e Juvenil
FNLIJ
ALTAMENTE RECOMENDÁVEL

SEGUINTE

O selo Seguinte pertence à Editora Schwarcz S.A.

Grafia atualizada segundo o Acordo Ortográfico da Língua Portuguesa de 1990, que entrou em vigor no Brasil em 2009.

Título original:
Kabalmysteriet
Tradução autorizada pelo autor,
a partir da versão alemã de Gabriele Haefs

Capa:
Sabine Dowek

Preparação:
Márcia Copola

Revisão:
Larissa Lino Barbosa
Juliane Kaori

Atualização ortográfica:
Verba Editorial

Os personagens e situações desta obra são reais apenas no universo da ficção; não se referem a pessoas e fatos concretos, e sobre eles não emitem opinião.

Dados Internacionais de Catalogação na Publicação (CIP)
(Câmara Brasileira do Livro, SP, Brasil)

Gaarder, Jostein, 1952-
O dia do Curinga / Jostein Gaarder ; tradução João Azenha Jr. — 1ª ed. — São Paulo : Companhia das Letras, 1996.

Título original: Das Kartengeheimnis.
ISBN 978-85-7164-540-0

1. Ficção norueguesa I. Título.

96-0616 CDD-839.823

Índice para catálogo sistemático:
1. Ficção : Literatura norueguesa 839.823

EDITORA SCHWARCZ S.A.
Rua Bandeira Paulista, 702, cj. 32
04532-002 — São Paulo — SP
Telefone: (11) 3707-3500
www.seguinte.com.br
contato@seguinte.com.br

/editoraseguinte
@editoraseguinte
Editora Seguinte
editoraseguinteoficial

JOSTEIN GAARDER

O DIA DO CURINGA

Tradução:
JOÃO AZENHA JR.

41ª reimpressão

Fundação Nacional do Livro Infantil e Juvenil
FNLIJ
ALTAMENTE RECOMENDÁVEL

SEGUINTE
O selo jovem da Companhia das Letras

O selo Seguinte pertence à Editora Schwarcz S.A.

Grafia atualizada segundo o Acordo Ortográfico da Língua Portuguesa de 1990, que entrou em vigor no Brasil em 2009.

Título original:
Kabalmysteriet
Tradução autorizada pelo autor,
a partir da versão alemã de Gabriele Haefs

Capa:
Sabine Dowek

Preparação:
Márcia Copola

Revisão:
Larissa Lino Barbosa
Juliane Kaori

Atualização ortográfica:
Verba Editorial

Os personagens e situações desta obra são reais apenas no universo da ficção; não se referem a pessoas e fatos concretos, e sobre eles não emitem opinião.

Dados Internacionais de Catalogação na Publicação (CIP)
(Câmara Brasileira do Livro, SP, Brasil)

Gaarder, Jostein, 1952-
O dia do Curinga / Jostein Gaarder ; tradução João Azenha Jr. – São Paulo : Companhia das Letras, 1996.

Título original: Das Kartengeheimnis.
ISBN 978-85-7164-540-0

1. Ficção norueguesa I. Título.

96-0616 CDD-839.823

Índice para catálogo sistemático:
1. Ficção : Literatura norueguesa 839.823

[2021]

EDITORA SCHWARCZ S.A.
Rua Bandeira Paulista, 702, cj. 32
04532-002 — São Paulo — SP
Telefone: (11) 3707-3500
www.seguinte.com.br
contato@seguinte.com.br

/editoraseguinte
@editoraseguinte
Editora Seguinte
editoraseguinteoficial

SUMÁRIO

ESPADAS

♠

PAUS

♣

CURINGA

OUROS

COPAS

Há seis anos, em frente às ruínas do antigo templo de Posêidon, no cabo Súnio, eu olhava para o mar Egeu. Há cento e cinquenta anos o padeiro Hans chegava à misteriosa ilha no Atlântico. E há exatos duzentos anos o navio de Frode naufragava na viagem entre o México e a Espanha.

Tenho de voltar tantos anos no tempo para entender por que mamãe nos deixou e fugiu para Atenas...

Gostaria muito de pensar em outra coisa. Mas sei que preciso tentar escrever tudo enquanto restar em mim um pouco da criança que fui.

Sentado à janela da sala em Hisøy, observo as folhas caindo das árvores. Elas planam no ar e pousam na rua formando um acolchoado macio. Uma garotinha brinca lá fora, amassando com os pés as folhas e as castanhas que caem das árvores por entre as cercas dos jardins.

Nada parece ter sentido.

Quando penso nas cartas da paciência de Frode, tenho a impressão de que o equilíbrio da natureza desapareceu por completo.

ESPADAS

ÁS DE ESPADAS

...um soldado alemão passou pedalando pela estrada...

Nossa longa viagem para a pátria dos filósofos começou em Arendal, uma antiga cidade portuária no Sul da Noruega. Atravessamos a distância de Kristiansand até Hirtshals a bordo do *Bolero,* e não há muito a contar sobre a viagem pela Dinamarca e pela Alemanha. Tirando Legoland e o gigantesco porto de Hamburgo, tudo o que vimos foram rodovias e pequenas propriedades rurais. Somente quando chegamos aos Alpes é que as coisas realmente começaram a acontecer.

Tínhamos um trato, meu pai e eu. Eu não ficaria irritado quando tivéssemos de viajar compridos trechos antes de pararmos em algum lugar para dormir, e ele não fumaria no carro. Para agradar a ambos, decidimos que faríamos muitas pausas para ele fumar um cigarro. Essas pausas são o que tenho de mais vivo na memória de toda a viagem até a Suíça.

Sempre começavam com uma pequena palestra do meu pai sobre algum tema que lhe ocorria à direção do carro, enquanto eu, no banco de trás, lia um gibi do Mickey ou jogava paciência. Na maioria das vezes tratava-se de alguma coisa que tinha a ver com mamãe. Quando não, ele discorria sobre qualquer um de seus temas prediletos.

♠

Desde que voltara a terra firme, depois de muitos anos no mar, ele se interessava, por exemplo, por robôs. Até aí nada de extraordinário; em se tratando de meu pai, porém, a coisa não parava por aí. É que ele estava plenamente convencido de que um dia a ciência conseguiria produzir seres artificiais. Não esses robôs idiotas de metal, que ficam acendendo luzinhas verdes e vermelhas e falam com uma vozinha oca. Não, meu pai acreditava que um dia a ciência ainda iria produzir gente mesmo, seres pensantes como nós, só que artificiais. E tem mais: no fundo ele já achava que todas as pessoas eram artificiais.

"Somos bonecos vivos", ele costumava dizer, principalmente depois de ter bebido umas duas ou três doses.

Em Legoland, eu o surpreendi pensativo diante dos enormes bonecos feitos de peças de Lego. Perguntei-lhe, então, se estava pensando em mamãe.

— Imagine se de repente tudo isso ganhasse vida, Hans-Thomas — disse ele. — Imagine se, de uma hora para outra, todos esses bonecos saíssem andando no meio dessas casinhas de plástico. O que nós faríamos?

— Você está louco — limitei-me a dizer, pois tinha certeza de que os outros pais que visitavam Legoland com seus filhos não diziam essas besteiras.

Decidi pedir-lhe um sorvete. Sabia que o melhor momento para lhe pedir alguma coisa era quando ele começava a externar suas ideias malucas. Acho que ele tinha a consciência um pouco pesada por estar sempre me amolando com esses assuntos; e quando meu pai está com a consciência pesada, sua tendência é ser mão-aberta. Já ia abrindo a boca para pedir o sorvete quando ele disse:

— No fundo somos todos figuras de Lego, só que vivas.

Meu sorvete estava garantido: meu pai finalmente começara a filosofar.

♠

Queríamos ir a Atenas, só que não para passar férias de verão: em Atenas, ou em algum outro ponto da Grécia, queríamos procurar mamãe. Não tínhamos certeza de que iríamos encontrá-la; e, caso a encontrássemos, não tínhamos certeza de que ela voltaria conosco para a Noruega. Mas precisávamos tentar, dizia meu pai, pois nem ele e nem eu podíamos suportar a ideia de ter de passar o resto de nossas vidas sem ela.

Mamãe tinha nos deixado, meu pai e eu, quando eu tinha quatro anos. É por isso que continuo a chamá-la de "mamãe". Quanto a meu pai, aos poucos o fui conhecendo melhor, e um dia não me pareceu mais adequado chamá-lo de "papai".

Mamãe quis sair pelo mundo para se encontrar. Meu pai e eu podíamos até entender que a mãe de um garoto de quatro anos se sinta perdida algum dia. E demos a ela todo o nosso apoio nesse projeto de se encontrar. Só que eu nunca consegui entender por que ela teve de ir embora para realizar seu desejo. Não consegui entender por que ela não pôde fazer isso dentro de casa mesmo, em Arendal, ou então por que não se contentou com uma viagem até Kristiansand. Meu conselho para todos os que querem se encontrar é continuarem bem onde estão. Do contrário, é grande o risco de se perderem para sempre.

Já fazia tanto tempo que mamãe tinha ido embora que eu já nem me lembrava muito bem como ela era. Só sabia que era muito mais bonita do que todas as outras mulheres. Pelo menos era o que dizia o meu pai. Ele também dizia que quanto mais bonita uma mulher, tanto mais difícil era para ela se encontrar.

Desde que mamãe desaparecera, eu a procurava por toda a parte. Toda vez que passava pela praça do mercado de Arendal achava que de repente ela ia aparecer bem na minha frente; e quando visitava minha avó em Oslo, meus olhos não se cansavam de procurá-la. Mas nunca a encontrei. Só a revi quando meu pai trouxe para casa aquela revista grega de moda. *Lá* estava mamãe: na capa da revista e também na matéria de dentro. As fotos mostravam muito bem que ela ainda não tinha se encontrado. Isso porque não era minha mãe que estava retratada ali: as fotos mostravam claramente que ela tentava parecer outra pessoa. Meu pai e eu tivemos muita pena dela.

Minha tia-avó tinha trazido de Creta a revista de moda. Na Grécia, segundo ela disse, a revista com as fotos de mamãe estava exposta em todas as bancas de jornal. Era preciso apenas atirar alguns dracmas sobre o balcão para levá-la para casa. Achei essa ideia um tanto estranha. Aqui na Noruega a gente vinha procurando mamãe por todos esses anos e lá na Grécia ela sorria para todo mundo na capa de uma revista.

— Diabos... como é que ela foi entrar nessa? — perguntou meu pai, coçando a cabeça. E embora tivesse ficado irritado, recortou todas as fotos e as pregou na parede do quarto. Lindas fotos de alguém que se parecia com mamãe mais do que qualquer outra pessoa, achava ele.

E foi então que meu pai decidiu que tínhamos de viajar à Grécia para procurá-la.

— Precisamos tentar trazê-la de volta para casa, Hans-Thomas — disse ele. — Se não fizermos isso, o meu medo é que ela naufrague nessa aventura de moda.

Não entendi muito bem o que ele quis dizer. Já ouvira falar de barcos e navios que tinham naufragado, mas não sabia que as pessoas também podiam naufragar em aventuras. Hoje sei que todo mundo deve ter muito cuidado com elas.

Quando paramos num posto de estrada perto de Hamburgo, meu pai começou a falar sobre o pai dele. Eu já conhecia a história toda, mas aqui, com todos aqueles carros alemães passando por nós em alta velocidade, era outra coisa. É que o pai do meu pai era alemão. Hoje não há nada de excepcional nisso, pois os filhos de alemães são gente como qualquer outra. Mas para mim é fácil falar. Não tive que sentir na própria pele o que é crescer sem pai numa cidadezinha do Sul da Noruega.

Acho que o fato de estarmos na Alemanha motivou meu pai a falar sobre os pais dele.

Todos sabem que não é fácil conseguir alguma coisa para comer em tempos de guerra. Minha avó também sabia disso quando pegou a bicicleta e foi para Froland colher uvas-do-monte. Naquela época, tinha dezessete anos. O problema é que um pneu da bicicleta dela furou.

Esse passeio para colher uvas-do-monte acabou sendo um dos acontecimentos mais importantes da minha vida. Talvez soe um pouco estranho dizer que o acontecimento provavelmente mais importante da minha vida se localize mais de trinta anos antes do meu nascimento; mas se naquele domingo minha avó não tivesse tido um problema com o pneu da bicicleta, meu pai nunca teria nascido. E se ele não tivesse nascido, eu também não teria tido chance alguma.

O que aconteceu foi que minha avó, com o cesto cheio de uvas-do-monte, teve um problema com o pneu da bicicleta lá em Froland. É claro que ela não tinha levado ferramenta nenhuma para consertar o pneu furado; e mesmo que tivesse tudo o que fosse necessário, dificilmente teria conseguido remendar o pneu sozinha.

Foi então que um soldado alemão passou pedalando pela estrada. Embora fosse alemão, não era um sujeito dos mais belicosos. Aliás, foi até muito cordial com aquela jovem, que não ia conseguir levar para casa seu cesto cheio de frutinhas. E para completar a cena, ele tinha consigo todos os apetrechos necessários para remendar a câmara de ar do pneu.

Se meu avô tivesse sido um daqueles perversos infames, como eram chamados todos os soldados alemães baseados na Noruega naquela época, simplesmente teria passado pela minha avó e nem teria parado. Mas é claro que não foi isso o que aconteceu. O mais provável, aliás, é que minha avó tivesse empinado a cabeça e se recusado a aceitar qualquer ajuda do poder de ocupação alemão.

O problema é que o soldado alemão acabou gostando daquela jovem que estava em apuros. E acabou também sendo o culpado pela maior infelicidade dela. Mas isso só alguns anos depois.

Quando chega neste ponto da história, meu pai sempre acende um cigarro. É que minha avó também se interessou pelo soldado alemão. O nó da questão está aí. Ela não apenas agradeceu ao meu avô por ter consertado o pneu da bicicleta, como também aceitou voltar junto com ele para Arendal. Uma coisa é certa: minha avó era uma mulher desobediente e tola. O pior de tudo é que ela se dispôs a continuar se encontrando com o suboficial Ludwig Messner.

E foi assim que minha avó se apaixonou por um soldado alemão. Infelizmente, nem sempre a gente pode escolher a pessoa por quem se apaixona. Se bem que ela poderia ter tomado a decisão de não se encontrar mais com ele enquanto ainda não estivesse apaixonada. É claro que ela não fez isso. E o resultado foi que depois teve de arcar com as consequências.

Meus avós se encontravam às escondidas. Se as pessoas de Arendal tivessem desconfiado que minha avó tinha encontros secretos com um alemão, ela teria sido enxotada da "boa" sociedade local. Naquela época, as pessoas normais só tinham uma alternativa: combater os alemães e não manter nenhum tipo de relação com eles.

No verão de 1944, Ludwig Messner foi mandado de volta para a Alemanha, a fim de defender o Terceiro Reich alemão no front oriental. Quando o trem que o levava partiu de Arendal, ele desapareceu para sempre da vida da minha avó. Nunca mais ela ouviu falar dele, nem mesmo quando, muitos anos depois de terminada a guerra, resolveu procurá-lo. Afinal, não tinha certeza absoluta de que ele tombara na luta contra os russos.

O passeio de bicicleta até Froland e tudo o que se seguiu a ele poderia ter caído no esquecimento se minha avó não tivesse ficado grávida. Isso deve ter acontecido pouco antes da partida do meu avô para o front oriental, mas ela só descobriu que estava grávida algumas semanas depois.

A partir daí começou a comer o pão que o diabo amassou, como diz o meu pai. E nesse ponto da história ele sempre acende outro cigarro. Meu pai nasceu pouco antes da libertação, em maio de 1945. Logo que os alemães capitularam, minha avó foi presa pelos noruegueses que odiavam as norueguesas que tinham se envolvido com soldados alemães. Infelizmente não eram poucas e as que mais sofreram foram as que tiveram um filho com um alemão. A verdade é que minha avó se envolvera com meu avô porque o amava, e não porque ele era nazista. Aliás, ele também não era o estereótipo do nazista. Antes que eles o pegassem pelo colarinho e o mandassem para a Alemanha, ele e minha avó tinham feito planos de fugir para a Suécia. O que os demoveu dessa ideia foram os boatos de que os guardas de fronteira suecos abatiam a tiros os desertores alemães que tentavam atravessar a fronteira.

O povo de Arendal caiu de pau em cima da minha avó. Rasparam-lhe a cabeça, espancaram-na, pisotearam-na, e tudo isso embora ela tivesse acabado de ter um filho. Na certa, Ludwig Messner teria se comportado bem melhor. E digo isso sem o menor peso na consciência.

♠

Sem um fio de cabelo na cabeça, minha avó teve de viajar para a casa do tio Trygve e da tia Ingrid em Oslo. Arendal deixara de ser um lugar seguro para ela. Como não tinha cabelos, precisou usar um boné mesmo com as temperaturas aumentando na primavera. Sua mãe continuou morando em Arendal, e cinco anos depois do fim da guerra minha avó e meu pai voltaram para lá.

Nem minha avó nem meu pai quiseram perdoar o que tinha acontecido em Froland. Não os julgo por isso. A única coisa que podemos criticar é a medida e a extensão do castigo pelo que aconteceu. Uma questão interessante, por exemplo, é saber por quantas gerações se estende a pena por um delito. É claro que minha avó teve a sua parcela de culpa na gravidez, coisa que, aliás, nunca contestou. Um pouco mais difícil, a meu ver, é saber se também é correto punir o filho.

Já pensei muito sobre isso. Meu pai veio ao mundo por meio de um pecado original — mas não é verdade que todas as pessoas podem ir buscar suas raízes lá em Adão e Eva? Tudo bem, a comparação não é boa: num caso a culpa foi da maçã, no outro das uvas-do-monte. Mas, afinal de contas, uma câmara de ar de pneu de bicicleta também não se parece com a serpente que tentou Adão e Eva?

Seja como for, todas as mães sabem que não podem ficar se recriminando a vida inteira por causa de uma criança que já nasceu. E, na minha opinião, é um absurdo ficar punindo a própria criança por isso. Acho que até o filho de um alemão tem direito a uma vida feliz. Nesse ponto, porém, meu pai e eu não tínhamos exatamente a mesma opinião.

Para encurtar a história, meu pai cresceu com o rótulo de filho de alemão. É verdade que os adultos de Arendal tinham parado de espancar as "putinhas de alemães", mas os filhos desses adultos continuavam a zombar dos filhos de pais alemães. É que as crianças simplesmente adoram imitar as infâmias de seus pais. Tudo isso para dizer que meu pai teve uma infância difícil. E aos dezessete não aguentou mais. Embora gostasse muito de Arendal, resolveu abraçar a vida de marinheiro e saiu para o mar. Só sete anos depois voltou para Arendal. Nessa ocasião ele já tinha conhecido minha mãe em Kristiansand. Eles se mudaram para uma velha casa em Hisøy e foi ali que eu nasci, em 29 de fevereiro de 1972. Dessa forma, é claro que também eu tenho de carregar a minha parcela de culpa pelos acontecimentos de Froland. E é isso que chamamos de herança do pecado original.

Depois de uma infância como filho de alemão e de sete anos no mar, meu pai passou a ter um certo fraco por bebidas alcoólicas. Um fraco e tanto, para dizer a verdade. Dizia que bebia para esquecer. Mas é exatamente nesse ponto que estava errado, pois justo quando bebia é que começava a falar sobre meus avós e sobre sua vida como filho de alemão. Acho que a bebida só o ajudava a se lembrar melhor das coisas.

Depois de ter me contado novamente a história da sua vida numa estrada perto de Hamburgo, ele disse:

— E foi então que sua mãe desapareceu. Quando você foi para o jardim de infância, ela conseguiu seu primeiro emprego como professora de dança. Mais tarde começou a trabalhar como modelo. Por causa da profissão, ela precisava viajar constantemente para Oslo. Chegou mesmo a ir duas vezes para Estocolmo. E um belo dia não voltou mais para casa. Tudo o que recebemos foi uma carta, em que ela dizia que tinha arranjado um emprego no exterior e não sabia quando ia voltar. Sabe, fala assim quem vai ficar uma ou duas semanas fora. E já se passaram mais de oito anos desde que ela se foi...

Tudo isso eu também já tinha ouvido muitas vezes, só que dessa vez meu pai acrescentou um dado novo:

♠

— Na minha família sempre faltou alguém, Hans--Thomas. Sempre houve alguém que se perdeu. Acho que deve ser uma espécie de maldição. Uma maldição de família.

Quando ele disse "maldição", senti pela primeira vez um friozinho na espinha. E continuei pensando no assunto quando voltamos para o carro. Cheguei à conclusão de que meu pai estava certo.

Juntando tudo, faltavam a ele e a mim um pai e um avô, uma esposa e uma mãe. E acho que meu pai ainda estava pensando numa outra coisa quando falou em maldição. É que o pai da minha avó tinha morrido quando ela era pequena, atingido por uma tora enquanto trabalhava no corte de árvores. Portanto, minha avó também tinha crescido sem um pai de verdade. Talvez por isso ela tivesse tido um filho com um soldado alemão, que foi mandado para morrer no front. E talvez por isso esse seu filho tivesse se casado com uma mulher que decidiu ir a Atenas para se encontrar.

♠

DOIS DE ESPADAS

...Deus está lá no céu e ri das pessoas que não acreditam nele...

Na fronteira com a Suíça, paramos num posto muito esquisito, que tinha apenas uma bomba de gasolina. De dentro de uma casinha verde saiu um homem tão baixinho que na certa devia ser um anão ou coisa parecida. Meu pai abriu um enorme mapa viário e perguntou ao homem sobre o melhor caminho para se atravessar os Alpes até Veneza.

Com uma vozinha fraca e de timbre agudo, o anão explicou o caminho ao meu pai e indicou uma estrada no mapa. Ele só sabia falar alemão, mas meu pai traduziu para mim o que ele tinha dito: ele nos aconselhou a pernoitar num pequeno povoado chamado Dorf.

Enquanto falava, ele não tirava os olhos de mim. Era como se em toda a sua vida nunca tivesse visto uma criança. Acho que gostou de mim porque tínhamos exatamente a mesma altura. Quando quisemos prosseguir nossa viagem, ele me deu uma pequena lupa dentro de um estojinho verde.

— Leve-a — disse ele, com sua vozinha característica. (Meu pai traduziu para mim.) — Eu mesmo poli esta lente há muitos anos. Ela foi feita de um velho pedaço de vidro que encontrei no estômago de um cervo ferido por um caçador. Em Dorf você vai achar utilidade para ela, ah, se vai... isso eu te garanto, meu jovem. Pois uma coisa é certa: logo que eu te vi, tive certeza de que você vai precisar dessa pequena lupa em sua viagem.

Eu me perguntei se o povoado chamado Dorf seria tão pequeno que a gente só conseguiria encontrá-lo com uma lupa. Antes de entrar novamente no carro, estendi a mão ao anão e agradeci-lhe pelo presente. Sua mão era tão pequena quanto a minha, se bem que muito mais fria.

Meu pai baixou o vidro do carro e acenou para o anão, que retribuiu o aceno abanando os bracinhos.

— Vocês são de Arendal, não são? — perguntou ele quando meu pai dava a partida no motor.

— Somos sim — respondeu meu pai, e saiu.

— Como é que ele sabe que a gente é de Arendal? — perguntei.

Meu pai me olhou pelo espelho retrovisor:

— Não foi você que disse a ele?

— Não.

— Foi sim — insistiu ele. — Pelo menos não foi por mim que ele ficou sabendo.

Mas eu sabia que não tinha dito nada, e mesmo que tivesse, o anão não teria entendido. Afinal, eu não sabia falar uma palavra de alemão.

— Por que será que ele era tão baixinho? — pensei em voz alta quando chegamos à estrada principal.

— Você não sabe? — perguntou meu pai. — É que ele é um daqueles seres artificiais. Foi um mágico judeu quem o criou há muitos e muitos séculos.

É claro que eu sabia que meu pai estava brincando. Mesmo assim perguntei:

— Quer dizer que ele deve ter algumas centenas de anos?

— Você não sabia disso também? — perguntou meu pai. — Esses caras artificiais não envelhecem como a gente.

♠

E essa é a única vantagem de que eles podem se vangloriar. Em compensação é uma vantagem muito importante, pois significa que eles não morrem nunca.

Durante a viagem, peguei a lupa e fiquei vendo se meu pai tinha piolhos. Não tinha, mas na sua nuca cresciam alguns pelos horríveis.

Não muito longe da fronteira da Suíça encontramos uma placa com a indicação de Dorf. Viramos numa pequena estrada, que conduzia suavemente montanha acima. Era uma região deserta; lá em cima, perto dos picos, só havia algumas poucas casas de madeira espalhadas entre as árvores.

Logo escureceu, e já estava quase pegando no sono quando despertei ao ouvir meu pai dizer:

— Pausa para um cigarrinho.

Descemos do carro e respiramos o ar puro dos Alpes. Era noite. Lá no alto, o céu estrelado parecia um cobertor elétrico com milhares de pequenas lâmpadas, cada uma com um milésimo de watt. Meu pai foi fazer xixi no acostamento. Quando voltou, acendeu um cigarro, apontou para o céu e disse:

— Somos uns caras danados mesmo, meu filho. Veja você... não passamos de figurinhas de Lego tentando ir de Arendal até Atenas num pequeno Fiat! Que coisa, hein? E dentro de um grãozinho de ervilha! Sim, porque lá fora, quer dizer, fora dessa vagem em que vivemos no nosso grão de ervilha, Hans-Thomas, existem muitos bilhões de galáxias. Cada uma delas possui algumas centenas de bilhões de estrelas. E só Deus sabe quantos planetas existem! — Bateu a cinza do cigarro e continuou: — Não acredito que estejamos sozinhos, meu filho. Não acredito mesmo. O universo está fervilhante de vida. Só que nunca saberemos se estamos ou não sozinhos. As galáxias são como ilhas solitárias, sem qualquer ligação entre si.

♠

É verdade que se podia criticar muita coisa no meu pai, mas nunca achei chato conversar com ele. Ele é o tipo de pessoa que nunca iria se contentar com uma vida de mecânico. Se dependesse de mim, ele teria direito a um salário do governo como filósofo. Certa vez ele mesmo disse algo nesse sentido: "Temos ministérios para tudo, mas não para a filosofia. E até os países grandes acham que podem dar conta de suas tarefas sem ela".

Com o peso daquela herança que eu tinha sobre os ombros, tentava participar das conversas filosóficas que meu pai sempre começava quando não estava falando de mamãe. Naquele momento, eu disse:

— O fato de o universo ser tão vasto não significa necessariamente que a nossa Terra seja um grão de ervilha.

Meu pai sacudiu os ombros e acendeu outro cigarro. No fundo não estava particularmente interessado na opinião dos outros quando falava sobre a vida e sobre os astros. Nesse ponto era um homem seguro demais quanto à sua própria opinião. Em vez de comentar minha afirmação, disse:

— Com mil diabos, Hans-Thomas, de onde vêm as pessoas como nós? Você já pensou a respeito disso?

É claro que já tinha pensado muitas vezes; mas como sabia que minha resposta não ia adiantar muita coisa, deixei que ele continuasse falando. Nós nos conhecíamos fazia tanto tempo, meu pai e eu, que eu sabia que aquilo era o melhor.

— Você sabe o que a sua avó me disse um dia? Ela disse ter lido na Bíblia que Deus está lá no céu e ri das pessoas que não acreditam nele.

— E por quê? — perguntei. Perguntar era sempre mais fácil do que responder.

— Muito bem... — começou meu pai. — Se há um Deus, que nos criou, então de uma certa forma somos "artificiais" aos seus olhos. Falamos besteiras, discutimos e brigamos entre nós. Depois nos separamos e morremos, compreende?

♠

Somos superinteligentes: sabemos construir bombas atômicas e foguetes para ir à Lua. Mas nenhum de nós se pergunta de onde veio. A gente simplesmente se contenta em estar por aqui, dividindo com os outros este espaço.

— E é nessa hora que Deus ri de nós?

— Exatamente. Se *nós* fôssemos capazes de criar um ser artificial, Hans-Thomas, nós também iríamos rachar o bico de rir se esse ser artificial saísse por aí falando um monte de bobagens sobre os índices da bolsa de valores ou sobre corridas de cavalos, por exemplo, sem se perguntar a coisa mais simples e mais importante de todas: "De onde é que eu vim?".

E foi exatamente o que ele fez antes de prosseguirmos viagem:

— Devíamos ler mais a Bíblia, meu caro. Depois que Deus criou Adão e Eva, ele ficou andando pelo Jardim do Éden, observando os dois. Verdade... Ele ficava atrás de arbustos e árvores, observando direitinho tudo o que os dois faziam, entende? Deus não conseguia tirar os olhos deles, de tão fascinado que estava com a sua criação. E não o critico por isso. Não, não... posso entendê-lo muito bem!

Meu pai apagou o cigarro e com isso a pausa chegou ao fim. Fiquei pensando que apesar de tudo eu era um garoto de sorte: afinal, durante aquela viagem à Grécia ia poder usufruir de umas trinta ou quarenta paradas como aquela.

Dentro do carro, tirei novamente a lupa do estojo que o anão misterioso tinha me dado. Decidi usá-la para examinar a natureza mais de perto. Se me deitasse no chão e ficasse olhando um bom tempo uma formiga ou uma flor, talvez conseguisse descobrir alguns de seus segredos. E então poderia dar um pouco de sossego de presente de Natal ao meu pai.

♠

Subíamos cada vez mais. A viagem até Dorf parecia não ter fim.

— Você está dormindo, Hans-Thomas? — perguntou meu pai. E não faltava muito para isso quando me perguntou. Para não mentir, respondi que não e assim despertei um pouco.

— Sabe de uma coisa? — disse ele. — Começo a me perguntar se o anão não nos pregou uma peça.

— A lupa não estava no estômago de um cervo? — perguntei baixinho.

— Você está cansado, Hans-Thomas. Estou falando da estrada. Por que ele nos mandou para esse lugar tão afastado? A estrada principal também atravessa os Alpes. A última casa que eu vi já ficou para trás uns quarenta quilômetros e o último hotel, então, nem se fala.

Eu estava tão cansado que não quis responder. Pensei apenas que talvez merecesse o recorde mundial por amar o meu pai. Ele não tinha sido feito para ser um simples mecânico. Isso com toda a certeza. Deveria estar conversando com os anjos do céu sobre os mistérios da vida. Os anjos são mais inteligentes do que os homens. Isso também aprendi com o meu pai. Eles não são tão inteligentes quanto Deus, mas entendem tudo o que nós, humanos, somos capazes de entender, só que sem terem de ficar pensando sobre as coisas.

— Por que será que ele nos mandou para Dorf? — continuou meu pai. — Você vai ver que no fim ele acabou nos indicando um povoado de anões.

Aquela foi a última coisa que ele disse antes de eu adormecer. Sonhei com um povoado cheio de anões, todos muito simpáticos. Eles conversavam animadamente sobre todos os assuntos, mas ninguém era capaz de dizer nem de onde tinha vindo e nem para quê.

Acho que ainda me lembro de que meu pai me tirou do carro e me carregou no colo para a cama. Havia no ar um aroma de mel. E uma voz de mulher dizia: "Sim, sim. Naturalmente, *mein Herr*".

TRÊS DE ESPADAS

...um tanto estranho enfeitar o chão da floresta, tão longe do resto do mundo...

Quando acordei na manhã seguinte, vi que realmente tínhamos chegado a Dorf. Meu pai estava ao meu lado na cama e dormia. Já passava das oito, mas percebi que ele precisava dormir um pouco mais. Fosse a que horas fosse, ele nunca dispensava um copinho antes de dormir. Aliás, só ele mesmo falava em "copinho". Eu sabia que esse copinho de fato podia ser bem grande. E não apenas um, mas vários.

Pela janela, avistei um grande lago. Vesti as roupas depressa e desci para o andar térreo. Lá me encontrei com uma senhora gorda e simpática, que tentou conversar comigo, embora não falasse uma única palavra de norueguês.

— "Hans-Thomas", repetiu várias vezes. Ficou claro, portanto, que meu pai tinha me apresentado a ela enquanto eu dormia e depois tinha me carregado no colo para o quarto.

Fui até o gramado que se estendia ao redor do lago e resolvi experimentar um balanço que havia ali. Ele era tão grande, que eu podia ir mais alto do que os telhados das casas. Lá de cima eu olhava aquele povoado incrustado nos Alpes. E quanto mais alto eu balançava, tanto mais via da paisagem local.

Estava ansioso para observar a expressão de meu pai quando ele visse Dorf à luz do dia. Na certa ia ficar muito

♠

irritado. É que Dorf parecia uma cidade de bonecas, dessas que a gente encontra nos livros infantis ilustrados. Entre montanhas elevadas, cobertas de neve, havia duas ou três ruelas com algumas poucas lojas. Quando o balanço ia bem alto, eu tinha a impressão de estar vendo uma daquelas cidades de Legoland. A pensão em que estávamos hospedados era uma casa branca, de três andares, com marquises cor-de-rosa e minúsculas janelas de vidraças coloridas.

Quando eu já estava ficando cansado de balançar, meu pai saiu da pensão e me chamou para o café da manhã.

Entramos numa sala de refeições que talvez fosse a menor do mundo. Dentro dela só havia espaço para quatro mesas; e como se isso não bastasse, meu pai e eu éramos os únicos hóspedes. Ao lado da sala de refeições havia um grande restaurante, mas estava fechado.

Era óbvio que meu pai tinha a consciência pesada por ter dormido mais do que eu. Resolvi me aproveitar disso e pedi um refresco, em vez de experimentar o leite dos Alpes. Ele concordou imediatamente; em compensação, pediu "um quarto" para ele. Aquele pedido soou misterioso aos meus ouvidos; e pelo que colocaram no seu copo, pude suspeitar que se tratava de vinho tinto. Entendi, então, que só prosseguiríamos viagem na manhã seguinte.

Meu pai me disse que estávamos hospedados numa estalagem; mas tirando as janelas de vidro colorido, aquele lugar era como qualquer outra pensão que eu conhecia na Noruega. Em alemão, o nome da estalagem era Zum Schönen Waldemar, que quer dizer "Ao Belo Waldemar". Isso porque o lago que ficava ali perto se chamava Waldemar. Se eu não estiver muito enganado, um mesmo Waldemar deve ter dado o seu nome aos dois, ao lago e à estalagem.

— Aquele baixinho realmente nos levou no bico — disse o meu pai, depois de beber um gole do seu "quarto".

♠

Na mesma hora entendi que estava se referindo ao anão. Na certa ele também se chamava Waldemar.

— A gente acabou fazendo um desvio muito grande? — perguntei.

— Um desvio? Daqui até Veneza é tão longe quanto do posto onde paramos. Exatamente o mesmo número de quilômetros, entende? Quer dizer, cada quilômetro que andamos do posto de gasolina até aqui foi de todo inútil.

— Que merda! — exclamei. A convivência muito próxima com meu pai começava a colocar na minha boca um pouco do seu palavreado de marujo.

— Eu só tenho duas semanas de férias — prosseguiu ele. — E não podemos pressupor que vamos encontrar sua mãe assim que colocarmos os pés em Atenas.

— Por que não podemos prosseguir viagem hoje mesmo? — perguntei, pois para mim era tão importante encontrar mamãe quanto para ele.

— Como é que você sabe que a gente *não vai* prosseguir viagem hoje?

Preferi não responder. Limitei-me apenas a apontar para o seu "quarto".

Ele deu uma boa risada. E riu tão alto e tão gostoso que até a senhora gorda começou a rir, embora não fizesse a menor ideia do que falávamos.

— Nós chegamos aqui ontem por volta da uma da manhã — disse ele. — E acho que merecemos um dia de repouso.

Indiferente, sacudi os ombros. Achei que não podia protestar agora; afinal, quem tinha dito que não queria ficar só viajando o tempo todo, sem parar em lugar nenhum? Eu mesmo. Minha única dúvida era se ele realmente queria descansar, ou se ia ficar bebericando o dia inteiro.

Lá fora, no carro, meu pai remexia em uma mala. Ontem de madrugada, quando chegamos aqui, na certa

♠

estava cansado demais para pegar a única escova de dentes que tinha trazido.

Quando meu pai voltou, decidimos dar um passeio de verdade. A dona da estalagem mostrou-nos uma montanha, de cujo pico se podia ter uma bela vista, mas disse que já seria um pouco tarde para subir a pé até lá e depois ter de descer de novo. Foi então que meu pai teve uma brilhante ideia. Afinal, o que a gente faz quando quer descer de uma montanha bem alta, sem antes ter de escalá-la? Muito simples... a gente pergunta se há uma estrada para subir de carro. A dona da estalagem disse que sim, mas explicou que se a gente subisse de carro, para depois descer a pé, teríamos de subir de novo para ir buscar o carro.

— Vamos tomar um táxi — decidiu meu pai. E foi exatamente o que fizemos.

A senhora chamou um táxi e o motorista achou que a gente estava louco; mas meu pai tirou uns francos suíços da carteira e o motorista fez o que estávamos pedindo.

A dona da estalagem conhecia essa região melhor que o anão do posto de gasolina: mesmo sendo noruegueses, meu pai e eu jamais tínhamos visto uma montanha e uma paisagem assim tão lindas.

Bem lá embaixo — não sei a quantos metros de altura estávamos — o que víamos era um pequeno lago cercado por um amontoado de minúsculos pontinhos escuros. Eram as casas de Dorf e o Waldemarsee.

Embora estivéssemos no auge do verão, o vento lá em cima entrava pelas roupas. Meu pai disse que estávamos muito mais acima do nível do mar do que em qualquer montanha da Noruega. Até que fiquei bastante excitado com a ideia de estar tão alto, mas meu pai parecia um tanto desapontado. Ele me confessou que tinha escolhido justamente

♠

aquela montanha, porque esperava poder ver o mar Mediterrâneo ali de cima. Acho que ele também tinha esperança de ver o que mamãe estaria fazendo naquele exato momento lá na Grécia.

— Quando eu ainda era marujo, estava habituado justamente com o contrário — disse ele. — Podia ficar horas e dias no convés do navio, sem avistar nenhum pedaço de terra.

Fiquei tentando imaginar como seria ficar num navio sem ver terra.

— Era muito melhor — prosseguiu meu pai, como se tivesse lido meus pensamentos. — Eu me sinto aprisionado quando não vejo o mar.

Começamos, então, a descer. Seguimos por uma trilha no meio de árvores altíssimas, e também ali havia um aroma de mel no ar.

Depois de algum tempo caminhando, paramos para descansar. Tirei a lupa do estojo e, enquanto meu pai fumava, vi uma formiga subindo num graveto. Mas ela não ficava quieta e era impossível observá-la direito. Sacudi o graveto para que ela fosse embora e passei a examinar o próprio graveto. Aumentado, era bonito, mas a observação do graveto não me deixou mais inteligente.

De repente ouvimos um ruído nas folhas. Meu pai se assustou, provavelmente com medo de que algum bandido perigoso pudesse estar por ali fazendo das suas. Mas era apenas um cervo inocente. O animal ficou alguns segundos parado, olhou bem dentro dos nossos olhos, e depois, com um salto, desapareceu na floresta. Olhei para o meu pai e vi que ele e o cervo tinham experimentado o mesmo medo um do outro. Daquele momento em diante sempre imaginei meu pai como um cervo da floresta, mas nunca me atrevi a dizê-lo em voz alta.

Embora meu pai já tivesse bebido um quarto de vinho no café, estava em muito boa forma naquela manhã.

Continuamos a descer a montanha e só paramos quando encontramos um monte de pedrinhas brancas dispostas em rigorosa ordem entre as árvores. Acho que eram algumas centenas, todas bem polidas, de formas arredondadas, e nenhuma delas maior do que um cubinho de açúcar.

Meu pai parou e coçou a cabeça.

— Você acha que essas pedras são daqui da floresta? — perguntei.

Ele sacudiu a cabeça e respondeu:

— Isso está me cheirando a obra de alguém, Hans-Thomas.

— Mas não é um tanto estranho enfeitar o chão da floresta, tão longe do resto do mundo?

Ele não respondeu na hora, mas tive a certeza de que concordava comigo.

Se havia uma coisa que meu pai não suportava era não encontrar uma explicação para alguma coisa. Nessas situações me fazia lembrar um pouco de Sherlock Holmes. Passado algum tempo, ele disse:

— Isto aqui está parecendo um cemitério. Cada uma dessas pedrinhas tem o seu lugar certo, o seu espaço bem determinado de alguns centímetros quadrados...

Eu já estava esperando meu pai dizer que os moradores de Dorf tinham enterrado aqui homenzinhos de Lego; mas até para ele essa teria sido uma suposição absurda.

— Talvez algumas crianças tenham enterrado joaninhas aqui — disse ele. Era óbvio que estava procurando desesperado por uma explicação mais convincente.

— Pode ser — concordei. Nesse momento eu estava justamente observando uma das pedras com a minha lupa. — De qualquer forma, é muito pouco provável que as próprias joaninhas tenham colocado essas pedras brancas aqui.

Meu pai riu às gargalhadas com a minha observação. Colocou a mão no meu ombro e continuamos a descer, dessa vez mais devagar do que antes.

♠

Não demorou e passamos por uma casinha de madeira.

— Você acha que mora alguém aqui? — perguntei.

— Claro! — respondeu meu pai.

— Como você pode ter tanta certeza?

Ele apontou para a chaminé e vi que dela saía um fiozinho de fumaça.

Um pouco mais abaixo da casa, bebemos água de um cano que saía do talude de um córrego. Meu pai chamou aquilo de mina d'água.

♠

QUATRO DE ESPADAS

...o que eu tinha nas mãos era um livrinho...

Chegamos a Dorf já no meio da tarde.

— Vamos comer alguma coisa urgentemente — disse meu pai.

O restaurante da estalagem estava aberto, por isso não precisamos ficar na minúscula sala de refeições. Alguns moradores estavam sentados a uma das mesas e bebiam cerveja em canecas enormes. Comemos linguiça e chucrute suíço. De sobremesa havia uma espécie de torta de maçã com chantili feito com leite dos Alpes.

Depois da refeição, meu pai ainda quis "experimentar" a aguardente dos Alpes, como ele mesmo disse. Fiquei tão aborrecido com aquilo, que subi para o nosso quarto levando comigo uma garrafa de refresco de framboesa. Lá chegando, li pela última vez o gibi norueguês do Mickey, que já tinha lido no mínimo umas dez ou vinte vezes. Depois resolvi jogar paciência. Tentei começar umas duas vezes, mas empaquei logo depois de pôr as cartas. Deixei o baralho de lado e desci novamente para o restaurante.

Queria pelo menos tentar trazer o meu pai para o quarto para ele me contar uma de suas histórias dos sete mares antes que ficasse alegre demais. Mas não havia dúvida de que ele ainda não tinha experimentado o bastante a tal aguardente dos Alpes. Além disso, estava conversando em alemão com os moradores de Dorf.

— Vá dar um passeio para conhecer melhor o lugar — disse ele.

Achei uma covardia ele não querer ir comigo. Hoje, porém... bem, hoje fico feliz em ter feito o que ele sugeriu. Acho que nasci sob uma estrela mais favorável do que o meu pai.

Precisei de exatos cinco minutos para "conhecer melhor o lugar", tão pequeno ele era. No fundo, Dorf não era mais do que uma única rua, a Waldemarstrasse, como se diz em alemão. Aparentemente, os moradores do lugar não tinham muita imaginação.

Ainda estava meio chateado com o meu pai por ele estar sentado à mesa com aquelas pessoas bebendo aguardente. "Aguardente dos Alpes!", pois sim. Aquilo não passava de um nome mais bonito e mais saudável para "cachaça". Certa vez meu pai havia dito que, por razões de saúde, não podia parar de beber. Tive de repetir várias vezes essa frase, até conseguir entender o que ele queria dizer. Geralmente as pessoas dizem o contrário; mas era bem possível que o meu pai fosse uma dessas raras exceções que existem para tudo. Não era à toa que ele era filho de alemão.

Todas as lojas da Waldemarstrasse estavam fechadas. Apesar disso, um caminhão vermelho descarregava mercadorias na frente de uma mercearia. Uma garotinha atirava uma bola contra um muro, um senhor de idade fumava um cachimbo sentado num banco debaixo de uma árvore frondosa. E isso era tudo! Embora as casas por ali parecessem ter saído das páginas de um livro de contos de fadas, achei aquele pequeno povoado dos Alpes uma chatice sem tamanho. E ainda não tinha entendido para que ia precisar de uma lupa.

♠

A única coisa que melhorava o meu astral era o fato de que na manhã seguinte prosseguiríamos viagem. E à tarde, ou então à noite do dia seguinte, chegaríamos à Itália. De lá atravessaríamos a Iugoslávia rumo à Grécia. E lá chegando, talvez encontrássemos mamãe. Dava um frio na minha barriga só de pensar nisso.

Atravessei a rua na frente de uma pequena padaria. A vitrine era a única coisa que eu ainda não tinha visto na cidade. Ao lado de uma tigela cheia de bolachas velhas havia um aquário com um único peixinho dourado. Na borda do aquário faltava um pedaço de vidro. E o pedaço de vidro que faltava era mais ou menos do mesmo tamanho da lupa que o misterioso anão do posto de gasolina tinha me dado. Tirei o estojo do bolso, peguei a lupa e a observei cuidadosamente. Ela era só um pouco menor do que o pedaço de vidro que faltava no aquário com o peixinho dourado.

Um minúsculo peixinho de cor alaranjada, ou dourada, não sei bem, nadava em círculos dentro do aquário. Provavelmente se alimentava dos restos da cozinha. Fiquei pensando que o cervo talvez tivesse tentado comer o peixinho e, em vez disso, tivesse dado uma mordida no vidro.

De repente, os raios do sol da tarde incidiram sobre a pequena vidraça fazendo o aquário reluzir. Foi então que vi que o peixinho não era apenas alaranjado. Também era vermelho, amarelo e verde. A água e o vidro do aquário se tingiram, então, das cores do peixe e ficaram parecendo um estojo completo de aquarela. E quanto mais eu observava o peixe, o aquário e a água, tanto mais me esquecia de onde estava. Por alguns segundos cheguei a acreditar que eu mesmo era o peixe dentro do aquário e que o peixe estava do lado de fora, me olhando.

♠

Enquanto observava o peixinho no aquário, percebi de repente que havia um velho de cabelos grisalhos atrás do balcão da padaria. Olhava para mim e quando viu que eu olhava para ele fez um aceno, me convidando para entrar.

Achei um tanto estranho que a padaria estivesse aberta à tarde. Antes de tomar qualquer decisão, olhei para a estalagem Zum Schönen Waldemar, só para ver se por acaso meu pai já não tinha saído, satisfeito com a degustação da aguardente dos Alpes. Como não o vi, abri a porta da padaria e entrei.

— *Grüss Gott* — eu disse solenemente, tentando reproduzir a forma em alemão como as pessoas se cumprimentavam naquele lugar. Aliás, isso era tudo o que tinha aprendido.

Percebi de imediato que o padeiro era um homem muito simpático.

— *Norsk*! — disse eu, apontando com o indicador para mim mesmo, na tentativa de deixar claro àquele senhor que eu era norueguês e não entendia a língua dele.

O velho debruçou-se sobre o largo balcão de mármore e fitou-me nos olhos.

— É mesmo? — perguntou ele em norueguês. — Eu também morei na Noruega. Há muitos e muitos anos. Pena que já tenha esquecido quase todo o meu norueguês.

Virou-se e abriu um velho refrigerador. Depois pegou uma garrafa, abriu-a e colocou-a sobre a mesa.

— Você gosta de refrigerante, não é mesmo? — perguntou. — Por favor, meu jovem amigo, sirva-se! Esse é do bom...

Levei a garrafa à boca e bebi alguns goles. O refresco era mais gostoso do que aquele que eu tinha tomado na estalagem. Acho que era um refrigerante feito de pera, não sei bem.

O velho senhor de cabelos brancos debruçou-se novamente sobre o balcão de mármore e sussurrou:

♠

— Gostou?

— Uma delícia — respondi.

— Ótimo — continuou ele, a meia-voz. — Essa bebida é realmente muito boa. Mas há uma outra aqui em Dorf, e muito mais gostosa ainda. Só que ela não está à venda aqui na loja, entende?

Fiz que sim com a cabeça. O jeito como ele tinha dito aquilo foi tão misterioso que quase cheguei a sentir medo. Mas quando olhei para os seus olhos azuis, tudo o que vi foi simpatia e afeição.

— Sou de Arendal — contei. — Meu pai e eu estamos viajando à Grécia para procurar mamãe. Infelizmente ela se perdeu no mundo da moda.

Nesse momento o velho me olhou com um ar muito sério.

— Você disse Arendal, meu amigo? E disse que ela se perdeu? Então ela não é a única. Eu também vivi muitos anos em *grimmen Stadt*. Mas acho que por lá ninguém mais se lembra de mim.

Olhei para ele. Será que estava se referindo a Grimstad, uma cidade vizinha da nossa? No verão, meu pai e eu íamos sempre de barco para lá. Mas ele tinha dito *grimmen Stadt*, e aquilo me soava mais alemão do que norueguês. Fiquei sem entender...

— G-Grimstad n-não é... muito longe de Arendal — gaguejei.

— Eu sei que não. E sempre soube que um dia um garoto viria a Dorf para buscar o tesouro, meu amigo. Agora ele não pertence mais só a mim.

De repente ouvi meu pai me chamar. Pela sua voz, percebi de imediato que tinha se fartado de experimentar aquela aguardente dos Alpes.

— Muito obrigado pelo refresco — eu disse. — Mas agora preciso ir. Meu pai está me chamando.

♠

— Pai... sim, sim. Mas é claro, meu amigo. Espere só um momento. Enquanto você olhava o aquário, coloquei no forno alguns pãezinhos doces recheados de uvas passas. Vi que você tem a lupa. E nesse momento entendi que você é o garoto certo. Você vai entender, meu filho, você vai entender.

O velho padeiro entrou num outro cômodo que havia nos fundos da padaria. Pouco depois, voltou com quatro pãezinhos, que colocou num saco de papel. Entregou-me o embrulho e disse, num tom sério e solene:

— Você precisa me prometer uma coisa. Uma coisa muito importante, meu filho. Prometa-me que vai deixar o pãozinho maior por último e que só vai comê-lo quando estiver sozinho. E não conte nada a ninguém, entendeu?

— É claro que sim — respondi. — E mais uma vez muito obrigado.

Pouco depois eu já estava na rua. Tudo aconteceu tão rápido que não tenho certeza se minhas lembranças realmente recomeçam do ponto em que encontrei meu pai no caminho entre a padaria e a estalagem. De qualquer forma, contei-lhe que um velho padeiro, que havia morado em Grimstad, tinha me oferecido uma garrafa de refresco e tinha me dado quatro pãezinhos doces recheados de uvas passas. Meu pai achou que eu estava imaginando coisas; apesar disso, no caminho até a estalagem, ele comeu um pãozinho e eu comi dois. Deixei o maior dentro do saquinho de papel.

Meu pai adormeceu na mesma hora em que caiu na cama. Quanto a mim, fiquei acordado pensando no velho padeiro e no peixinho dourado. Quando a fome apertou, levantei-me e peguei o embrulho onde estava o último pãozinho. Sentei-me na cadeira ao lado da cama e mordi o pãozinho no escuro.

De repente meus dentes bateram em alguma coisa dura. Abri o pãozinho com as mãos e achei dentro dele um

♠

objeto do tamanho de uma caixa de fósforos. Meu pai roncava. Sem fazer barulho, acendi o abajur do criado-mudo.

O que eu tinha nas mãos era um livrinho. Na capa estava escrito: *A bebida púrpura e a ilha mágica.*

Folheei o livrinho. Embora fosse minúsculo, tinha mais de cem páginas escritas com uma letra microscópica. Abri a primeira página e tentei decifrar as letrinhas. Mas era simplesmente impossível. Só então me lembrei da lupa. Peguei minhas calças, encontrei o estojo da lupa num dos bolsos e a coloquei sobre as letras da primeira página. Elas ainda continuavam pequenas, mas agora eu conseguia ler o que estava escrito. E para isso eu tinha de me debruçar o mais que pudesse sobre a lupa.

♠

CINCO DE ESPADAS

...ouvi o velho andando no sótão...

Querido filho — permita-me chamá-lo assim. Ao me sentar para escrever a história da minha vida, já sei que um dia você virá para Dorf. Talvez você passe pela padaria na Waldemarstrasse e pare para ver o peixinho dourado. Você não sabe por que veio, mas eu sei que você virá para dar continuidade à história da bebida púrpura e da ilha mágica.

Escrevo essas memórias em janeiro de 1946 e ainda sou um homem jovem. Se você me encontrar daqui uns trinta ou quarenta anos, ou mais, serei um velho de cabelos brancos. Por isso, escrevo hoje o que deverá ser lido num tempo ainda por vir.

O papel em que escrevo é como uma jangada, uma jangada salva-vidas, meu filho desconhecido. A jangada é capaz de atravessar ventos e intempéries, antes de tomar o rumo de um porto longínquo. Algumas jangadas, porém, navegam em outra direção. Navegam rumo ao Oriente. E de lá não há caminho de volta.

Como é que eu sei que justamente você vai dar continuidade à história? Saberei quando você chegar, meu filho. Verei que você traz consigo o sinal.

Escrevo em norueguês para que você possa entender e também para que os moradores daqui não possam ler a história dos anões. Se acontecesse isso, o segredo da ilha mágica faria a maior sensação e teria o destino de todas

♠

as novidades: uma vida curta. As novidades, como você sabe, despertam a atenção e depois caem no esquecimento. E a história dos anões jamais deverá ser ofuscada pelo brilho aparente das novidades. É melhor o segredo dos anões ser conhecido por um só homem do que ser esquecido por todos.

Eu fui um dos muitos que, depois da Segunda Guerra Mundial, procurou um lugar para se refugiar. Metade da Europa tinha se transformado num campo de refugiados. Um continente inteiro vivia sob o signo da separação, da despedida. Mas não éramos apenas fugitivos políticos; éramos também almas apátridas em busca de nós mesmos.

Tive de deixar a Alemanha para construir uma nova vida. Mas não havia muitas opções de asilo para um suboficial do exército do Terceiro Reich. Eu não apenas pertencia a uma nação derrotada: também trazia no peito a dor de um amor infeliz que vivera num país nórdico. Todo o mundo à minha volta estava em pedaços.

Sabia que não ia poder continuar vivendo na Alemanha, mas também não podia voltar para a Noruega. Resolvi, então, desviar o curso do meu caminho para as montanhas e cheguei à Suíça. Durante algumas semanas muito difíceis, errei a esmo e acabei chegando a Dorf, onde conheci o velho padeiro Albert Klages.

Depois de conseguir atravessar as montanhas, enfraquecido pela fome e pelos muitos dias de peregrinação, avistei o pequeno povoado de Dorf. A fome me fez sair correndo pela densa floresta como um animal perseguido, até que caí, desfalecido, à porta de uma casinha de madeira. Ouvi, então, o zumbido de abelhas e senti no ar o aroma de leite e de mel.

O velho padeiro deve ter conseguido me levar para dentro da casa. Quando acordei numa cama muito simples, vi um homem de cabelos brancos sentado numa cadeira de balanço e fumando um cachimbo. Quando viu que eu tinha aberto os olhos, levantou-se na mesma hora e veio até o meu lado.

— Esta casa é sua, meu filho — disse, num tom consolador. — Eu sabia que um dia você viria bater à minha porta para pegar o tesouro, meu jovem.

Depois disso devo ter adormecido novamente. Quando acordei, estava sozinho. Levantei-me e fui para fora. Parei na escada da frente da casa e vi o velho senhor debruçado sobre uma mesa de pedras. Em cima do tampo da mesa havia um lindo recipiente de vidro. Lá dentro nadava um peixinho multicolorido. Na mesma hora chamou-me a atenção o fato de um peixinho, provavelmente tirado de um mar distante, estar nadando com tanta desenvoltura dentro de um aquário no alto de uma montanha no coração da Europa. Um pedaço vivo do mar fora trazido para os Alpes suíços.

— *Grüss Gott* — cumprimentei o velho.

Ele se virou e me olhou com afeto.

— Eu me chamo Ludwig — disse eu.

— E eu me chamo Albert Klages — respondeu ele.

O velho entrou na cabana e pouco depois saiu novamente trazendo leite, pão, queijo e mel.

Apontou para o povoado, disse que aquela cidadezinha se chamava Dorf e que lá embaixo ele tinha uma padaria.

Durante algumas semanas morei na casa do velho senhor e logo passei a ajudá-lo na padaria. Albert me ensinou a fazer pão salgado, pãezinhos doces, *Brezeln* e todo o tipo de bolos. Sempre soube que os suíços eram mestres na arte da panificação.

Albert apreciava muito a minha ajuda, principalmente quando eu carregava os pesados sacos de farinha. Mas eu também era jovem e tentava me relacionar com os outros moradores do povoado. Às vezes frequentava a velha estalagem Zum Schönen Waldemar. Acho que as pessoas do povoado gostavam de mim. Sabiam que eu tinha sido um soldado alemão, mas ninguém me perguntava sobre o meu passado.

Certa noite a conversa se concentrou em Albert, que tão gentilmente me tinha acolhido em sua casa.

— Falta um parafuso naquele velho — disse o camponês Fritz André.

— Mas com o antigo padeiro a coisa também não era diferente — acrescentou Heinrich Albrechts, o velho comerciante.

Quando entrei na conversa e perguntei o que eles queriam dizer com aquilo, primeiro tentaram desviar o assunto e fugir da resposta. Eu tinha bebido algumas garrafas de vinho e percebi que meu rosto estava vermelho.

— Se vocês não querem me responder, então pelo menos retirem esses comentários maliciosos sobre a pessoa que faz os pães que vocês comem! — eu disse.

E naquela noite não se disse mais nada sobre Albert. Algumas semanas depois, porém, Fritz retomou novamente o assunto.

— Você sabe onde ele consegue todos aqueles peixinhos dourados? — perguntou.

Eu já tinha percebido o quanto os outros ficavam incomodados com o fato de eu morar na casa do velho padeiro.

— Eu não sabia que ele tinha mais de um — respondi, dizendo a verdade. — E esse único peixinho que ele tem na certa foi comprado numa loja de animais. Em Zurique, provavelmente.

O camponês e o comerciante caíram na gargalhada.

— Ele tem muitos outros — disse o camponês. — Certa vez, quando meu pai voltava de uma caçada, Albert estava justamente deixando os seus peixinhos dourados tomarem a fresca. Ele tinha colocado todos ao sol, e não eram poucos; disso você pode ter certeza, seu aprendiz de padeiro!

— E o mais curioso é que ele nunca tinha tirado os pés de Dorf até então — completou o comerciante. — Nós temos exatamente a mesma idade e, até onde eu sei, ele nunca saiu de Dorf.

— Alguns acham que ele é um mágico — sussurrou o camponês. — Outros dizem que ele não apenas assa bolos e pães, mas também *fabrica* todos aqueles peixinhos. Uma coisa pelo menos é certa: no lago aqui da cidade é que ele não os pescou.

Aos poucos também comecei a me perguntar se Albert realmente não ocultava um grande segredo. Algumas de suas frases sempre me vinham à cabeça: "Esta casa é sua, meu filho. Eu sabia que um dia você viria bater na minha porta para apanhar o tesouro, meu jovem".

Não queria magoar o velho contando-lhe o que se dizia sobre ele em Dorf. Se realmente ele ocultava um segredo, eu tinha certeza de que um dia, quando fosse chegada a hora, ele me contaria.

Eu achava que o pessoal falava tanto do velho padeiro porque ele vivia como um ermitão, fora do povoado. Mas outra coisa na sua velha casa me intrigava: entrando na casa, dava-se numa sala ampla, com um nicho para se cozinhar e uma lareira. Havia outras duas portas nessa sala: uma dava para o quarto de Albert e a outra para uma pequena câmara onde ele disse que eu podia dormir desde que chegara a Dorf. Os cômodos tinham o teto baixo e quando eu observava a casa pelo lado de fora, via que ela devia ter um sótão bem grande. Além disso, do declive um pouco abaixo da casa eu podia ver que havia uma claraboia de vidro na cumeeira. O estranho era que Albert jamais tinha dito uma palavra sequer sobre o sótão. E ele também nunca ia até lá. Por essa razão, o sótão sempre me vinha à cabeça quando os meus amigos da estalagem falavam sobre Albert.

♠

E foi então que um dia, quando voltei de Dorf para casa mais tarde que de costume, ouvi o velho andando no sótão. Fiquei tão surpreso, e até um tanto amedrontado, que saí sem fazer barulho e fui até a fonte buscar água, como fazia todas as noites. Dei tempo ao tempo e quando entrei novamente em casa, Albert estava sentado na poltrona fumando o seu cachimbo.

— Você chegou tarde — disse ele, mas senti que seus pensamentos estavam bem longe.

— Você estava no sótão? — perguntei, sem saber de onde tinha tirado a coragem para fazer aquela pergunta, que saiu de mim espontaneamente.

Ele levou um susto. Um segundo depois, porém, olhou-me com a mesma ternura com que tinha me recebido naquele dia, meses atrás, quando desmaiei de cansaço na porta de sua velha casa e ele cuidou de mim.

— Você está cansado, Ludwig? — perguntou.

Neguei com a cabeça. Era sábado à noite. Na manhã seguinte poderíamos dormir até que o sol nos acordasse.

Ele foi até a lareira e colocou lenha no fogo.

— Então sente-se aqui e me faça companhia esta noite — disse.

SEIS DE ESPADAS

...uma bebida mil vezes melhor...

Quase adormeci sobre a lupa e sobre o livro que estava dentro do pãozinho. Tive o pressentimento de que tinha lido o início de uma história muito forte, muito interessante, mas não me ocorreu que ela pudesse ter alguma coisa a ver comigo. Rasguei um pedaço do saquinho onde estavam os pães e o usei para marcar a página em que tinha parado.

Certa vez, na Livraria Danielsen, na praça do mercado de Arendal, tinha visto algo parecido: um minúsculo livro de contos de fadas que vinha dentro de um estojo. A única diferença era que as letras do livro da Danielsen eram tão grandes que numa página só cabiam entre dez e vinte palavras. É claro que, com esse número de palavras por página, não daria mesmo para escrever nenhuma história forte e interessante.

Já era mais de uma hora. Coloquei a lupa num bolso da calça, o livrinho no outro e caí na cama.

Na manhã seguinte, meu pai me acordou bem cedo. Precisávamos nos apressar, ele disse, senão nunca chegaríamos a Atenas antes de termos de voltar para casa. Ele ficou um pouco irritado ao ver o chão cheio de migalhas de pão.

"Migalhas de pão!", pensei. Quer dizer que o livro dentro do pãozinho doce não tinha sido um sonho. Vesti as calças e senti que havia alguma coisa dura em ambos os bolsos. Disse a meu pai que minha fome apertara à noite e que eu

♠

tinha comido o último pãozinho doce. Disse também que não quis acender a luz para não incomodá-lo e que por isso o chão estava todo cheio de migalhas.

Arrumamos rapidamente nossas malas e as carregamos para o carro, antes de irmos correndo para o refeitório tomar o café da manhã. Dei uma olhada no restaurante vazio. Ali, em outros tempos, Ludwig tinha bebido vinho com seus amigos.

Depois do café da manhã, despedimo-nos da estalagem Zum Schönen Waldemar e entramos no carro. Enquanto passávamos pelas lojas da Waldemarstrasse, meu pai apontou para a padaria e perguntou se era ali que eu tinha conseguido os pãezinhos. Mas não precisei responder à sua pergunta, pois nesse mesmo instante o padeiro de cabelos brancos apareceu na porta e acenou para mim. Acenou também para o meu pai, que retribuiu o gesto com outro aceno.

Logo chegamos à estrada principal. Tirei a lupa e o livrinho dos bolsos da calça e comecei a ler. Meu pai perguntou duas vezes o que eu estava fazendo. Da primeira vez respondi que estava vendo se no banco de trás não havia pulgas ou piolhos. Na segunda, disse que estava pensando em mamãe.

Albert sentou-se em sua cadeira de balanço. Tirou tabaco de uma velha caixinha, colocou-o no cachimbo e o acendeu.

— Nasci em 1881, aqui mesmo em Dorf — começou. — Era o mais novo de cinco irmãos. Talvez por isso eu fosse o mais apegado a minha mãe. Aqui em Dorf, os meninos sempre ficavam em casa com sua mãe até completarem sete ou oito anos, quando então acompanhavam o pai ao trabalho no campo ou na floresta.

Lembro-me dos dias longos, claros, em que eu ficava na cozinha de casa pendurado na barra da saia da minha mãe. Só aos domingos a família inteira se reunia. Fazíamos, então, longos passeios a pé, comíamos sem pressa e à noite jogávamos dadinhos.

Mas então a desgraça se abateu sobre a nossa família. Eu só tinha quatro anos quando minha mãe ficou tuberculosa. Durante alguns anos tivemos de conviver com essa doença dentro de casa. É claro que, criança pequena que eu era, não entendia tudo o que estava acontecendo; mas lembro-me ainda que mamãe toda hora precisava se sentar para descansar e que, mais para o fim, precisava passar longos períodos de cama. Às vezes me sentava ao lado dela na cama e contava-lhe histórias que eu mesmo inventava.

Certa vez, durante um de seus terríveis ataques de tosse, encontrei-a debruçada sobre a pia. Quando vi que ela cuspia sangue, fiquei tão furioso que quebrei tudo o que pude encontrar na cozinha: pires, jarros, copos, tudo o que minhas mãos conseguiram alcançar. Acho que naquele dia, pela primeira vez, entendi que ela iria mesmo morrer.

Lembro-me ainda de uma manhã de domingo em que meu pai me chamou antes de os outros da casa acordarem.

— Albert — disse ele —, precisamos conversar, pois sua mãe não vai viver muito mais tempo aqui conosco.

— Ela não vai morrer! — gritei, furioso. — Você está mentindo!

Mas ele não estava. Por alguns meses ainda tivemos a companhia de mamãe. Embora ainda fosse pequeno, acostumei-me à ideia da morte muito antes de ela chegar. Mamãe emagrecia a olhos vistos e ficava mais pálida a cada dia que passava. E aquela febre que não a deixava.

Lembro-me principalmente do enterro. Meus dois irmãos e eu tivemos de pedir roupas de luto emprestadas a amigos em Dorf. Eu fui o único que não chorou; estava com tanta raiva de mamãe, que acabara de nos deixar, que não me dignei de derramar por ela uma única lágrima sequer. Desde então a ira se tornou para mim o melhor remédio contra a tristeza...

O velho senhor me olhou, como se soubesse que eu também sofria de uma grande tristeza.

— E então meu pai ficou sozinho para tomar conta de cinco filhos — continuou. — No começo tudo ia muito bem. Além do trabalho em nossa pequena propriedade, meu pai assumiu também o serviço postal de Dorf. Naqueles tempos, a população daqui não passava dos duzentos ou trezentos habitantes. Minha irmã mais velha, naquela época com treze anos, tomava conta da casa. Os outros ajudavam a cuidar da terra. Mas eu, pequeno demais para ser útil em alguma coisa, fiquei abandonado à minha própria sorte. Não raras foram as vezes em que fui ao cemitério para me sentar junto ao túmulo de mamãe e chorar. Eu ainda não a tinha perdoado por ter morrido.

Logo meu pai começou a beber; primeiro nos fins de semana, depois todos os dias. Primeiramente ele perdeu o serviço postal. Depois perdeu também as poucas terras de nossa propriedade. Meus dois irmãos foram embora para Zurique, antes mesmo de se tornarem adultos. E eu fiquei sozinho.

Já um pouco maior, eu era constantemente alvo de chacota porque meu pai vivia pendurado no copo, como as pessoas diziam. Quando o encontravam em Dorf, caído no chão de tão bêbado, elas o traziam para casa e o colocavam na cama. E quem pagava o pato era eu. Na minha cabeça, eu vivia sendo castigado pelo fato de minha mãe ter morrido.

No meio de todo esse sofrimento, porém, acabei ganhando um grande amigo: o padeiro Hans. Ele era um velho de cabelos brancos, que havia uma geração era dono da padaria de Dorf. Mas não tinha crescido em Dorf e continuava a ser visto no povoado como um forasteiro. Além disso, era do tipo que falava pouco. Ninguém em Dorf achava que o conhecia.

O padeiro Hans tinha sido marinheiro em tempos passados e só se estabelecera como padeiro em Dorf, depois de passar muitos anos no mar. Quando ele andava pela padaria em mangas de camisa, o que raramente acontecia, viam-se quatro grandes tatuagens em seus braços. Para nós, só isso já fazia do padeiro Hans uma pessoa um tanto misteriosa. Os outros homens do povoado não tinham tatuagens.

Lembro-me principalmente de uma tatuagem que representava uma mulher sentada sobre uma grande âncora. Sob a imagem estava escrito MARIA. E se contavam muitas histórias sobre este nome, Maria. Alguns diziam que ela havia sido sua amada e que tinha morrido de tuberculose antes mesmo de chegar aos vinte anos. Outros contavam que, no passado, o padeiro Hans tinha matado uma alemã chamada Maria e que por isso viera para a Suíça...

Tive a impressão de poder ler nos olhos de Albert que ele sabia da minha separação e do meu caso de amor fracassado. Espero que ele não ache que a matei, pensei. Mas o padeiro logo continuou:

— Outros, ainda, diziam que ele tinha zarpado num navio chamado *Maria* e que este navio naufragou em algum ponto do Atlântico.

Nesse momento, Albert levantou-se e foi buscar um belo pedaço de queijo e um pão. Depois colocou na mesa dois copos e uma garrafa de vinho.

— Essa história está aborrecendo você, Ludwig? — perguntou.

Neguei veementemente com a cabeça, e o velho padeiro continuou.

— Eu, no fundo uma criança órfã, vinha muitas vezes até a frente da padaria na Waldemarstrasse. Vivia com fome e achava que o simples fato de ficar ali vendo pães e bolos já me ajudava um pouco a me esquecer dela. Um dia, porém, o padeiro Hans fez um gesto para que entrasse e me deu de presente um pedaço bem grande de pão doce. Desde aquele dia ganhei um amigo. Posso dizer que minha vida começou mesmo, de verdade, naquele dia.

— Passei, então, a frequentar a padaria do padeiro Hans. Acho que ele logo percebeu o quanto eu era sozinho; o quanto eu vivia abandonado à minha própria sorte. Quando eu tinha fome, ele me dava um pedaço de pão fresquinho. Mas havia dias em que também ganhava um delicioso pedaço de bolo e, às vezes, ele abria uma garrafa de refresco. Para compensar tudo aquilo, eu lhe prestava pequenos serviços e antes mesmo de completar treze anos me tornei seu aprendiz. Mas isso foi anos mais tarde. Antes disso, porém, tudo o mais veio à tona e o padeiro Hans passou a me ver como um filho. No mesmo ano em que me tornei padeiro, meu pai morreu. E posso dizer que ele se afogou na bebida. Até no último momento ele dizia que iria encontrar mamãe no céu. Minhas duas irmãs tinham se casado bem longe de Dorf e eu nunca mais ouvira falar dos meus dois irmãos desde que eles tinham ido embora...

Só nesse momento Albert colocou vinho em nossos copos. Foi até a lareira e bateu as cinzas de seu cachimbo. Depois colocou mais fumo no cachimbo e o acendeu. Soltava grandes baforadas de fumaça na sala.

— O padeiro Hans e eu nos tornamos, portanto, o esteio um do outro. Certa vez, ele também foi o meu anjo da guarda: naquele dia, uns quatro ou cinco garotos me atacaram bem na frente da padaria. Jogaram-me no chão e me espancaram aos socos e pontapés. Pelo menos é disso que me lembro. Eu já sabia fazia muito tempo que isso viria a acontecer. E sabia até por quê. Aquilo era mais um castigo por minha mãe ter morrido e por meu pai ser um beberrão. Naquele dia, porém, o padeiro Hans saiu correndo de dentro da padaria. Uma imagem de que jamais vou me esquecer, Ludwig. Ele me libertou das mãos dos outros garotos e bateu em todos eles. Não teve um que não saiu daquela briga sem um belo arranhão. Talvez ele tenha partido logo para a briga porque achou que devia, não sei; o fato é que daquele dia em diante nenhum dos moradores do povoado se atreveu a me tocar.

Bem... por mais de uma razão esse incidente significou uma virada na minha vida. O padeiro Hans me levou para dentro do estabelecimento, limpou a sujeira do seu avental branco e abriu uma garrafa de refresco, que colocou sobre o balcão de mármore, na minha frente.

— Beba! — ordenou.

Eu bebi, como me tinha sido ordenado, e tive a sensação de já ser recompensado naquele mesmo instante pelo ataque.

— Estava bom? — perguntou ele, nem bem eu tinha engolido o primeiro gole daquela bebida doce.

— Muito obrigado — limitei-me a responder.

— Se essa bebida estava boa — prosseguiu ele, ainda com a voz alterada de raiva —, eu te prometo que um dia vou te servir uma bebida mil vezes melhor do que essa.

É claro que achei que aquilo fosse uma brincadeira, mas nunca me esqueci de sua promessa. E não me esqueci por causa *do modo* como ele disse aquilo. E também por toda aquela situação. Suas bochechas ainda estavam vermelhas de raiva pelo que tinha acontecido na rua. Além disso, o padeiro Hans não era homem de brincadeiras...

Albert Klages pigarreou e depois tossiu. Achei que tivesse se engasgado com a fumaça do cachimbo, mas acho que ele estava mesmo era um pouco alterado. Sentado à mesa, bem na frente dele, percebi que seus olhos ganharam uma expressão de profunda seriedade:

— Você está cansado, meu jovem? Não seria melhor continuarmos numa outra noite?

Bebi um gole de vinho e, com um gesto de cabeça, respondi que não.

♠

— Naquela época eu só tinha doze anos — prosseguiu ele, pensativo. — Tudo continuava como antes, só que, como eu disse, ninguém mais se atrevia a colocar as mãos em mim. Continuei a frequentar a padaria. Às vezes conversávamos um pouco, Hans e eu, mas também acontecia de ele apenas me dar um pedaço de *Brezeln* e me mandar de volta para casa. Como todos os outros do povoado, também eu vivi uma daquelas ocasiões em que ele sabia ficar mudo como ninguém. Por outro lado, muitas vezes ele me contava histórias emocionantes sobre a sua vida de marinheiro. Foi desse jeito que aprendi muitas coisas sobre países e povos estrangeiros.

Sempre ia me encontrar com ele na padaria; e essas eram as únicas ocasiões em que nos víamos. Num frio dia de inverno, porém, enquanto eu jogava pedrinhas sobre a superfície gelada do lago, ele apareceu de repente bem do meu lado.

— Você está crescendo, Albert — disse.

— Em fevereiro vou completar treze anos — respondi.

— Sim, sim, acho que já está na hora. Diga-me... você acha que já é grande o suficiente para guardar um segredo?

— Posso guardar comigo até a morte qualquer segredo que o senhor me contar — respondi.

— Foi o que pensei. E isso é muito importante, meu jovem, pois acho que não me resta muito tempo de vida.

— É claro que resta — respondi prontamente. — Muitos ainda...

Senti por dentro um frio tão cortante quanto o gelo e a neve ao meu redor. Pela segunda vez nos meus poucos anos de vida tive de me confrontar com a possibilidade de perda de uma pessoa querida.

O padeiro Hans continuou falando, como se não tivesse me ouvido:

— Você sabe onde eu moro, Albert. Quero que você venha até a minha casa hoje à noite.

SETE DE ESPADAS

...um planeta cheio de mistérios...

Meus olhos ardiam quando acabei de ler este longo capítulo no livrinho que tinha vindo dentro do pão doce. As letras eram tão pequenas que às vezes eu me perguntava se tinha mesmo lido tudo aquilo ou se não tinha inventado algum detalhe da história.

Recostei-me no banco do carro e olhei para as altas montanhas por onde passávamos, enquanto pensava em Albert, que tinha perdido sua mãe e cujo pai, ainda por cima, vivia pendurado num copo. Depois de algum tempo, meu pai disse:

— Estamos chegando perto do famoso túnel de São Gotardo. Acho que ele atravessa aquele maciço gigantesco ali na frente.

Meu pai me disse que o túnel de São Gotardo é o túnel de rodovia mais longo do mundo. Tem mais de dezesseis quilômetros e só foi inaugurado há alguns anos. Antes — e por mais de cem anos — houve aqui um túnel de ferrovia e, antes disso, monges e salteadores passavam da Itália para a Alemanha, e vice-versa, através do desfiladeiro de São Gotardo.

— Isso significa que outras pessoas já estiveram aqui antes de nós — disse ele para concluir.

♠

Alguns segundos depois, já estávamos dentro do túnel. A travessia durou quase quinze minutos. Quando chegamos do outro lado, passamos primeiro pela cidadezinha de Airolo.

— Oloria — eu disse.

Desde que tínhamos atravessado a Dinamarca, eu inventara essa espécie de passatempo para me divertir um pouco dentro do carro. Eu lia de trás para a frente as placas de sinalização da estrada ou os nomes das cidades que via no mapa viário do meu pai, para ver se não havia alguma palavra secreta escondida neles. Às vezes eu tinha sorte. *Roma*, por exemplo, virou *amor*, e eu achei bonita a mudança. Mas *Oloria* também não era nada mal. A palavra soava aos meus ouvidos como o nome de um país tirado de um conto de fadas. Quando eu fechava um pouco os olhos e observava com os olhos semicerrados a paisagem por onde passávamos, parecia-me estar viajando por esse país imaginário.

Continuamos nossa viagem por um vale cheio de pequenas e pitorescas propriedades rurais, delimitadas por muros de pedras alongadas. Logo atravessamos um rio chamado Ticino; e quando o meu pai o viu ficou com os olhos mareados. Isso não lhe acontecia desde que tínhamos passado pelas pontes de desembarque no porto de Hamburgo. Meu pai pisou no breque e estacionou no acostamento. Depois desceu apressado do carro e apontou para o rio de águas claras que corria entre as encostas daquelas montanhas altíssimas.

Até que eu desci, ele já tinha acendido um cigarro. Quando me viu, disse:

— Finalmente o mar, meu filho. Já sinto o cheiro de algas e de alcatrão.

Meu pai era um especialista em surpresas desse tipo, mas dessa vez realmente fiquei com medo de que ele tivesse perdido por completo a razão. O que mais me assustou foi o fato de ele não ter dito mais nada depois daquelas palavras. Era como se o seu coração ansiasse apenas pelo momento de rever o mar.

Mas eu sabia perfeitamente que ainda estávamos na Suíça e que este país não é banhado por mar. E sabia ainda mais, apesar de os meus conhecimentos de geografia não serem lá essas coisas: que as altas montanhas à nossa volta eram uma prova clara de que ainda estávamos longe do mar.

— Você está cansado? — perguntei.

— Não — respondeu ele e apontou novamente para o rio. — Mas temo que ainda não tenha te contado o suficiente sobre o transporte fluvial na Europa Central. Vamos corrigir essa falha imediatamente.

Devo ter feito uma expressão de quem fica embasbacado com o que ouviu, pois meu pai acrescentou na mesma hora:

— Não precisa entrar em pânico, Hans-Thomas. Não há piratas por aqui. — Depois apontou para as montanhas e disse: — Acabamos de atravessar o maciço de São Gotardo. Aqui nascem muitos dos maiores rios da Europa. É aqui que o Reno reúne suas primeiras gotas; também fica aqui a nascente do Ródano e também do Ticino, que desemboca no rio Pó, lá embaixo, e junto com ele corre até o mar Adriático.

Entendi, então, por que de repente ele tinha começado a falar do mar. E como se quisesse me confundir ainda mais, ele continuou:

— Eu disse que o Ródano nasce aqui nos Alpes. — E apontou novamente para as montanhas. — Depois ele passa por Genebra, atravessa a França e vai desaguar no mar Mediterrâneo, alguns quilômetros a oeste de Marselha. O Reno, ao contrário, atravessa a Alemanha e a Holanda e deságua no mar do Norte. E assim muitos outros rios

♠

bebem as primeiras gotas de suas águas aqui nos Alpes, entende?

— E há barcos que navegam nesses rios? — perguntei para me antecipar a ele.

— Pode ter certeza, meu caro. E eles não apenas navegam *nesses* rios, como também *entre* eles.

Ele tinha acendido um outro cigarro e eu me perguntei novamente se ele não tinha perdido a razão. Às vezes tinha medo de que o álcool que o meu pai consumia pudesse aos poucos ir afetando o seu cérebro.

— Quando a gente navega pelo Reno, por exemplo — continuou ele — no fundo está navegando também no Ródano, no Sena e no Loire. E também em muitos outros rios importantes. Desse modo a gente tem acesso a todas as grandes cidades portuárias do Mar do Norte, do Atlântico e do Mediterrâneo.

— Mas todos esses rios não são separados por altas montanhas? — perguntei.

— São — respondeu meu pai. — Mas no fundo as montanhas não são um problema, se só passam barcos no meio delas.

— Do que você está falando? — perguntei, cortando-lhe a palavra. Às vezes meu pai me deixava irritado com seus enigmas.

— De canais — disse ele. — Você sabia que a gente pode ir do mar Báltico ao mar Negro sem passar nem por perto do Atlântico ou do Mediterrâneo?

Resignado, balancei a cabeça.

— E dá para chegar até o mar Cáspio; quer dizer, dá para ir até a Ásia — murmurou ele, empolgado com essa ideia.

— É verdade mesmo? — perguntei.

— Claro que é! Tão verdade quanto o túnel de São Gotardo que, aliás, a gente custa a acreditar que seja possível.

Fiquei parado olhando para o rio. Depois do que ele me

disse, eu também parecia estar sentindo um cheiro bem fraco de algas e de alcatrão.

— O que ensinam para você na escola, Hans-Thomas? — perguntou meu pai.

— A ficar sentado na carteira sem perguntar nada — respondi. — E está aí uma coisa tão difícil que a gente precisa de anos para aprender.

— Entendi... mas você acha que teria ficado sentado sem perguntar nada se o seu professor tivesse dado uma aula sobre as hidrovias da Europa?

— Provavelmente — respondi. — Sim, estou certo que sim.

E terminou por aí a pausa do cigarro. Continuamos a viajar ao longo do Ticino e passamos por Bellinzona, uma cidade grande com três burgos enormes que datam da Idade Média. Depois de uma pequena palestra sobre as cruzadas e os cruzados, meu pai disse:

— Você sabe que me interesso pelo universo, não sabe, Hans-Thomas? Interesso-me por planetas, principalmente por planetas vivos.

Não respondi. Nós dois sabíamos que aquele era um tema pelo qual ele se interessava muito. Não obtendo resposta, ele prosseguiu:

— Você sabia que acabaram de descobrir um planeta cheio de mistérios, habitado por alguns milhões de seres inteligentes, que andam sobre duas pernas e veem o seu planeta usando duas lentes vivas?

Tive de admitir que aquilo era novidade para mim.

— Esse pequeno planeta é unido por uma complicada rede de vias, onde esses sujeitos inteligentes se locomovem em máquinas coloridas.

— É mesmo?

— *Yes, sir!* E sabe que os misteriosos habitantes desse planeta chegaram mesmo a construir edifícios enormes, alguns com mais de cem andares? E que embaixo desses prédios escavaram longos túneis por onde máquinas elétricas correm sobre trilhos?

— Você tem certeza?

— Tenho sim.

— Mas como é que eu nunca ouvi falar desse planeta?

— Bem — explicou meu pai. — Em primeiro lugar porque ele foi descoberto só muito recentemente; em segundo, porque temo que ninguém além de mim o conheça.

— Onde fica esse planeta?

Nesse momento meu pai pisou no breque e desviou para o acostamento.

— *Aqui mesmo!* — disse ele, e bateu com a palma da mão no painel de instrumentos do carro. — Este é o planeta misterioso, Hans-Thomas. E nós somos dois desses sujeitos inteligentes; dois sujeitos que, neste exato momento, estão rodando pelas estradas da vida num Fiat vermelho!

Por alguns segundos fiquei amuado por ele ter me pregado uma peça. Entendi, então, que só estava tentando me dizer o quanto é incrível este mundo em que vivemos. E o perdoei imediatamente.

— As pessoas ficariam malucas se os astronautas descobrissem um outro planeta vivo — disse meu pai, para terminar. — Pena que o seu próprio planeta não consiga tirá-las dos eixos...

Ficou um bom tempo calado, o carro parado no acostamento. Por isso aproveitei para continuar a ler em segredo o livro que tinha encontrado dentro do pão.

Não era muito fácil separar na cabeça os muitos padeiros de Dorf. Com um pouco de esforço, consegui me lembrar de que Ludwig tinha escrito o livrinho que estava dentro do pão e que Albert lhe havia dito que um dia, quando ainda era quase um menino, fora convidado pelo próprio Hans para visitar sua casa.

♠

OITO DE ESPADAS

...como se eu tivesse sido arrebatado por um turbilhão vindo de uma terra distante...

Albert Klages levou o copo à boca e bebeu um gole de vinho. Quando olhava para aquele rosto marcado pelos anos, custava-me acreditar que fosse do mesmo garoto que um dia ficou abandonado à própria sorte, depois que a morte lhe roubou a mãe. Tentava imaginar a amizade especial que se estabelecera entre ele e o padeiro Hans. Quanto a mim, também era um homem sozinho e abandonado quando cheguei a Dorf; e aquele que me deu abrigo também tinha vivido outrora os infortúnios da solidão.

Antes de recomeçar a contar sua história, Albert recolocou o copo sobre a mesa e revolveu a lenha da lareira com um atiçador.

— Todos em Dorf sabiam que o padeiro Hans morava numa velha casa de madeira situada na encosta da montanha, acima do povoado. As pessoas especulavam muito sobre como seria a casa dele, mas não creio que algum dos habitantes de Dorf a tivesse visitado um dia. Por essa razão, talvez não fosse de se estranhar que eu sentisse um friozinho na barriga quando naquele fim de tarde de inverno, com neve até a altura dos joelhos, subi até a casa dele. Afinal, eu seria a primeira pessoa a pôr os pés na casa do misterioso padeiro...

Uma lua cheia e branca erguia-se sobre as montanhas, a leste; no céu, as primeiras estrelas começavam a surgir.

♠

Quando venci a última etapa da subida, lembrei-me de que o padeiro Hans tinha me prometido uma bebida mil vezes melhor do que a que ele me serviu depois daquela briga com os garotos do povoado. Será que essa bebida tinha alguma coisa a ver com o grande segredo? Logo avistei a casa, um pouco acima de onde eu estava. E como você pode imaginar, Ludwig, era essa mesma casa em que estamos agora.

Concordei rapidamente com a cabeça e o velho padeiro prosseguiu:

— Passei pela mina d'água, percorri o estreito caminho que levava à casa em meio a montes de neve e bati na porta.

— Entre, meu filho! — disse o padeiro Hans lá de dentro.

Não se esqueça, Ludwig, de que naquela época eu mal tinha completado treze anos e ainda morava na casa de meu pai. Nessas condições, era um tanto estranho ser chamado de meu filho por um outro homem.

Entrei na casa e tive a sensação de estar entrando num outro mundo. O padeiro Hans estava sentado numa confortável cadeira de balanço e por toda a parte da sala havia aquários com peixinhos coloridos. Em cada canto, por menor que fosse, um reflexo do arco-íris parecia dançar sobre a parede e os objetos. Mas ali não havia apenas peixes ornamentais. Passei um bom tempo olhando coisas que nunca tinha visto em minha vida e que só muitos anos mais tarde aprendi como se chamavam: havia navios dentro de garrafas, conchas enormes, estátuas de Buda e pedras preciosas, bumerangues e bonecos negros, adagas antigas, espadas, facas e pistolas, almofadas persas e colchas de alpaca indiana. De todas essas coisas, a que mais chamou a minha atenção foi um pequeno bibelô de vidro, que representava um animal esquisito, tinha a cabeça pequena e pontiaguda e seis patas. Era como se eu tivesse sido arrebatado por um turbilhão vindo de uma terra distante. Talvez eu já

♠

tivesse ouvido falar de algumas daquelas coisas que via; mas tudo isso aconteceu muito antes de eu ver uma fotografia pela primeira vez.

Toda a atmosfera dentro da pequena casa era de todo diferente do que eu tinha imaginado. Aquela não era a casa do padeiro Hans, mas de um velho marinheiro. Em alguns pontos da sala queimavam lâmpadas de óleo; e até elas eram tão diferentes das lâmpadas de petróleo a que eu estava habituado, que só poderiam mesmo ter feito parte da vida de um marinheiro.

O velho padeiro convidou-me a sentar numa poltrona diante da lareira. Exatamente nessa poltrona em que você está sentado agora, Ludwig, entende?

De novo concordei com a cabeça.

Antes de me sentar, dei uma volta pela sala e olhei todos aqueles peixinhos coloridos nadando dentro dos aquários. Alguns eram vermelhos, amarelos e alaranjados; outros verdes, azuis e violeta. Até então eu só tinha visto um desses peixinhos. Ele ficava junto do padeiro Hans, numa mesinha nos fundos da padaria. Muitas vezes eu tinha ficado olhando o peixinho nadando daqui para lá dentro do aquário, enquanto o padeiro Hans preparava a massa do pão.

— O senhor tem um monte de peixinhos! — exclamei quando terminei minha volta pela sala. — Diga-me uma coisa: onde foi que o senhor conseguiu todos eles?

Ele esboçou um sorriso e depois disse:

— Cada coisa a seu tempo, meu jovem, cada coisa a seu tempo. Diga-me: você consegue se imaginar padeiro aqui em Dorf depois que eu não estiver mais por aqui?

Embora eu fosse apenas uma criança, já tinha pensado naquela possibilidade. As únicas coisas que eu tinha no mundo eram o padeiro Hans e a padaria. Minha mãe tinha morrido, meu pai nem perguntava mais para onde eu ia ou de onde eu vinha, e todos os meus irmãos tinham ido embora do povoado.

♠

— Sabe, já tomei a decisão de me estabelecer no ramo da panificação — respondi em tom solene.

— Foi o que achei — disse o velho, pensativo. — Hum... então você vai ter de tomar conta direitinho dos meus peixes. E isso não é tudo: você também vai conhecer o segredo da bebida púrpura.

— Bebida púrpura?

— Isso mesmo. E também vai conhecer todo o resto.

— Conte-me sobre a bebida púrpura — pedi-lhe.

Ele ergueu suas sobrancelhas brancas e murmurou:

— Você tem de prová-la, meu jovem.

— O senhor pode me dizer que gosto ela tem?

Ele balançou sua cabeça marcada pelo peso dos anos.

— As bebidas normais têm gosto ou de laranja ou de pera ou de framboesa. E a coisa para mais ou menos por aí. Com a bebida púrpura é diferente, Albert. Ela tem o gosto de tudo ao mesmo tempo, e ainda por cima tem o gosto de frutas e de coisas que você jamais imaginou que pudessem existir.

— Então na certa deve ser deliciosa — disse eu.

— E como! O gosto é mais do que bom. Das bebidas normais a gente sente o gosto apenas na boca... primeiro na língua e no céu da boca, depois um pouco na garganta. Da bebida púrpura, ao contrário, a gente sente o gosto também no nariz, na cabeça, nas pernas e até nos braços.

— O senhor está brincando comigo... — disse.

— Você acha mesmo?

O velho padeiro pareceu um tanto perturbado com a minha observação. Por isso, decidi fazer uma pergunta mais leve.

— Que cor ela tem?

O padeiro Hans começou a rir.

— Você faz cada pergunta, meu jovem. Mas é bom ser assim, se bem que as respostas nem sempre são fáceis. Preciso te *mostrar* essa bebida, entende?

O padeiro Hans levantou-se e foi até uma porta, que dava para o seu pequeno quarto de dormir. Também ali havia um aquário com um peixinho colorido. O velho tirou uma escada que estava debaixo da cama e a encostou na parede. Foi então que descobri no teto um alçapão trancado com um grande cadeado.

O padeiro subiu a escada e abriu o cadeado com uma chave que tirou do bolso da camisa.

— Venha, meu jovem — disse ele. — Há cinquenta anos ninguém além de mim entra neste lugar.

Segui-o e entrei no sótão.

De uma claraboia no telhado, a luz da lua inundava o aposento e se derramava sobre velhas arcas e sinos de navios, todos cobertos de pó e de teias de aranha. Mas não era só a lua que iluminava aquele sótão: o luar era azulado, mas ali também se percebia um brilho multicolorido; um brilho que tinha todas as cores do arco-íris.

Bem ao fundo do aposento o padeiro Hans parou e apontou para um canto. E lá... lá havia uma velha garrafa, bem junto ao teto inclinado. A garrafa emitia uma luz tão intensa e tão linda que a princípio não consegui fixar os olhos nela. O vidro da garrafa era transparente, mas o que havia dentro dela era vermelho e amarelo, verde e violeta, ou todas essas cores juntas.

O padeiro Hans ergueu a garrafa e vi que seu conteúdo brilhava como diamantes líquidos.

— O que é isso? — perguntei baixinho, um tanto timidamente.

A expressão do velho padeiro ficou séria de repente:

— Isto aqui, meu jovem, é a bebida púrpura. E essas são as últimas gotas que restam dela no mundo inteiro.

— E isso, o que é? — perguntei apontando para uma caixinha de madeira dentro da qual havia um monte de cartas de baralho velhas e sujas, já quase estragadas. A carta que estava por cima do monte era o oito de espadas, mas só com muita dificuldade pude reconhecer o número oito no canto superior esquerdo da carta.

O padeiro Hans colocou o dedo indicador nos lábios e sussurrou:

♠

— Essas são as cartas da paciência de Frode, Albert.

— Frode?

— Frode, sim. Mas essa história eu te conto num outro dia. Agora vamos levar essa garrafa lá para a sala.

Com a garrafa na mão, o velho senhor voltou para o alçapão do sótão. Por trás, ele parecia um anão encurvado pelos anos, segurando na mão uma lanterna. A única diferença era que não se sabia se essa lanterna irradiava uma luminosidade vermelha ou verde, amarela ou azul. Dela saíam pequenas manchas coloridas que se espalhavam pelo sótão como a luz de centenas de milhares de minúsculos lampiões.

Quando estávamos de volta à sala, ele colocou a garrafa sobre a mesa diante da lareira. Os exóticos objetos da sala ficaram da cor do líquido da garrafa. Uma estátua de Buda ficou verde, um velho revólver, azul e um bumerangue, vermelho-sangue.

— É essa a bebida púrpura? — perguntei mais uma vez.

— Sim. São as últimas gotas dela. E é bom que assim seja, Albert, pois essa bebida é tão perigosamente deliciosa, que o mundo estaria em maus lençóis se ela fosse vendida em lojas.

Ele pegou um copo e colocou algumas gotas da bebida. Elas foram parar no fundo do copo e luziam como cristais de gelo.

— É o suficiente — disse ele.

— Não dá para ser mais um pouco? — perguntei, admirado.

O velho negou com a cabeça.

— Uma pequena prova é mais do que suficiente, pois o efeito de uma só gota da bebida púrpura dura muitas horas.

— Então talvez eu possa beber uma gota hoje e outra amanhã cedo — sugeri.

O padeiro Hans fez que não.

— Não, não. Uma gota agora e mais nenhuma. Essa

♠

gota única vai te proporcionar o prazer de experimentar um gosto tão maravilhoso que você vai ter vontade de roubar a garrafa para beber todo o resto. Por isso vou ter de trancá-la novamente no sótão, assim que você sair. E só quando eu te contar a história das cartas da paciência de Frode é que você vai me agradecer por eu não ter te dado a garrafa inteira.

— O senhor também já provou dessa bebida?

— Sim, uma vez. Mas isso foi há cinquenta anos.

O padeiro Hans levantou-se de sua cadeira de balanço, pegou a garrafa com os diamantes líquidos e a levou para o seu quarto.

Quando voltou, colocou o braço sobre o meu ombro e disse:

— Agora beba. Este é o momento mais sublime da sua vida, meu jovem. Você sempre vai se lembrar dele, mas ele nunca mais vai voltar.

Ergui o copinho e bebi aquele líquido luminoso. Uma onda de prazer me arrebatou, tão logo as primeiras gotas tocaram a ponta da minha língua. Primeiramente revivi tudo de bom que eu tinha experimentado naqueles meus poucos anos de vida. Depois, milhares de outros gostos tomaram conta do meu corpo inteiro.

O que o padeiro Hans tinha dito estava certo: aqueles gostos e sabores começavam na boca, bem lá na ponta da língua. Depois senti o gosto de morangos, framboesas, maçãs e bananas também nos pés e nos braços. Na ponta de um dos dedinhos senti o gosto de mel; num dedão senti o gosto de peras em conserva e nas costas, de creme de ovos. Em todo o corpo senti o cheiro de minha mãe. Era um perfume que eu tinha esquecido e de que tive saudades durante todos esses anos desde a sua morte.

Quando aquela primeira tempestade de sabores e odores se acalmou, o mundo inteiro parecia estar dentro do meu corpo; sim, *eu* parecia ser o corpo do mundo. Senti de repente que todas as florestas e rios, montanhas e campos eram uma parte do meu corpo. Embora mamãe

♠

estivesse morta, também ela parecia estar ali dentro, em algum lugar...

Quando meu olhar caiu sobre a estátua verde de Buda, pareceu-me que a pequena figura sorria. Olhei mais uma vez para as duas espadas dispostas em cruz na parede... e agora elas pareciam esgrimir. Sobre um grande armário havia um navio dentro de uma garrafa, que eu tinha visto logo na entrada. Pareceu-me, então, que eu estava dentro daquele antigo barco a vela e me dirigia para uma ilha de vegetação exuberante, que via no distante horizonte.

— E então, é bom? — perguntou uma voz. Era o padeiro Hans. Ele se debruçou sobre mim e desgrenhou meus cabelos.

— Hum... — foi o que respondi, pois não sabia o que dizer.

E assim é até hoje. Não posso exprimir em palavras o prazer que experimentei ao sentir o gosto da bebida púrpura. Se é que posso dizê-lo, acho que tinha o gosto de tudo. Sei apenas que até hoje me vêm lágrimas aos olhos quando penso como ela era boa.

NOVE DE ESPADAS

...sempre acreditou ver coisas estranhas,
que os olhos dos outros não viam...

Meu pai tentou muitas vezes puxar conversa comigo enquanto eu lia sobre a bebida púrpura. Mas a história estava tão interessante que eu simplesmente não conseguia largar o livrinho que veio dentro do pão doce. Às vezes, por pura cordialidade, eu dava uma olhada pela janela do carro quando meu pai comentava alguma coisa sobre a paisagem. "Legal!", dizia eu. Ou então: "Que lindo!". E era tudo.

Dentre as coisas que meu pai queria me mostrar enquanto eu andava pelo sótão do padeiro Hans estavam as placas de sinalização da estrada e as placas das cidades, todas escritas em italiano. É que nós viajávamos agora pela Suíça italiana, e isso significa que não apenas as placas eram diferentes. Enquanto ainda estava lendo sobre a bebida púrpura, percebi que no vale por onde passávamos havia flores e árvores típicas dos países mediterrâneos.

Meu pai, que já tinha estado em todos os continentes, não perdia tempo em comentar a vegetação do lugar:

— Mimosas! — exclamava ele. — Magnólias! Rododendros! Azaleias! Cerejeiras japonesas!

Mesmo um pouco longe da fronteira da Itália, já dava para ver também algumas palmeiras.

— Estamos perto de Lugano — disse meu pai, quando eu acabava de colocar o meu livro de lado.

♠

Sugeri que pernoitássemos ali, mas ele negou com a cabeça.

— Combinamos que teríamos de atravessar a fronteira da Itália — disse. — Ela não está longe e ainda estamos no começo da tarde.

Como um prêmio de consolação, fizemos uma longa pausa em Lugano. Primeiro demos uma espiada nas ruas e nos muitos jardins e parques, que não faltam naquela cidade. Eu tinha minha lupa comigo e fiquei fazendo alguns estudos botânicos, enquanto meu pai foi comprar um jornal inglês e acendeu um cachimbo.

Achei duas árvores diferentes. Uma tinha flores vermelhas e grandes, a outra, flores pequenas e amarelas. As flores tinham tamanho e formas diferentes, mas de algum modo as duas árvores eram aparentadas. Pois quando examinei suas folhas com a minha lupa, constatei que as nervuras e fibras eram quase idênticas.

De repente ouvimos um rouxinol. Ele ficou um tempão gorjeando, trinando, chilreando. Um canto tão belo que meus olhos por pouco não se encheram de lágrimas. Meu pai ficou tão impressionado quanto eu, mas limitou-se a sorrir.

Fazia tanto calor que ganhei dois sorvetes sem precisar incitar o meu pai a fazer elucubrações filosóficas. Tentei atrair uma barata gorda para cima do palito do primeiro sorvete, a fim de examiná-la com a lupa, mas justamente essa barata tinha um medo doentio de exames médicos.

— Elas aparecem quando o termômetro passa dos trinta graus — explicou meu pai.

— E desaparecem logo que veem um palito de sorvete — completei.

Antes de voltarmos para o carro, meu pai comprou um baralho. E ele fazia isso com a mesma frequência com que as pessoas compram revistas. Não que ele se interessasse particularmente por jogos de cartas, ou que jogasse paciência — isso era eu que fazia. Seu hábito de comprar baralhos precisa, portanto, de uma explicação.

Meu pai trabalhava como mecânico numa grande oficina de Arendal. Fora as suas idas e vindas da casa para o trabalho, e vice-versa, ele quase sempre mergulhava de cabeça nas eternas questões que desafiam a humanidade. Suas estantes estavam abarrotadas de livros sobre diferentes temas filosóficos, uns mais outros menos manuseados. Mas ele também tinha um hobby relativamente normal. Bem, depende do que cada um entende por normal. Muitas pessoas colecionam coisas diferentes, tais como pedras e moedas, selos e borboletas. E meu pai também tinha a sua mania de colecionar. Ele colecionava curingas. E desde muito antes de eu o conhecer. Acho que isso começou quando ele foi para o mar. E ele tinha uma gaveta enorme, cheia de curingas diferentes.

Em geral era assim que acontecia: quando ele via alguém jogando cartas, pedia que lhe dessem o curinga. E não importava se ele não conhecesse as pessoas que estivessem jogando cartas num café, ou sobre uma mesinha de madeira improvisada. Ele dizia, então, que era um apaixonado colecionador de curingas e pedia-lhes o curinga, caso elas não precisassem dele no jogo. A maioria delas dava o curinga sem maiores cerimônias; outras ficavam simplesmente olhando para o meu pai como se quisessem dizer que ele era o pedinte mais curioso que tinham visto em suas vidas. Outras, ainda, recusavam com educação o seu pedido e ainda havia aquelas que ficavam por demais irritadas com ele. Mais de uma vez eu já tinha me sentido uma criança pobre que é forçada a uma espécie de mendicância contra a sua vontade.

É claro que eu também já tinha me perguntado o que teria motivado meu pai a ter um hobby tão original. E a explicação mais plausível era que isso talvez fosse para ele mais ou menos como colecionar cartões-postais de todas as cidades do mundo. Sim, porque também há baralhos de todos os países do mundo. Outra coisa óbvia era o fato de ele colecionar só curingas e nenhuma das outras cartas. Ele jamais poderia ter colecionado o nove de espadas ou o rei de paus, pois não se pode apenas ir entrando num clube de bridge para pedir o rei de paus ou o nove de espadas. A vantagem era que, em geral, existem *dois* curingas num baralho. Chegamos a encontrar baralhos com até três ou quatro, mas normalmente são apenas dois. Além disso, não há muitos jogos em que o curinga é necessário; e nos raros casos em que isso acontece, em geral as pessoas se contentam com um curinga. — Mas o interesse de meu pai pelos curingas tinha uma outra razão mais profunda do que essas reflexões de natureza prática: é que no fundo meu pai se considerava, ele mesmo, um curinga. Só raríssimas vezes ele chegou a verbalizar isso assim, de maneira textual; mas eu sabia fazia muito tempo que ele se considerava uma espécie de curinga dentro de um baralho.

Um curinga é um pequeno bobo da corte; uma figura diferente de todas as outras. Não é nem de paus, nem de ouros, nem de copas e nem de espadas. Não é oito, nem nove, nem rei e nem valete. É um caso à parte; uma carta sem relação com as outras. Ele está no mesmo monte das outras cartas, mas aquele não é seu lugar. Por isso pode ser separado do monte sem que ninguém sinta falta dele.

Acho que meu pai se sentia como um curinga quando cresceu em Arendal na condição de filho de um alemão. Mas a coisa não parava por aí: também como filósofo meu pai era uma espécie de curinga: alguém que sempre acreditou ver coisas estranhas, que os olhos dos outros não viam.

O fato de meu pai ter comprado esse baralho em Lugano não foi motivado, portanto, por um interesse pelas

♠

cartas em si. Ele estava curioso em saber que aparência teria o curinga daquele baralho. E estava tão curioso que abriu imediatamente o pacote e separou o curinga.

— Bem que eu tinha pensado... — disse. — Esse eu nunca tinha visto.

Colocou o curinga no bolso e então foi minha vez de falar:

— Posso ficar com as cartas?

Meu pai me entregou o resto do baralho. Por sinal, essa era uma lei tácita entre nós: quando ele comprava um baralho, ficava com o curinga — e sempre um só, mesmo quando houvesse mais de um — e o restante das cartas ficava comigo. Isso se eu pedisse logo, quer dizer, antes de ele se livrar delas de qualquer outra forma. E assim, ao longo de algum tempo, fui chegando à casa de uma centena de baralhos e me tornei um filho único (ainda por cima sem a mãe dentro de casa) que gostava de jogar paciência, embora não fosse um colecionador de baralhos, no sentido próprio da palavra. Às vezes achava que já tinha baralhos demais. Por isso já tinha acontecido de o meu pai comprar um baralho, tirar o curinga e simplesmente jogar as outras cartas fora. Para ele era como jogar fora a casca de uma banana.

Ele era capaz de dizer "Lixo!", quando separava o joio do trigo e jogava o joio no cesto de lixo.

Em geral, porém, ele encontrava um jeito mais simpático de se livrar das cartas: quando eu não as queria, com frequência ele as entregava para outras crianças sem dizer absolutamente nada. E dessa forma reembolsava a humanidade por todos os curingas que havia mendigado de jogadores desconhecidos. E acho que nesse negócio quem saía ganhando era a humanidade.

Quando partimos, meu pai me disse que a natureza naquela região era tão linda, tão exuberante que ele queria dar uma volta. Em vez de pegar a estrada até Como, viajamos ao longo do lago de Lugano. E quando tínhamos vencido a metade do caminho, atravessamos a fronteira da Itália.

Logo entendi por que meu pai tinha optado por aquele roteiro. Assim que deixamos para trás o lago de Lugano, chegamos a um outro lago, muito maior do que o primeiro, dentro do qual havia um intenso movimento de barcos. Era o lago de Como. Passamos primeiro por uma pequena cidade chamada Menaggio. "Oigganem", eu disse. Depois viajamos uns doze quilômetros ao longo do grande lago. Chegaríamos a Como à noitinha.

Enquanto dirigia, meu pai ia dando nome às árvores: "Pinheiro, ciprestes, oliveiras, figueiras".

Eu não tinha a menor ideia de onde ele tinha aprendido todos aqueles nomes. É verdade que alguns poucos eu já tinha ouvido, mas outros podiam muito bem ser nomes inventados por ele mesmo, só de brincadeira. E enquanto passávamos por todas essas árvores, continuei a ler o meu livro em miniatura. Estava curioso para saber onde o padeiro Hans tinha conseguido a maravilhosa bebida púrpura. E todos aqueles peixinhos coloridos.

Antes de iniciar a leitura, comecei a jogar paciência e parei na metade. *Just in case*, pensei. Se ele quisesse saber a razão do meu silêncio, eu teria à mão uma explicação aceitável. Afinal, eu tinha prometido ao velho padeiro em Dorf que o pãozinho, e o que viesse dentro dele, seria um segredo que ficaria entre nós.

♠

DEZ DE ESPADAS

...como ilhas distantes, inacessíveis para aquele pequeno barco...

Naquela noite, enquanto voltava da casa do padeiro Hans, ainda sentia no corpo inteiro os efeitos da bebida púrpura. Num dado momento, fui surpreendido por um gosto forte de cerejas na pontinha da orelha; logo depois, senti no cotovelo o aroma de alfazema. E de repente, sem qualquer aviso, meu joelho foi tomado pelo gosto forte e azedo do ruibarbo.

A lua havia se posto, mas atrás das montanhas estrelas cintilantes faiscavam. Parecia que um saleiro mágico despejara no céu minúsculos grãos de luz.

Eu já tinha pensado algumas vezes que não passava de um pequeno ser na imensidão deste mundo. Naquele momento, porém, enquanto ainda tinha comigo o gosto da bebida púrpura, eu não apenas pensava nisso: eu *sentia* no corpo todo que esta Terra era a minha morada.

E pude entender, também, por que a bebida púrpura era tão perigosa. Despertara em mim uma sede que talvez nunca mais pudesse ser saciada por completo. E nem bem experimentara um gole, eu já tinha vontade de beber mais.

Quando cheguei ao povoado e caminhava pela Waldemarstrasse, encontrei o meu pai. Ele vinha saindo cambaleando da estalagem Zum Schönen Waldemar. Contei-lhe que havia estado na casa do padeiro Hans e ele ficou tão furioso que me deu um belo tapa no rosto.

♠

Naquele instante, quando tudo o mais estava tão bem, esse tapa me doeu tanto que irrompi em lágrimas na mesma hora. Meu pai também começou a chorar e me perguntou se eu um dia o perdoaria. Não lhe respondi. Limitei-me a acompanhá-lo até em casa.

A última coisa que meu pai disse antes de adormecer foi que mamãe era um anjo e que a cachaça era a maldição do demônio. Acho que essa foi a última coisa que ele me disse antes de se afogar por completo no álcool.

Na manhã seguinte eu estava de novo na padaria. Nem o padeiro Hans e nem eu dissemos qualquer coisa sobre a bebida púrpura. Ela parecia não fazer parte dali, mas de um outro mundo completamente diverso. Ambos sabíamos, porém, que tínhamos agora um grande segredo em comum. Se ele tivesse me perguntado mais uma vez se eu era capaz de guardar um segredo, eu teria ficado por demais magoado. Mas o velho padeiro sabia que não precisava mais me perguntar isso.

Enquanto o padeiro Hans foi até os fundos da padaria para preparar uma massa de *Brezeln*, sentei-me num banquinho e fiquei olhando o peixe colorido que nadava dentro do aquário. Nunca me cansava de olhá-lo. Ele não apenas possuía todas aquelas lindas cores, mas também não se cansava de nadar daqui para lá no aquário; às vezes saltava na água, agitava o corpo inteiro, frenético, tudo isso movido por uma vontade interior própria. Todo o seu corpo era coberto por minúsculas escamas vivas e seus olhos eram dois pontos negros, que jamais se fechavam. Só a sua pequena boca se abria e se fechava ininterruptamente.

Até o menor dos animais é uma pessoa, pensei. Esse peixinho, que vive nadando dentro do aquário, só iria viver esta vez. E um dia, quando sua vida se acabasse, ele nunca mais voltaria.

Quando fiz menção de sair sem dizer nada, o que aliás era um hábito meu nessas rápidas visitas matinais ao padeiro, ele subitamente se voltou para mim e perguntou:

— Você virá à minha casa hoje à noite, Albert?

Continuei sem dizer nada, mas concordei com a cabeça. E então ele acrescentou:

— Eu ainda não te contei sobre a ilha e não sei quantos dias ainda me restam de vida.

Virei-me para ele e me atirei nos seus braços.

— Você não pode morrer — eu disse. — Eu não vou deixar você morrer. Nunca!

— Todas as pessoas velhas têm o direito de morrer — respondeu ele. E segurando os meus ombros franzinos, disse: — Mas é bom saber que outros virão para prosseguir do ponto em que a gente parou.

Naquela noite, quando voltei à casa do padeiro Hans, ele estava me esperando bem ao lado da mina d'água.

— Eu a coloquei de volta em seu lugar — disse ele.

Entendi na mesma hora que estava falando da bebida púrpura.

— Nunca mais vou poder tomar um gole dela? — perguntei.

Nervoso, o velho padeiro respondeu:

— Não, nunca!

De repente, sua expressão e sua voz assumiram um tom severo e enérgico. Mas eu sabia que ele tinha razão. Eu já tinha entendido que nunca mais provaria daquela bebida misteriosa.

— Agora a garrafa deve ficar no sótão — prosseguiu. — E só deve ser retirada de lá quando tiver se passado meio século. Quando esse tempo chegar, um jovem baterá à sua porta e será a vez de ele provar um pouco desse tesouro. Desse modo, o que ainda resta dela na garrafa será suficiente para muitas gerações. E algum dia... algum dia o ribeirão maravilhoso correrá para o Oriente. Você entende, meu filho? Ou o que estou dizendo é muito complicado para você entender?

Respondi que entendia tudo e entramos naquela casa cheia de objetos estranhos vindos de todas as partes do mundo. Como na noite anterior, sentamo-nos na frente da lareira. Sobre a mesa havia dois copos. De uma velha garrafa, o padeiro Hans colocou nos copos um pouco de licor de groselhas.

— Nasci em Lübeck, numa fria noite de inverno, em janeiro de 1811 — começou ele. — Estávamos no meio das longas guerras napoleônicas. Meu pai era padeiro e eu também cheguei a começar a aprender uma profissão, mas logo decidi trocar tudo pela vida no mar. No fundo fui forçado a isso. Éramos oito irmãos e a pequena padaria do meu pai só conseguia a muito custo alimentar tantas bocas. Em janeiro de 1826, com dezesseis anos incompletos, alistei-me em Hamburgo num grande barco a vela. Era uma fragata da cidade norueguesa de Arendal e se chamava *Maria*.

Por mais de dezesseis anos *Maria* foi minha casa e minha vida. Mas então aconteceu o pior. No outono de 1842, nós viajávamos de Rotterdam para Nova York levando mercadorias. Tínhamos uma tripulação muito capaz, mas acho que daquela vez fomos enganados pelo octante e pela bússola. Na verdade, creio que já tínhamos um curso muito ao sul, quando deixamos o canal da Mancha; e é possível que tenhamos tomado o rumo do golfo do México. Até hoje não consigo entender como tudo isso aconteceu.

Depois de umas sete ou oito semanas em alto-mar, todos os cálculos nos diziam que já deveríamos ter chegado ao porto. Mas ainda não havia terra à vista. É bem possível que àquela altura estivéssemos em algum ponto bem ao sul das Bermudas. E foi então que, numa manhã, fomos surpreendidos por uma tempestade. Ao longo do dia o vento foi ganhando força e se transformou num furacão.

O que aconteceu exatamente eu não sei. Nossa fragata deve ter soçobrado em pleno olho de um dos furacões mais fortes de que se tem notícia. A lembrança que tenho do naufrágio se resume a alguns fragmentos, pois tudo aconteceu muito depressa. Lembro-me ainda de que o navio se inclinou e que entrou muita água a bordo. Lembro também que um dos meus companheiros caiu ao mar e desapareceu em meio àquela massa de água. E isso é tudo. O que me lembro a seguir é que acordei num bote salva-vidas. E quando acordei o mar parecia um espelho de tão calmo.

Nunca soube por quanto tempo fiquei desacordado. Algumas horas apenas, ou até alguns dias. Não sei. Só recobrei a noção de tempo quando acordei no bote salva-vidas. Fiquei sabendo depois que o navio em que eu viajava tinha ido a pique sem deixar qualquer vestígio nem dele e nem da tripulação. O único sobrevivente daquele naufrágio fui eu.

O bote salva-vidas tinha um mastro pequeno e debaixo de algumas pranchas da proa encontrei uma vela, cujo tecido já estava bastante gasto. Ergui a vela e tentei navegar guiado pelo sol e pela lua. Achava que estava em algum ponto próximo da costa leste da América e tentei manter um curso rumo a oeste.

Assim, por mais de uma semana fiquei navegando a esmo no mar. Alimentava-me apenas dos biscoitos e do quinhão de água que faziam parte da provisão de emergência do bote. E durante todo esse tempo não consegui vislumbrar o mastro de nenhuma outra embarcação.

Lembro-me sobretudo da última noite. No céu, as estrelas cintilavam como ilhas distantes, inacessíveis para aquele pequeno barco. Achei estranho olhar para um céu que exibia as mesmas estrelas que os meus pais também estavam vendo lá em Lübeck. E embora estivéssemos vendo as mesmas estrelas, estávamos infinitamente longe uns dos outros. Pois as estrelas são sábias, Albert. Para elas, tanto faz como escolhemos viver nossas vidas aqui na Terra.

Logo meus pais receberiam a triste notícia de que eu tinha ido ao fundo do mar junto com a fragata *Maria*.

Na manhã seguinte, quando a linha vermelha da aurora se desenhou no horizonte, descobri à distância um pontinho minúsculo. A princípio achei que fosse um grão de poeira que tinha entrado nos meus olhos. Mas embora eu os esfregasse até me virem as lágrimas, o ponto continuava ali onde estava, imóvel. Percebi, então, que só havia uma explicação para aquilo: o ponto minúsculo devia ser uma ilha.

Tentei posicionar o barco na direção da ilha para que o vento me levasse até lá. No mesmo instante, porém, senti uma forte corrente que com certeza vinha daquela ilha que eu, à distância, mal podia enxergar. Desamarrei a vela, peguei os pesados remos que estavam no fundo do bote, sentei-me de costas para o meu objetivo e coloquei os remos nas alças do bote.

Remei, remei sem parar, mas a sensação que eu tinha era de que não saía do lugar. Na minha frente estava o mar infinito, que seria o meu túmulo se eu não conseguisse chegar à ilha. Já fazia mais ou menos vinte e quatro horas que eu havia bebido o último gole da minha ração de água. Durante muitas horas coloquei todas as minhas forças naqueles remos; não demorou muito e o sangue começou a escorrer das palmas das minhas mãos a cada remada que eu dava. Só que eu não podia parar. Aquela era a minha última chance.

Depois de muitas horas remando, quando me virei e de novo voltei os olhos para aquele ponto minúsculo, ele tinha se transformado numa ilha de contornos inconfundíveis. De longe, vi uma laguna cercada de palmeiras.

Mas eu ainda não tinha alcançado o meu objetivo. Havia ainda um bom trecho de mar a vencer.

No fim, meus sacrifícios valeram a pena. No final daquele mesmo dia entrei com meu pequeno barco a remo na laguna e senti um leve solavanco quando a embarcação tocou a terra. Levantei-me e puxei o bote salva-vidas para a praia. Depois daqueles longos dias no mar, sentir a terra firme sob os pés parecia coisa de contos de fadas.

Comi minha última ração de biscoitos antes de puxar o bote para debaixo das palmeiras. E a primeira coisa em que pensei foi se haveria água potável naquela ilha.

Embora tivesse chegado a salvo numa ilha dos mares do Sul, eu não estava muito otimista. Logo me passou pela cabeça a possibilidade de aquela ilha não ser habitada. Tive a impressão de que era terrivelmente pequena. Não quis nem olhar para o outro lado, com medo de conseguir ver o mar e, portanto, o fim da ilha.

Não havia muitas árvores por ali; de repente, porém, ouvi um pássaro cantar numa palmeira. Foi o canto mais lindo que já ouvi na vida. Talvez o canto daquele pássaro me tenha soado tão belo aos ouvidos porque era o primeiro sinal de que havia vida na ilha. Depois de muitos anos no mar, eu sabia que aquele não era um pássaro marinho.

Segui por um caminho estreito para ver se conseguia me aproximar do pássaro que cantava na palmeira. E foi a primeira vez que experimentei a sensação de que a ilha parecia ficar maior a cada passo que eu dava rumo ao seu interior. Descobri, então, que havia muitas outras árvores e escutei o canto de outros pássaros. Ao mesmo tempo, percebi — ou será que já tinha percebido antes? — que as muitas flores e arbustos daquela ilha eram completamente diferentes da vegetação de qualquer outro lugar onde já tinha estado.

Da praia eu tinha contado apenas umas sete ou oito palmeiras. Naquele momento, percebi que o caminho estreito por onde eu passava estendia-se por entre altas roseiras e levava a um pequeno coqueiral.

Apressei-me em sua direção. Agora eu queria mesmo saber qual era o tamanho da ilha. Mas nem bem cheguei à sombra dos coqueiros, descobri que eles eram apenas a entrada para uma densa floresta. Virei-me para trás e ainda consegui avistar a laguna pela qual tinha chegado à ilha. À direita e à esquerda estendia-se o Atlântico, que à luz forte do sol parecia um mar de ouro líquido.

Não hesitei um só instante. Agora eu precisava ver onde terminava aquela floresta. Decidi continuar minha jornada. Quando consegui atravessar a floresta, vislumbrei elevadas colinas que se erguiam à minha direita e à minha esquerda. E daquele ponto não conseguia mais ver o mar.

VALETE DE ESPADAS

...seus olhos castanhos brilharam...

Eu tinha lido o livro em miniatura até o momento em que meus olhos começaram a ver tudo dobrado. Escondi-o, então, debaixo do gibi do Mickey no banco de trás do carro e olhei para o lago de Como.

Perguntava-me que relação poderia haver entre a lupa e o livrinho que o padeiro em Dorf tinha colocado dentro do pão doce. Outro mistério era pensar que alguém tivesse conseguido escrever um livro com uma letra tão pequena...

Já estava escuro quando chegamos à cidade de Como, depois de viajarmos ao longo de todo o lago. O fato de estar escuro não significava que já era tarde da noite, pois nessa época do ano, na Itália, escurecia muito mais cedo do que na Noruega. À medida que viajávamos rumo ao Sul, cada dia que passava significava que escurecia uma hora mais cedo.

Enquanto meu pai atravessava a agitada cidade de Como, as luzes das ruas se acenderam e descobri de repente um parque de diversões. E pela primeira vez em toda a viagem resolvi investir tudo para fazer valer a minha vontade.

— Vamos ao parque de diversões que ficou ali atrás — eu disse.

♠

— Vamos ver — disse meu pai, que olhava à esquerda e à direita à procura de uma pensão.

— Vamos ver não! — disse eu. — Nós *vamos*.

No fim ele acabou concordando, sob a condição de que primeiro arrumaríamos um lugar para ficar. Além disso, exigiu também uma cerveja, antes de prosseguir em outras negociações. A partir desse pedido, deduzi que não iríamos *de carro* para o parque de diversões. Por sorte encontramos um hotelzinho que ficava a um pulo do parque. Mini Hotel Baradello era o nome do lugar.

— Olledarab Letoh Inim — disse eu, e meu pai quis saber como eu tinha aprendido a falar árabe de uma hora para outra. Apenas apontei para a placa do hotel e ele deu uma boa risada.

Depois de deixarmos nossas coisas no quarto e de meu pai ter bebido a sua cerveja na recepção do hotel, saímos para o nosso passeio. A caminho do parque, meu pai entrou numa loja e comprou duas mini garrafas de não sei o quê.

O parque de diversões até que dava para o gasto, mas só consegui convencer o meu pai a me acompanhar no trem-fantasma e na roda-gigante. Quanto a mim, além desses dois brinquedos ainda me aventurei numa montanha-russa muito louca, com *looping* e tudo.

De lá de cima da roda-gigante dava para ver toda a cidade e também o lago de Como. Numa das voltas, quando a gente estava bem no alto, a roda-gigante parou e nós ficamos balançando de lá para cá, enquanto lá embaixo algumas pessoas desciam e outras subiam. Quando pairávamos entre o céu e a terra, descobri de repente um homenzinho que, lá embaixo, olhava para nós. De susto, cheguei a dar um salto na cadeira; apontei para o sujeito lá embaixo e disse:

— Lá está ele novamente!

— Quem? — perguntou meu pai.

— O anão! — respondi. — Aquele que me deu a lupa lá no posto de gasolina!

— Bobagem... — disse meu pai. Mas bem que ele deu uma olhada lá para baixo.

— É ele sim — teimei. — Está usando o mesmo chapéu e dá para ver que é um anão.

— Há muitos anões na Europa, Hans-Thomas. E também muitos chapéus. Agora sente-se direito!

Mas eu tinha certeza absoluta de que era o mesmo anão. E não havia dúvida: ele estava olhando para nós. Quando a roda-gigante começou a se mover novamente e nossa cadeira começou a descer, percebi que o homem que nos observava desapareceu rapidinho no meio de duas barracas.

Daquele momento em diante, perdi todo o interesse pelo parque de diversões, e quando o meu pai me perguntou se eu queria dar umas trombadas com o carrinho elétrico, recusei educadamente.

— Não, obrigado, só quero dar uma volta por aí — disse.

O que eu não disse foi que estava procurando o anão. Talvez meu pai suspeitasse de que eu estivesse mesmo procurando o anão, pois tentava me enfiar em todos os brinquedos do parque com uma insistência fora do comum.

Durante nosso passeio pelo parque, por duas vezes meu pai virou-se para o outro lado e deu umas goladas numa das duas garrafinhas que tinha comprado. Tive a impressão de que ele teria preferido fazer isso se eu estivesse dentro da casa dos horrores, por exemplo, ou de qualquer outra atração do lugar.

No meio do parque havia sido montada uma tenda em forma de pentágono. Sobre a porta estava escrito SYBILLA.

— Allybis — eu disse, lendo a palavra de trás para a frente.

♠

— Como? Do que você está falando? — perguntou meu pai.

— Ali! — disse eu, apontando para a placa na tenda.

— Sybilla — leu o meu pai. — Sybilla significa "vidente". Você quer ver o seu futuro?

É claro que eu queria. Corri sem demora para a frente da tenda.

À porta de entrada estava sentada uma linda jovem da minha idade. Tinha longos cabelos pretos e olhos escuros. Acho que era cigana. E era tão bom olhar para aquela beleza que cheguei a sentir uma comichão no estômago. Mas ela se interessou mais pelo meu pai do que por mim, pois se virou para ele e perguntou, num inglês meio capenga:

— *Will you see your future, sir? Only five thousand liras.*

Meu pai deu uma nota à garota e apontou para mim. No mesmo instante uma mulher mais velha colocou a cabeça para fora da tenda. Era *ela* a vidente e eu fiquei um tanto decepcionado com a constatação de que o meu futuro não iria ser lido pela jovem. Fui empurrado, então, para dentro da tenda, onde havia uma lâmpada vermelha pendurada no teto. A vidente se sentara a uma mesa redonda. Sobre ela havia uma grande bola de cristal e um aquário com um lindo peixinho dourado. Ao lado do aquário, um baralho.

A vidente apontou para um banquinho e eu me sentei. Se não soubesse que meu pai estava ali fora, bem na frente da tenda, teria ficado com medo.

— *Do you speak English, my dear?* — perguntou a mulher.

— *Of course* — respondi.

Ela pegou o baralho e puxou uma carta. Era o valete de espadas. A vidente o colocou sobre a mesa. Em seguida, me pediu para tirar vinte cartas, uma de cada vez. Depois que as tirei, pediu que eu embaralhasse as vinte. Eu o fiz e ela me pediu para colocar o valete de espadas no meio das

♠

vinte cartas. Em seguida colocou as vinte e uma cartas sobre a mesa, enquanto me olhava bem no fundo dos olhos.

A vidente colocou as cartas em três fileiras e disse que a fileira de cima representava o passado, a do meio o presente e a de baixo o futuro. Na fileira do meio apareceu de novo o valete de espadas, dessa vez ao lado de um curinga.

— *Amazing* — murmurou ela. — *A very special spread.*

A princípio não aconteceu muito mais do que isso, e eu me perguntava se a disposição das vinte e uma cartas tinha sido tão especial a ponto de hipnotizar a vidente. Depois de um bom tempo, porém, ela começou a falar. Primeiro apontou para o valete de espadas na fileira do meio e olhou as cartas que estavam à volta.

— *I see a growing boy* — disse ela. — *He is far away from home.*

Não fiquei muito impressionado com aquele comentário. Não era preciso ser uma vidente para saber que eu não era de Como.

— *Are you not happy, my dear?* — perguntou ela.

Não respondi e de novo ela olhou para as cartas.

Então apontou para a fileira que representava o passado. Ali estava o rei de espadas no meio de muitas outras cartas desse naipe.

— *Many sorrows and obstacles in the past* — disse ela.

Ergueu o rei de espadas e disse que aquele era o meu pai. A vidente continuou dizendo que ele tinha tido uma infância difícil, e disse também muitas outras coisas, das quais só entendi a metade. Por várias vezes a palavra *grandfather* se destacou no meio de tudo o que ela dizia.

— *But where is your mother, dear son?*

Disse que ela estava em Atenas, mas logo me arrependi; afinal, tinha acabado de dar uma boa dica para aquela senhora. E nada me garantia que ela não estivesse blefando.

— *She has been away for a very long time* — prosseguiu a vidente. Depois apontou para a fileira do meio. O ás de copas estava na extrema direita, bem longe do valete de espadas.

— *I think this is your mother* — disse ela. — *She is a very attractive woman... wearing beautiful clothes... in a foreign country far away from the land in the North.*

E assim ela continuou falando sobre o meu destino. E eu sempre entendia só a metade. Quando finalmente ela começou a falar sobre o futuro, seus olhos castanhos brilharam.

— *I have never seen a spread like this* — disse ela mais uma vez. Apontou para o curinga, que estava ao lado do valete de espadas, e disse: — *Many great surprises. Many hidden things, my boy.*

Depois levantou-se e fez um gesto nervoso com a cabeça. A última coisa que ela disse foi:

— *And it is so close...*

E a sessão terminou por ali. A vidente me acompanhou até a saída da tenda, caminhou decidida até onde meu pai estava e sussurrou-lhe algumas verdades ao ouvido. Um pouco atrás dela, eu tentava acompanhar seus passos naquele terreno irregular. De repente ela colocou a mão na minha cabeça e disse:

— *This is a very special boy, sir... Many secrets. God knows what he will bring.*

Acho que por pouco meu pai não caiu na risada. Talvez ele tenha dado a ela mais uma nota só para *não* rir.

Quando já estávamos a uma boa distância, a vidente continuava nos espiando pela fresta da tenda.

— Ela pôs as cartas para mim — eu disse.

— É mesmo? E com certeza você pediu o curinga para ela, não foi?

♠

— Você está louco — respondi azedo àquela pergunta que me soou como uma verdadeira blasfêmia.

A resposta ao meu comentário foram boas risadas. E por elas eu podia perceber que meu pai tinha esvaziado as duas garrafinhas. De volta ao nosso quarto de hotel, consegui convencê-lo a me contar histórias de piratas dos sete mares que ele havia conhecido.

Durante muitos anos, meu pai tinha viajado a bordo de um petroleiro entre a Europa e o Ocidente da Índia. Foi assim que ele conheceu como a palma de sua mão o golfo do México e cidades como Rotterdam, Hamburgo e Rostock. Mas seu navio também viajou por outras rotas, o que lhe possibilitou conhecer portos em todas as regiões do mundo. Já tínhamos estado em Hamburgo, onde passamos meio dia andando pelo porto. Amanhã chegaríamos a uma outra cidade portuária, que meu pai conhecera na sua infância: Veneza. E quando finalmente chegássemos a Atenas, ele queria visitar Pireu, o porto.

Ainda em casa, antes de começarmos essa longa viagem, perguntei ao meu pai se não seria preferível tomarmos um avião. É que dessa forma teríamos mais tempo em Atenas para procurar mamãe. Mas ele havia dito que não: para ele, o grande barato da viagem seria conseguir trazê-la de volta; e, a seu ver, certamente seria mais fácil empurrá-la para dentro de um carro do que conseguir arrastá-la para uma agência de viagem e comprar uma passagem aérea.

Minha suspeita, porém, era que no fundo ele não contava com o fato de encontrar minha mãe. Viajando de carro, suas férias estariam garantidas, mesmo que não a encontrássemos. E tem mais: desde criança meu pai sempre quis conhecer Atenas. E logo em Pireu, que fica a apenas alguns quilômetros de Atenas, seu capitão não lhe tinha permitido descer a terra. Acho que esse capitão deveria ter sido rebaixado a grumete.

♠

Muitas pessoas viajam para Atenas para ver templos antigos. Meu pai queria ir para Atenas porque ali tinham vivido os grandes filósofos. O fato de mamãe nos ter deixado numa situação tão difícil já era em si suficientemente ruim. Para o meu pai, porém, o fato de ela ainda por cima ter ido para Atenas foi um outro tapa na cara. Se ela queria se encontrar num país com que meu pai também sonhava, por que eles não poderiam ter feito isso juntos?

Depois de meu pai ter contado duas emocionantes histórias sobre sua vida de marujo, ele adormeceu. Eu fiquei deitado pensando no livrinho e no estranho padeiro de Dorf. E senti raiva por ter escondido o livro no carro. Assim, naquela noite não pude saber mais nada sobre o que tinha acontecido ao padeiro Hans depois do naufrágio. Mas durante todo o tempo que passei acordado antes de adormecer fiquei pensando em Ludwig, em Albert e no padeiro Hans. Os três tinham passado por maus bocados antes de se tornarem padeiros em Dorf. O segredo da bebida púrpura e dos muitos peixinhos dourados era o que os unia. E o padeiro Hans tinha mencionado um homem chamado Frode, dono de um misterioso baralho, com que, suponho, jogava paciência...

Se não me engano, aquilo tudo tinha alguma coisa a ver com o naufrágio do padeiro Hans.

♠

DAMA DE ESPADAS

...o ruído das borboletas era como música...

Na manhã seguinte meu pai me acordou de madrugada, o que não acontecia com frequência. Acho que não havia muita bebida naquelas garrafinhas que ele tinha comprado a caminho do parque de diversões.

— Hoje vamos para Veneza — disse ele. — E vamos sair ao nascer do sol.

Quando pulei da cama, lembrei que tinha sonhado com o anão e com a vidente. No sonho, o anão era uma estátua de cera dentro do trem-fantasma; de repente, ele ganhou vida quando a vidente de cabelos negros olhou bem no fundo dos seus olhos ao passar por ele junto com sua bonita filha dentro de um carrinho. Na calada da noite, o anão conseguira fugir dali e agora vagava pela Europa morrendo de medo de que alguém pudesse reconhecê-lo e mandá-lo de volta para o trem-fantasma. É que nesse caso ele seria transformado novamente numa estátua de cera.

Até eu conseguir tirar este sonho da minha cabeça e vestir minha roupa, meu pai já estava pronto para sair. Comecei a ficar ansioso por conhecer Veneza. Lá, pela primeira vez em nossa longa viagem, veríamos o mar Mediterrâneo. Eu nunca tinha visto esse mar e ele tinha sido o último mar por onde meu pai viajara ainda como marujo.

♠

Fomos até o refeitório e tomamos o café da manhã nada reforçado que se costuma tomar ao sul dos Alpes. Antes mesmo das sete horas já estávamos dentro do carro e quando partimos o sol surgiu no horizonte. Meu pai colocou os óculos escuros e disse:

— Agora vamos ter esta poderosa estrela diante dos olhos durante toda a manhã.

A estrada para Veneza cortava a região do rio Pó, uma das mais férteis de todo o mundo. E é claro que isso se devia, em grande parte, à abundância e à qualidade da água dos Alpes.

Num dado momento passamos por viçosos pomares de laranja e de limão; no momento seguinte estávamos cercados por ciprestes, oliveiras e palmeiras. Nas áreas alagadas vimos gigantescos campos de arroz entre choupos de grande porte. E ao longo de toda a margem da rodovia cresciam papoulas de um vermelho tão intenso que às vezes eu precisava esfregar os olhos para conseguir enxergá-las.

Logo chegamos ao ponto mais elevado de uma colina e de lá pudemos avistar uma paisagem de cores tão exuberantes que um pobre paisagista teria de usar todas as suas tintas de uma só vez para conseguir um quadro razoavelmente fiel à realidade.

Meu pai parou o carro no acostamento, desceu e fumou um cigarro, enquanto ordenava seus pensamentos para mais uma minipalestra.

— Ano após ano, tudo isso brota do solo, Hans-Thomas: tomates e limões, alcachofras e nozes... e toneladas de clorofila. Você consegue entender como a terra escura é capaz de bombear tudo isso para cima?

E ficou parado um bom tempo, admirando o milagre da criação.

— O que mais me impressiona é o fato de tudo isso ter sua origem numa mesma e minúscula célula. Em algum ponto do passado remoto, há alguns bilhões de anos, surgiu um grãozinho que depois se dividiu. E ao longo dos anos esse grãozinho se transformou em elefantes e macieiras, framboesas e orangotangos. Dá para entender uma coisa dessas, Hans-Thomas?

Balancei a cabeça e ele recomeçou a falar. Seguiu-se, então, uma longa exposição sobre a origem das diferentes espécies de animais e plantas. Por fim, meu pai apontou para uma borboleta que acabara de voar de uma florzinha azul, e explicou que justamente aquela borboleta podia viver sua vida justamente ali, na região do rio Pó, porque os pontos escuros de suas asas se pareciam com os olhos dos animais selvagens que por ali viviam...

Em outras pausas para um cigarro — mais raras, é verdade —, em que meu pai preferia ficar refletindo sobre alguma coisa do que aborrecendo seu indefeso filho com palestras filosóficas, eu tirava a lupa do bolso da calça e fazia interessantes experimentos de biologia. A mesma lupa com que eu lia, no banco de trás do carro, o livro que fora colocado dentro do pão doce. Para mim, a natureza e o livrinho eram igualmente misteriosos.

Por quilômetros e quilômetros meu pai ficou sentado à direção sem dizer palavra, imerso em seus pensamentos. Eu sabia que de uma hora para outra iria ouvir mais algumas verdades importantes sobre o planeta em que vivemos, ou então sobre o súbito desaparecimento de mamãe. Mas o mais importante agora era continuar com a leitura daquele pequeno grande livro...

Sentia-me aliviado por ter encontrado um lugar de terra firme, que não se resumia a rochedos estéreis no meio do mar. Mas isso ainda não era tudo: aquela ilha

♠

parecia ocultar um segredo muito além da minha compreensão, pois eu era capaz de jurar que ela aumentava de tamanho, à medida que eu avançava para o seu interior. Era como se a cada um dos meus pequenos passos seu tamanho se multiplicasse em todas as direções; como se ela fosse se expandindo espontaneamente, a partir de não sei o quê.

Continuei a avançar por aquela trilha estreita, que logo se dividiu em duas, e tive de escolher uma direção a seguir. Tomei o rumo da esquerda, que mais à frente também se bifurcou. E novamente escolhi o caminho da esquerda.

Logo a trilha desapareceu num vale profundo entre duas montanhas. Ali, tartarugas gigantescas arrastavam-se por entre os arbustos. As maiores tinham mais de dois metros de comprimento. Já ouvira falar de tartarugas assim tão grandes, mas era a primeira vez que as via com meus próprios olhos. Uma delas esticou a cabeça para fora de sua carapaça e olhou para mim, como se quisesse me dar as boas-vindas à ilha.

Durante todo o dia continuei minha caminhada. Vi outras florestas, vales, planaltos, mas nada de ver o mar. Tive a sensação de estar perdido numa paisagem mágica, uma espécie de labirinto às avessas, dentro do qual os caminhos nunca chegavam a uma parede.

Já no fim da tarde cheguei a um campo aberto, uma paisagem plana e vasta com um grande lago, cujas águas cintilavam intensamente à luz do sol da tarde. Deixei-me cair à margem e saciei minha sede. Pela primeira vez em semanas bebia uma água diferente da água do navio.

Há muito tempo também não tomava banho. Resolvi, então, arrancar aquela apertada roupa de marujo e saí nadando. Depois de toda a tarde andando sob o sol escaldante dos trópicos, experimentei uma indescritível sensação de frescor. Só então percebi o quanto meu rosto e meu couro cabeludo tinham sido queimados pelo sol durante todos aqueles dias sem proteção no bote salva-vidas.

Mergulhei algumas vezes e quando abria os olhos dentro da água via enormes cardumes de peixes que tinham todas as cores do arco-íris. Alguns eram verdes como as folhagens da margem, outros azuis como pedras preciosas e outros ainda tinham um brilho dourado em suas escamas vermelhas, amarelas e alaranjadas. Ao mesmo tempo, cada um deles tinha uma faixa de todas as cores.

Nadei de volta até a margem e me deitei ao sol do fim de tarde para me secar. Só então senti como estava faminto. Olhei à minha volta e descobri um arbusto carregado com pesadas pencas de umas frutinhas amarelas do tamanho de morangos. Nunca tinha visto aquelas frutinhas, mas supus que fossem comestíveis. Tinham o gosto de uma mistura de nozes e de bananas. Depois de ter me fartado de comer, vesti de novo minhas roupas e acabei adormecendo, exausto, à margem do grande lago.

Na manhã seguinte, antes mesmo de o sol nascer, acordei daquele sono profundo e me senti desperto na mesma hora. Tinha sobrevivido a um naufrágio!, pensei. Só agora me dava conta disso. Era como se tivesse nascido de novo.

À esquerda do lago erguia-se um paredão rochoso absolutamente intransponível. Era coberto por gramíneas amarelas e flores vermelhas em forma de sinos, que se moviam com leveza à brisa fresca da manhã.

Antes de o sol aparecer no céu, eu já tinha chegado ao ponto mais elevado de uma colina. E mesmo ali de cima não conseguia ver o mar. O que via na minha frente era uma vasta paisagem de dimensões continentais. Já tinha estado na América do Norte e do Sul, mas não era possível que estivesse lá. E em parte alguma via um vestígio sequer de gente.

Fiquei lá em cima da colina até que o sol apareceu no leste: vermelho como um tomate, mas trêmulo como uma miragem. E com a linha do horizonte tão distante, aquele era o sol maior e mais vermelho que já tinha visto em toda a minha vida, inclusive durante os tempos que passei no mar.

Seria aquele sol o mesmo que estaria iluminando meus pais lá em Lübeck?

Durante toda a manhã, continuei caminhando de paisagem em paisagem. Quando o sol estava a pino, cheguei a um vale cheio de roseiras amarelas. Borboletas gigantes voavam de roseira em roseira; as maiores tinham as asas tão grandes quanto as de uma gralha, mas eram infinitamente mais bonitas. Eram de um azul-profundo e tinham nas asas duas grandes estrelas vermelho-sangue. Para mim era como se fossem flores vivas; era como se de repente algumas flores da ilha tivessem se libertado do chão, ganhado o ar e aprendido a arte do voo. O mais curioso, porém, era que o ruído das borboletas era como música. Elas sibilavam em diferentes tonalidades e espalhavam por todo o vale o som suave de flautas. Parecia que os flautistas de uma grande orquestra estavam afinando seus instrumentos. Às vezes, quando passavam por mim, suas asas macias roçavam minha pele. Percebi que elas tinham um perfume mais forte e mais doce do que o mais caro perfume.

Um rio de águas agitadas cortava o vale. Decidi seguir o seu curso para não ficar errando sem direção por aquela ilha imensa. Além disso, estava certo de que mais cedo ou mais tarde encontraria o mar. Pelo menos era o que achava. Só que isso era mais difícil do que eu pensava, pois a uma certa hora da tarde aquele extenso vale chegou ao fim. Primeiramente ele foi ficando estreito como um funil e então, de repente, vi-me bem na frente de um rochedo maciço.

♠

A princípio não entendi nada. Afinal, um rio não pode simplesmente dar meia-volta e correr em sentido contrário sobre o leito de onde tinha vindo. Foi então que percebi que o rio entrava por uma caverna. Fui até a entrada da caverna no rochedo e olhei para dentro. No interior da caverna, a água corria mais calma e formava um canal subterrâneo.

Diante da entrada da caverna no rochedo alguns sapos enormes saltavam na margem do rio. Eram do tamanho de coelhos, coaxavam sem parar numa confusão de ruídos e provocavam um barulho infernal. Para mim era novidade que existissem na natureza sapos daquele tamanho. Pela relva úmida das margens também se arrastavam gordos lagartos e iguanas maiores ainda. Já estava habituado a ver animais como esses nas muitas cidades portuárias por onde tinha passado. Mas não daquele tamanho e nem naquelas cores: na ilha, os répteis eram vermelhos e amarelos e azuis.

Descobri que era possível adentrar a caverna seguindo pela margem do rio. Decidi entrar para ver até onde eu chegava.

Dentro da montanha reinava uma luminosidade azul-esverdeada. A água parecia quase não se mover. E ali também, nas águas cristalinas, cardumes de peixes coloridos nadavam com grande vivacidade.

Depois de caminhar um pouco, ouvi bem ao fundo da caverna um ruído surdo. À medida que me aproximava, ele ficava mais alto. Pouco depois já parecia o som ensurdecedor de uma orquestra de tímpanos. Tive a certeza de que estava me aproximando de uma cachoeira subterrânea e pensei que teria de dar meia-volta e retornar ao ponto por onde havia entrado. Mas antes mesmo de eu chegar à queda-d'água, a caverna foi inundada por uma luz intensa, e quando olhei para cima, vi um pequeno orifício na rocha através do qual a luz conseguia chegar até ali. Sem hesitar, escalei a parede rochosa até o orifício e vislumbrei uma paisagem tão encantadoramente bela que não pude conter as lágrimas.

Só a muito custo consegui passar pelo orifício. E quando me vi do lado de fora, tinha a meus pés um vale verde e tão exuberante que na mesma hora desapareceu de mim toda a saudade do mar.

Desci da elevação rochosa em que estava e quanto mais me embrenhava pelo vale, mais descobria diferentes espécies de árvores frutíferas. Algumas tinham maçãs, laranjas e outras frutas que eu já conhecia. Mas havia também outras frutas de formas e tamanhos que eu nunca tinha visto na vida. As árvores maiores tinham frutos alongados, semelhantes a ameixas; algumas árvores de menor porte tinham frutos verdes, do tamanho de tomates.

O chão estava coberto de flores de toda a espécie, cada uma de cor e forma mais surpreendentes do que a outra. Havia campânulas, primaveras e anêmonas, e por toda a parte cresciam pequenas roseiras carregadas de densas guirlandas formadas por rosinhas anãs vermelho-púrpura. Sobre essas roseiras zuniam abelhas tão grandes quanto os pardais que eu conhecia de minha cidade natal. Suas asas brilhavam como cristal no sol forte da tarde. Naquele momento, senti um forte aroma de mel.

Continuei minha jornada vale adentro. E ali descobri os milucos...

Já tinha ficado espantado com as abelhas e as borboletas da ilha; mas embora elas fossem mais belas e maiores do que seus parentes na Alemanha, ainda assim continuavam sendo abelhas e borboletas. E o mesmo valia para os sapos e os répteis. Agora, porém, o que eu via eram animais brancos, de grande porte, tão diferentes de tudo o que eu já tinha visto ou ouvido falar na minha vida que tive de esfregar várias vezes os olhos para acreditar no que via.

Era um rebanho de uns doze ou quinze animais. Eles eram do tamanho de cavalos e vacas, mas tinham uma pele grossa e branca, que lembrava a pele dos porcos. E todos tinham seis patas! Suas cabeças eram menores e mais pontiagudas que a dos cavalos e vacas. E de vez em quando erguiam os pescoços para o céu e emitiam um som mais ou menos assim: — brasch, brasch!

Não tive medo: os animais de seis patas pareciam tão tolos e amigáveis quanto as vacas que eu conhecia na Alemanha. A sua aparição só me deixava clara uma coisa: eu estava num lugar que não existia no mapa. Literalmente! E a sensação que tive ao constatar isso foi comparável, talvez, à sensação de encontrar uma pessoa sem rosto.

Ler as minúsculas letras daquele livrinho era mais difícil e demorava mais do que ler um livro de tamanho normal. Eu tinha que destacar letra por letra daquele emaranhado de sinais nas páginas e, uma a uma, ir formando as palavras. Quando cheguei à passagem que falava dos animais de seis patas na ilha mágica, já estávamos no meio da tarde. Meu pai se afastava agora da rodovia principal.

— Vamos comer em Verona — disse ele.

— Anorev — completei. Eu já tinha lido a placa.

Enquanto entrávamos na cidade, meu pai me contou a triste história de Romeu e Julieta, que não puderam ficar juntos porque pertenciam a duas famílias que viviam em pé de guerra. Os jovens apaixonados, que tiveram de pagar com a própria vida por seu amor proibido, tinham vivido ali em Verona havia muitos e muitos anos.

— Foi mais ou menos o que aconteceu com meus avós — eu disse. Meu pai riu, pois nunca tinha pensado nisso antes.

Comemos antepasto e pizza, sentados a uma mesa colocada na calçada de um grande restaurante. Antes de deixarmos Verona, demos uma volta pelas ruas, e numa banca que vendia lembranças do lugar, meu pai comprou um baralho com cinquenta e duas mulheres peladas. Como de costume, separou rapidamente o curinga; mas, ao contrário da maioria das outras vezes, guardou consigo as outras cartas. Foi uma situação meio chata para ele, pois acho que ele imaginou que as mulheres estivessem um pouco mais vestidas do que estavam. Seja como for, ele colocou as cartas no bolso da camisa tão rápido quanto um relâmpago.

— É mesmo inacreditável que existam tantas mulheres... — disse ele, como se falasse sozinho. Acho que ele tinha de dizer alguma coisa, mesmo que fosse alguma tolice, para tentar consertar aquela situação. Afinal, todo mundo sabe que metade da população mundial é formada por mulheres. Talvez ele estivesse achando incrível que tantas mulheres *nuas* estivessem reunidas de uma só vez num baralho. Ao ouvir o seu comentário, tive de concordar com ele: também eu achava um fato incomum, e até um exagero, reunir fotografias de cinquenta e duas mulheres nuas num só baralho. Além disso, a ideia me pareceu um tanto idiota, pois não se pode jogar com um baralho só de damas. Quer dizer, é claro que no canto superior esquerdo das cartas havia um número e um símbolo — rei de espadas, quatro de paus etc. —, como em qualquer outro baralho. Acontece que, com aquele baralho, todo mundo ia ficar olhando as mulheres peladas, no verso das cartas, e não ia conseguir se concentrar no jogo. O único homem no baralho inteiro era o curinga. Ele estava representado por uma estátua grega ou romana, não sei bem, com um chifre de bode, e também nu. Nesse caso, porém, não era de se estranhar. A maioria das estátuas antigas não usa nada sobre o corpo.

Quando voltamos para o carro eu ainda estava pensando naquele baralho esquisito:

♠

— Você nunca pensou em procurar uma outra mulher, em vez de passar metade da sua vida procurando aquela que também vive se procurando? — perguntei.

Primeiro meu pai deu boas gargalhadas, mas depois disse:

— É verdade...está aí uma coisa misteriosa. Existem cerca de cinco bilhões de pessoas neste planeta. Mas a gente acaba se apaixonando por uma pessoa determinada e não quer trocá-la por nenhuma outra.

E isso foi tudo o que se disse sobre aquele baralho. Embora ele mostrasse cinquenta e duas mulheres diferentes, todas elas se esforçando para ser a mais bonita, eu sabia que, aos olhos do meu pai, faltava àquele baralho uma carta importante. Aquela carta que queríamos achar em Atenas.

♠

REI DE ESPADAS

...um encontro imediato do quarto grau...

No final da tarde, quando afinal chegamos a Veneza, tivemos de deixar o carro num enorme estacionamento antes de entrarmos na cidade propriamente dita. Isso porque Veneza não tem uma única rua sequer por onde possam transitar veículos. Em compensação, existem nessa cidade cento e oitenta canais, mais de quatrocentas e cinquenta pontes e alguns milhares de barcos a motor. Além de gôndolas, é claro.

Saindo do estacionamento, fomos com o barco-táxi até nosso hotel no canal Grande, o maior canal de Veneza. De nosso hotel em Como, meu pai já tinha reservado um quarto. Atiramos nossa bagagem naquele que era o menor e o mais feio quarto de hotel de toda a viagem até então e fomos para a cidade passear ao longo dos canais e passar pelas inúmeras pontes. Queríamos ficar duas noites em Veneza, antes de prosseguirmos viagem. Eu sabia que era grande o risco de o meu pai se servir abundantemente das bebidas da cidade dos canais.

Depois de passarmos algum tempo sentados na praça de São Marcos, consegui convencer meu pai a fazermos um pequeno e agradável passeio de gôndola. Ele mostrou no mapa ao gondoleiro para onde queria ir e nós partimos. A única coisa que não correspondeu às minhas expectativas foi o fato de o gondoleiro não abrir a boca para cantar uma estrofe que fosse de uma canção qualquer. Mas isso não prejudicou em nada o passeio. Afinal, sempre que ouvia essas canções de gondoleiros eu pensava num gato miando.

Enquanto estávamos a caminho de nosso objetivo, aconteceu uma coisa sobre a qual meu pai e eu nunca mais conseguimos entrar num acordo: justo no momento em que passávamos por baixo de uma ponte, uma carinha já conhecida apareceu entre as ferragens do corrimão da ponte e olhou para nós. Tive a certeza de que se tratava do anão do posto de gasolina e dessa vez não me agradou nada revê-lo assim, inesperadamente. Ficou claro para mim que estávamos sendo seguidos.

— O anão! — gritei, saltando do banco em que estava na gôndola e indicando a ponte.

Hoje entendo perfeitamente que o meu pai tenha ficado furioso. Afinal, por um triz não virei aquela gôndola.

— Sente-se já! — ordenou ele. Apesar disso, depois de passarmos pela ponte, ele se virou e olhou para cima. O problema é que nesse meio tempo o anão tinha desaparecido sem deixar vestígios. Exatamente como no parque de diversões.

— Eu o reconheci — disse eu, e comecei a chorar. E chorei porque também senti medo de que a gôndola virasse. Mas tive a certeza de que meu pai não acreditou em mim.

— Você está imaginando coisas, Hans-Thomas — disse ele.

— Mas havia mesmo um anão ali na ponte! — teimei.

— Pode ser, mas não era o mesmo — replicou meu pai, embora nem tivesse visto o anão de que estávamos falando.

— Você está querendo me dizer que a Europa toda está infestada de anõezinhos?

Minha pergunta pareceu tocar no cerne do problema: sentado em seu lugar, meu pai deu um sorriso maroto.

♠

— Pode ser — disse ele. — Todos nós somos uns anõezinhos muito estranhos. Anões misteriosos que aparecem de repente nas pontes de Veneza...

O gondoleiro, que durante todo o tempo permaneceu impassível, deixou-nos numa pracinha cheia de cafés com mesinhas na rua. Meu pai me pagou um sorvete e um refrigerante. Para ele, pediu um café e alguma outra coisa que chamou de Vecchia Romagna. Não fiquei nada surpreso quando lhe serviram junto com o café uma bebida em um elegante copo de cristal, que mais lembrava um aquário.

Depois de dois ou três copos daquela bebida, meu pai olhou fundo dentro dos meus olhos, como se tivesse decidido me revelar o maior segredo de sua vida.

— Você se lembra de nosso jardim lá em Hisøy? — começou.

Não me dignei a responder a uma pergunta tão tola e deixei meu pai sem resposta.

— O.k. — continuou ele. — Agora ouça bem, Hans-Thomas. Vamos imaginar que um belo dia você vá até o jardim e descubra entre as macieiras um pequeno marciano. Digamos que ele seja um pouco menor do que você e que seja amarelo, ou verde, como a sua imaginação quiser.

Concordei com a cabeça, como era de se esperar. Não tinha sentido protestar contra o tema daquela conversa.

— Digamos que a estranha figurinha erga os olhos e firme o olhar em você. Sabe, os extraterrestres gostam de encarar os outros — prosseguiu meu pai. — Até aí tudo bem. A questão é saber como *você* reagiria.

Quis dizer que convidaria o sujeito para tomar café da manhã; mas para ser fiel à verdade, disse que era provável que soltaria um grito de susto e de medo.

Meu pai concordou e ficou visivelmente satisfeito com aquela resposta. Ao vê-lo assim tão satisfeito, entendi que ainda não tinha terminado de dizer tudo o que queria.

— Você não acha que ficaria um tanto espantado e curioso para saber quem era aquele extraterrestre e de onde ele vinha?

— É claro — respondi.

Mais uma vez ele fez um gesto com a cabeça e uma expressão de quem estava analisando meticulosamente todas as pessoas que se encontravam naquela praça. Depois perguntou:

— Já te ocorreu alguma vez que você mesmo pode ser esse homenzinho de Marte?

Já estava acostumado com todas aquelas coisas do meu pai, mas confesso que ao ouvir isso tive de me segurar no canto da mesa para não cair da cadeira.

— Ou um homenzinho da Terra, se você preferir — prosseguiu ele. — No fundo não importa o nome do planeta em que vivemos. O fato é que você também é uma criatura de duas pernas que vive andando daqui para lá num globo que vagueia pelo universo.

— Exatamente como os marcianos — completei.

Ele concordou.

— E pode ser até que você esteja passeando pelo jardim e, em vez de dar de cara com um marciano, dê de cara com você mesmo. E pode ser que nesse momento você dê aquele grito de medo que daria se encontrasse um marciano. Isso para dizer o mínimo, pois afinal de contas não é todo dia que a gente se descobre um habitante vivo de um planeta que não passa de uma ilhota no universo.

Entendi o que ele queria dizer, mas não soube o que falar. Não era fácil fazer algum comentário àquele tema.

— Você se lembra de quando assistimos a um filme chamado *O encontro*? — perguntou meu pai.

Eu disse que sim. Era um filme confuso sobre pessoas que tinham visto discos voadores de um outro planeta.

— Vamos adotar por alguns instantes a linguagem do diretor do filme: ver uma nave espacial de um outro planeta significa um contato do primeiro grau. Quando vemos criaturas bípedes saindo de dentro dessa nave falamos de um contato do segundo grau. E um ano depois do *Encontro* a gente assistiu a um outro filme...

— Sim... ele se chamava *Contatos imediatos do terceiro grau* — completei.

— Exatamente. E se chamava assim porque as personagens do filme tinham tocado em androides de um outro sistema solar. Esse contato direto é o que chamamos de contato do terceiro grau. Tudo bem até aqui?

— Tudo bem — respondi.

Depois disso meu pai ficou olhando por um bom tempo para a praça e para os muitos cafés. E então disse:

— Mas você, Hans-Thomas, você experimentou um contato imediato do *quarto* grau.

Devo ter parecido um ponto de interrogação da cabeça aos pés.

— Isso porque você mesmo é uma misteriosa criatura do espaço — disse meu pai enfaticamente. E ao dizê-lo, bateu com tanta força a xícara de café sobre a mesa que nós dois ficamos surpresos quando vimos que ela não tinha se quebrado. — *Você* é essa criatura misteriosa e a conhece como ninguém.

Eu estava confuso, mas entendi na hora que ele tinha toda a razão.

— Você deveria trabalhar para o governo como filósofo — eu disse. E aquilo veio do fundo do meu coração.

Naquela noite, quando voltamos para o hotel, descobrimos uma enorme barata no chão do quarto. Era tão grande que sua casca rangia quando ela andava.

♠

Meu pai debruçou-se sobre ela e disse:

— Desculpe, minha amiga, mas você não vai poder dormir aqui hoje. Nós reservamos um quarto duplo e, portanto, só há lugar para nós dois. Além disso, somos nós que vamos pagar a conta.

Achei que meu pai tivesse enlouquecido de vez. Mas, do chão, ele olhou para mim e disse:

— Ela é gorda demais para nós simplesmente a matarmos, Hans-Thomas. É tão grande que temos de vê-la como um indivíduo. E a gente não sai por aí matando as pessoas, mesmo quando a presença delas nos incomoda.

— Você está sugerindo que a gente deixe essa barata andando pelo quarto enquanto a gente dorme?

— Não! Precisamos mostrar a ela a porta de saída.

E foi o que ele fez: mostrou à barata a porta de saída do quarto. Primeiro colocou as valises e bolsas de tal forma que, entre elas, formou-se um caminho estreito rumo à porta. Depois começou a cutucar o traseiro da barata com um palito de fósforo para fazê-la movimentar-se. Meia hora depois ela já tinha chegado ao corredor de fora do quarto e meu pai achou que seu dever estava cumprido. Não quis acompanhar aquele hóspede indesejável até a portaria, lá embaixo.

— E agora... já para a cama! — disse ele quando fechou a porta. Deitou-se e caiu no sono no mesmo instante.

Fiquei com a lâmpada de cabeceira acesa e continuei a ler o meu livrinho tão logo percebi que meu pai tinha ultrapassado a fronteira da terra dos sonhos.

♠

PAUS

ÁS DE PAUS

...os mesmos símbolos que a gente vê nas cartas de baralho...

Durante toda a tarde caminhei por aquele jardim exuberante a que tinha chegado. Foi então que descobri à distância duas figuras humanas. Senti o coração querer saltar fora do peito.

Estou salvo, pensei. Talvez tivesse mesmo chegado à América, ao contrário das minhas expectativas.

Enquanto caminhava em direção às duas figuras, ocorreu-me que talvez não conseguíssemos nos comunicar. Eu só sabia falar alemão, e também um pouco de inglês e de norueguês que tinha aprendido de ouvido a bordo do *Maria*. E as pessoas daquela ilha com certeza falavam uma outra língua, completamente diferente.

Quando me aproximei, percebi que elas estavam num pequeno campo e faziam alguma coisa que eu não conseguia identificar à distância. Descobri, também, que eram menores do que eu. Seriam duas crianças?

Ao me aproximar um pouco mais, vi que colocavam umas raízes de cor clara num cesto. De repente elas se viraram e olharam para mim. Eram dois homens gordinhos e não ultrapassavam a altura do meu peito. Ambos tinham cabelos castanhos e a pele bem morena e brilhante. Os dois trajavam uniformes azul-escuros, exatamente iguais. A única diferença era que a jaqueta do uniforme de um tinha três botões pretos, ao passo que a do outro tinha apenas dois.

♣

— *Good afternoon* — disse eu, primeiramente em inglês.

Os homenzinhos colocaram suas ferramentas no chão e me encararam.

— *Do you speak English?* — tentei novamente.

Os dois homenzinhos limitaram-se a agitar os braços e a sacudir a cabeça.

Movido por puro reflexo, resolvi me dirigir a eles na minha língua materna. E foi então que aquele que tinha três botões pretos no uniforme me respondeu em perfeito alemão:

— Se você tem mais do que três símbolos, pode nos derrotar; mas nós te suplicamos que não o faça.

Eu estava tão perplexo que não sabia o que responder. No coração de uma ilha do Atlântico, alguém falava comigo na minha língua materna! E isso não era tudo o que me intrigava. Também não conseguia entender o que ele queria dizer com aquela história de três símbolos.

— Venho em paz — disse eu, por via das dúvidas.

— É melhor que seja assim, senão o rei vai te punir.

O rei!, pensei. Isso queria dizer que eu não estava na América do Norte.

— Gostaria muito de falar com o rei — repliquei.

Nesse momento, o sujeito com os dois botões no uniforme entrou na conversa.

— Com qual rei você deseja falar?

— O seu amigo não disse que o rei iria me punir?

O homenzinho com dois botões no uniforme voltou-se para o de três e disse:

— Foi o que pensei. Ele não conhece as regras.

O outro, o de uniforme com três botões, olhou para mim e explicou:

— Não há apenas um rei.

— É mesmo? E quantos são?

Os dois trocaram um risinho sarcástico. Entendi perfeitamente que, para eles, eu só fazia perguntas tolas.

♣

— Um para cada cor — suspirou resignado o que tinha dois botões no uniforme.

Só então me dei conta de como eles eram pequenos. Não eram maiores do que anões, mas tinham o corpo bem-proporcionado. Ao mesmo tempo, tive a sensação de que esses liliputianos, ou o que quer que fossem, na certa eram um tanto atrasados intelectualmente.

Eu já ia perguntar quantas "cores" havia, a fim de saber quantos reis existiam na ilha. Mas resolvi me poupar o trabalho. Em vez disso, perguntei:

— Como se chama o rei mais importante?

Novamente os dois trocaram um olhar e balançaram a cabeça.

— Você não acha que ele está querendo se divertir conosco? — perguntou o homem de uniforme com dois botões.

— Não faço a menor ideia — respondeu o de três. — Mas temos de responder à pergunta que nos fez.

O homenzinho de uniforme com dois botões afugentou uma mosca que pousara sobre suas gordas bochechas morenas e disse:

— Em geral um rei preto derruba um rei vermelho; mas também pode acontecer de um rei vermelho derrubar um rei preto.

— Que coisa mais brutal! — comentei.

— Mas são as regras...

De repente ouvimos um tilintar à distância. Era evidente que, em algum lugar não muito longe dali, um objeto de vidro se espatifara no chão. Os dois anões voltaram-se para a direção de onde os ruídos tinham vindo.

— Idiotas! — disse o anão de dois botões. — Elas quebram a metade do que produzem.

Quando os dois me deram as costas por alguns instantes, descobri uma coisa de fato intrigante: nas costas do uniforme do anão de dois botões estavam desenhados dois símbolos de paus. No outro, os símbolos eram três. E exatamente os mesmos símbolos que a gente vê nas cartas de baralho. No mesmo instante, aquela conversa que eu vinha mantendo com os dois me pareceu ainda mais sem sentido.

Quando os dois se viraram para mim, decidi mudar o enfoque das minhas perguntas.

— Há muitos habitantes nesta ilha? — perguntei.

Mas de novo os dois trocaram um olhar de quem não tinha entendido a pergunta.

— Esse sujeito faz cada pergunta... — disse um deles.

— É... que coisa mais insolente... — concordou o outro.

Achei aquela conversa pior do que se não entendêssemos a língua um do outro. Isso porque embora eu entendesse cada palavra que eles diziam, simplesmente não entendia o que eles queriam dizer. Provavelmente teria sido melhor se nós estivéssemos nos comunicando por uma linguagem de sinais.

— Quantos vocês são? — tentei de novo, e já começava a ficar impaciente.

— Você não está vendo que somos o Dois e o Três? — replicou o anão com os três símbolos de paus nas costas. — Se você precisa de óculos, vai ter de falar com o Frode. Ele e o único por aqui que domina a arte de polir vidro.

— E você? Quantos você é, afinal? — perguntou o outro.

— Eu? Bem... eu sou apenas um! — respondi.

O Dois de Paus olhou para o Três de Paus e soltou um assobio bem forte:

— Um ás! — disse ele.

— Então nós perdemos mesmo! — replicou o outro, aparvalhado. — Esse aí pode derrubar até o rei!

E dizendo isso, tirou uma garrafinha do bolso da jaqueta. Bebeu um longo gole de uma bebida cintilante e deu a garrafa ao outro, que também deu uma boa golada.

— Quer dizer que os ases não são damas? — perguntou o Três de Paus.

♣

— Não necessariamente — respondeu o outro. — Só a dama é sempre dama. Pode ser também que ele venha de um outro jogo.

— Besteira. Não existe outro jogo. E os ases são damas. E ponto final!

— Talvez você tenha razão. Mas ele tinha de ter quatro botões para poder nos derrotar.

— A nós sim, mas não ao nosso rei. Isso é óbvio. Portanto, ele está querendo nos confundir.

Os dois beberam mais umas goladas de sua garrafinha. As pálpebras de seus olhos começaram a pesar e o olhar de ambos foi ficando cada vez mais longínquo. De repente, o corpo do Dois de Paus foi sacudido por um forte espasmo. Ele me olhou bem dentro dos olhos e disse:

— PEIXINHO NÃO REVELA SEGREDO DA ILHA, MAS PÃOZINHO SIM.

Dito isso, os dois deixaram seus corpos caírem no chão e começaram a murmurar coisas desconexas como: ruibarbo... manga... amora... tâmara... limão... hunja... schuka... coco... banana...

Disseram ainda os nomes de uma série de outras frutas e plantas, dos quais eu só conhecia alguns. No fim, viraram-se de barriga para cima e adormeceram.

Tentei despertá-los tocando-lhes levemente o corpo com os pés, mas eles nem se mexeram.

De novo eu estava sozinho. Lembro-me ainda de que naquele momento pensei que a ilha deveria ser uma espécie de sanatório para pessoas perturbadas mentalmente e que os dois homenzinhos teriam tomado uma espécie de calmante naquela garrafinha. Se minha hipótese estivesse certa, logo apareceria um médico ou um enfermeiro e me daria uma bronca por ter deixado seus pacientes tão nervosos.

♣

Prossegui minha caminhada pelo campo, tomando a direção de onde tinha chegado. Logo veio ao meu encontro um terceiro homenzinho. Usava o mesmo uniforme azul-escuro dos outros dois, mas na sua jaqueta havia duas fileiras de cinco botões cada uma. No total eram dez botões. Ele também tinha a pele do rosto bem morena e brilhante.

— QUANDO O MESTRE ADORMECE, OS ANÕES GANHAM VIDA! — exclamou ele, agitando os bracinhos e olhando na minha direção com os olhos faiscando e fixos em algum ponto indefinido.

Outro doente mental, pensei. Apontei para os outros dois que jaziam no chão a alguma distância dali.

— Parece que aqueles dois mergulharam num sono profundo — comentei.

Minhas palavras fizeram com que o terceiro anão se pusesse em retirada. Mas embora ele se esforçasse ao máximo para sair dali o mais depressa possível, não conseguia correr como queria. Tropeçava a cada dois passos, caía e tinha de se levantar novamente com muita dificuldade. Dessa forma, tive tempo de contar os símbolos de paus que havia em suas costas.

Continuei andando e cheguei a uma pequena trilha. E não fazia muito tempo que estava caminhando por ela quando fui testemunha de um fato extraordinariamente caótico: primeiro ouvi bem atrás de mim um ruído tão forte quanto o de um trovão; parecia o barulho dos cascos de vários cavalos que se aproximavam cada vez mais. Virei-me rápido e saltei para o lado. O que se aproximava eram os mesmos animais de seis patas que eu já tinha visto antes. Em dois deles estavam montados dois anões-cavaleiros. E atrás da pequena manada vinha correndo um outro que agitava no ar um pedaço de pau bem comprido. Esses três anões também trajavam o mesmo uniforme azul-escuro: em suas jaquetas havia duas fileiras de botões: um deles tinha quatro botões ao todo, o outro seis e o terceiro oito.

♣

— Alto lá! — exclamei quando passaram por mim.

Mas só o anão que vinha a pé virou-se para onde eu estava e ralentou um pouco o ritmo de suas passadas. Tinha oito botões na saia.

— CINQUENTA E DOIS ANOS DEPOIS, NETO DO NÁUFRAGO CHEGA AO POVOADO! — exclamou, todo alvoroçado.

Em seguida, os anões e os animais de seis patas desapareceram. Percebi, então, que os anões tinham tantos símbolos de paus gravados nas costas quantos eram os botões das jaquetas de seus uniformes.

À margem da trilha erguiam-se palmeiras altíssimas com umbelas carregadas de frutos do tamanho de laranjas. E sob uma das árvores havia uma carroça cheia até a metade dos frutos amarelos. Ela não era muito diferente daquela que meu pai usava em Lübeck para transportar os seus pães. A única diferença era que essa carroça que eu via agora não era puxada por um cavalo normal. Aqui, o animal de tração era um daqueles de seis patas.

Só quando cheguei à carroça é que vi que havia um anão sentado à sombra da palmeira. Antes de ele perceber minha presença, pude ver que sua jaqueta era fechada por apenas uma fileira de cinco botões. No mais, seu uniforme era exatamente igual ao dos outros. Todos os anões que eu tinha visto até aquele momento também tinham em comum o fato de suas cabeças arredondadas serem cobertas por uma densa cabeleira castanha.

— Bom dia, Cinco de Paus — disse eu.

Indiferente, ele ergueu os olhos e me encarou.

— Bom di...

Parou no meio do cumprimento e, mudo, me olhou fundo nos olhos.

— Vire-se — disse finalmente.

Eu me virei, como me tinha sido ordenado, e quando me voltei novamente para o anão ele coçava a cabeça com dois dedos gordinhos.

— Diabos! — suspirou ele, e ergueu os braços.

♣

No instante seguinte dois frutos foram jogados de cima daquela alta palmeira. Um deles foi pego pelo Cinco de Paus e o outro por pouco não me atinge na cabeça. Não fiquei nada surpreso quando, segundos depois, o Sete de Paus e o Nove de Paus vieram descendo pelo tronco da palmeira. "A turma de paus está completa, do Dois ao Dez!", pensei.

— A gente bem que tentou acertá-lo com essa schuka bem grande — disse o Sete de Paus.

— Mas no último instante ele saltou de banda — completou o Nove de Paus.

Os dois se sentaram junto do Cinco de Paus sob a palmeira.

— Tudo bem, tudo bem — disse eu. — Eu os desculpo por isso. Mas em troca vocês têm de me responder a uma pergunta muito simples. Se não responderem, torço o pescoço de vocês três. Fui claro?

E com essas palavras consegui meter-lhes tanto medo que eles ficaram sentados bem quietinhos debaixo da palmeira. Olhei um por um dentro dos olhos e vi que os três tinham olhos castanho-escuros.

— Muito bem... quem são vocês?

E foi então que, um a um, eles se levantaram e disseram umas frases sem sentido:

— PADEIRO OCULTA TESOUROS DA ILHA MÁGICA — disse o Cinco de Paus.

— VERDADE ESTÁ NAS CARTAS — disse o Sete de Paus.

— SÓ O CURINGA DO JOGO NÃO SE DEIXA ILUDIR — disse finalmente o Nove de Paus.

Confuso e perplexo, sacudi a cabeça.

— Muito obrigado por essas informações — disse eu. — Mas quem são vocês?

— Somos de paus — disparou o Cinco, tão rápido quando a bala de um revólver. Na certa ele tinha levado a sério a minha ameaça de lhe torcer o pescoço.

— Sim, sim, isso eu sei. Mas de onde vocês vêm? Será que vocês simplesmente caíram do céu ou brotam do chão feito as crucíferas?

♣

Os três trocaram um rápido olhar e então o Nove de Paus disse:

— A gente vem do povoado.

— É mesmo? E quantos... bem, quantos nativos iguais a vocês moram no povoado?

— Nenhum — respondeu o Sete de Paus. — Só nós, acho. Mas ninguém é totalmente igual.

— Isso é óbvio. Tudo bem, vamos reformular a pergunta: quantos nativos moram nesta ilha?

Eles trocaram rapidamente alguns olhares.

— Venha! — disse o Nove de Paus. — Vamos picar.

— Espera aí... será que podemos mesmo picá-lo? — perguntou o Sete de Paus.

— Eu quis dizer picar a mula, seu idiota.

E dizendo isso, os três pularam na carroça. Um deles bateu nas costas do animal atrelado, que saiu tão rápido quanto suas seis pernas podiam correr.

Nunca na minha vida fiquei tão sem reação. É claro que poderia tê-los detido. Também é claro que poderia ter torcido o pescocinho de cada um. Só que nenhuma dessas duas alternativas teria me ajudado a resolver meu problema.

♣

DOIS DE PAUS

...agitando dois bilhetes na mão...

Quando acordei naquele pequeno quarto de hotel em Veneza, a primeira coisa de que me lembrei foi do padeiro Hans que tinha encontrado os anões na ilha mágica. Tirei a lupa e o livrinho do bolso da calça, mas nem bem eu tinha ligado a luz de cabeceira e já ia começar a ler, meu pai se mexeu na cama, soltou um daqueles seus rugidos e acordou tão de repente quanto normalmente adormecia.

— Um dia inteiro em Veneza — bocejou ele. E no minuto seguinte já estava de pé.

Debaixo das cobertas, tive de esconder o livrinho no bolso da calça. Afinal, tinha prometido que tudo o que estava escrito ali seria um segredo entre mim e o velho padeiro em Dorf.

— Você deu para brincar de esconder coisas? — perguntou meu pai quando saí de sob as cobertas depois de ter escondido o meu livro.

— Estou procurando baratas — respondi.

— E você precisa de uma lupa para isso?

— Talvez elas tenham filhotes... — eu disse.

É claro que aquela foi uma resposta idiota, mas na pressa não me ocorreu nada melhor. Por precaução, completei:

— Também pode ser que haja baratas anãs por aqui.

— Nunca se sabe — respondeu meu pai, e entrou no banheiro.

♣

Nosso hotel era tão simples que não servia nem café da manhã. Para nós, isso não era problema, pois na noite anterior a gente havia descoberto um lugar muito aconchegante ali perto que servia café da manhã entre oito e onze horas.

Àquela hora, o canal Grande e as largas calçadas à margem não apresentavam a sua agitação habitual. No café, pedimos suco e ovos mexidos, torradas e geleia de laranja. De toda a viagem, aquela refeição foi a única exceção à regra de que o melhor lugar para se tomar o café da manhã é em casa. E foi no meio dessa refeição que o meu pai teve uma de suas brilhantes ideias. Primeiro ficou sentado com o olhar parado em algum ponto distante. Eu já ia pensando que o anão tinha reaparecido quando meu pai disse:

— Fique sentadinho aí, Hans-Thomas. Volto em cinco minutos.

Eu não tinha a menor ideia do lugar para onde ele queria ir, mas já tinha vivido situações como essa muitas vezes. Quando meu pai tinha uma ideia, não havia o que pudesse impedi-lo de ir atrás dela.

Acompanhei-o com o olhar e ele desapareceu atrás de uma grande porta de vidro do outro lado da praça. Quando voltou e se sentou novamente, primeiro acabou de comer os ovos mexidos sem dizer uma palavra sequer. Depois apontou para a loja em que tinha estado.

— O que está escrito na placa da loja, Hans-Thomas?

— Sartap-Anocna — li de trás para a frente.

— Ancona-Patras, isso mesmo.

Molhou um pedaço de torrada no café antes de enfiá-lo na boca. E para dizer a verdade, teve uma certa dificuldade em fazer isso, porque toda a sua boca era um grande e largo sorriso.

— Sim, e daí? — perguntei. Os dois nomes não me diziam rigorosamente nada, fossem lidos de trás para a frente ou vice-versa.

♣

Meu pai me olhou nos olhos.

— Você nunca saiu para o mar, Hans-Thomas. Você nem imagina o que seja o mar. — E, agitando dois bilhetes na mão, prosseguiu: — Um velho marujo não pode simplesmente *contornar* o mar Adriático dentro de um carro. Pensando nisso, decidi que não vamos mais ser ratos de terra. Vamos viajar junto com nosso carro dentro de um enorme barco. E com ele vamos singrar esse mar até Patras, na costa oeste do Peloponeso. De lá são apenas alguns quilômetros até Atenas.

— Você tem certeza? — perguntei.

— Pelas barbas de Netuno! É claro que tenho certeza! — disse ele.

Acho que a perspectiva de estar em breve em alto-mar já tinha começado a desatrelar a língua do meu pai e a varrer dele qualquer sinal de inibição.

E foi assim que deixamos de ter nosso "dia inteiro" em Veneza, pois o ferry para a Grécia saía de Ancona naquela mesma tarde e até lá ainda tínhamos quase trezentos quilômetros pela frente. A única coisa que meu pai ainda queria ver antes de se sentar novamente à direção era a famosa arte em vidro de Veneza.

A fundição do vidro requer fornos abertos. E devido ao perigo de incêndio, a produção de objetos de vidro em Veneza foi transferida, já na Idade Média, para uma ilha próxima da cidade. Hoje essa ilha se chama Murano. E como a ilha ficava no meio do caminho para o estacionamento, meu pai queria passar por lá de qualquer jeito. Só precisávamos passar rapidamente pelo hotel para apanhar nossas malas.

Em Murano visitamos primeiro um museu, onde estavam expostos vários séculos de arte em vidro. Eram objetos de todas as cores e formas. Depois fomos até uma oficina de vidro soprado, onde aos olhos dos muitos turistas os artesãos sopravam cálices e travessas de vidro. Os produtos eram depois colocados à venda, mas meu pai disse que, por razões financeiras, deveríamos deixar as compras para os ricos americanos.

Da ilha onde ficam as oficinas e vidrarias voltamos com o barco-táxi para o estacionamento e à uma da tarde já estávamos na estrada rumo a Ancona, trezentos quilômetros ao sul de Veneza. A estrada estendia-se ao longo do mar Adriático e meu pai assobiava e parecia sentir-se maravilhosamente bem agora que tinha contato visual com o elemento água salgada. Às vezes, quando passávamos por um ponto elevado da estrada com uma bela vista para o mar, ele parava e tecia comentários sobre os barcos a vela e os cargueiros que podíamos ver lá de cima.

No carro ele foi me contando sobre o glorioso passado de Arendal enquanto importante cidade portuária e usou para isso um monte de números, datas e nomes de grandes embarcações a vela. Explicou-me a diferença entre escunas e brigues, barcaças e fragatas. E foi a primeira vez que ouvi falar dos barcos de Arendal, que nos primórdios das Grandes Navegações velejaram para a América e para o golfo do México. E fiquei sabendo que o primeiro barco a vapor que visitou a Noruega fez uma escala em Arendal. Tratava-se de um barco a vela modificado, ao qual haviam sido adaptadas uma máquina a vapor e uma roda de palhetas. Ele se chamava *Savannah*.

Meu pai tinha trabalhado num petroleiro construído em Hamburgo e que pertencia à Companhia de Navegação Kuhnle, em Bergen. O navio tinha uma capacidade de transporte de até oitenta mil toneladas e uma tripulação de quarenta homens.

♣

— Atualmente os petroleiros são muito maiores — contou ele. — Mas a tripulação foi reduzida a oito ou dez homens. Tudo funciona à base de máquinas e de tecnologia. A vida no mar já é coisa do passado, Hans-Thomas. Estou falando da *verdadeira* vida no mar. No próximo século alguns desses idiotas vão usar controles remotos para pilotar os navios à distância.

Se eu tinha entendido direito o que ele tinha dito, a verdadeira vida no mar começara a desaparecer havia uns cento e cinquenta anos, quando chegara ao fim a era das embarcações a vela.

Enquanto meu pai me contava todas essas coisas, peguei o meu baralho. Separei as cartas de paus do dois ao dez e coloquei-as uma ao lado da outra sobre o assento.

Por que todos os anões da ilha mágica tinham símbolos de paus nas costas? Quem eram eles e de onde tinham vindo? Será que o padeiro Hans iria encontrar alguém com quem pudesse conversar direito sobre a ilha aonde tinha chegado? Minha cabeça estava quente por causa de tantas perguntas sem resposta.

O Dois de Paus também tinha dito uma coisa que não me saía da cabeça: "Peixinho dourado não revela segredo da ilha, mas pãozinho sim". Seria possível que ele estivesse falando do peixinho dourado do padeiro em Dorf? E o pãozinho... seria o mesmo pãozinho que eu tinha ganho de presente em Dorf? E uma outra coisa que o Cinco de Paus havia dito também não me saía da cabeça: "Padeiro oculta tesouros da ilha mágica". Mas como é que os anões, que tinham conhecido o padeiro Hans em meados do século passado, podiam saber dessas coisas?

Pelos vinte quilômetros seguintes meu pai foi assobiando canções que tinha aprendido em seu tempo de marujo. Quanto a mim, peguei o livro do pão doce sem que ele percebesse e continuei a ler.

♣

TRÊS DE PAUS

...uma cruz de paus bem pesados...

Segui na mesma direção em que os três homenzinhos tinham desaparecido com sua carroça. A estreita trilha serpenteava por entre árvores altíssimas; o sol gritante da tarde fazia as folhas faiscarem.

Numa clareira da floresta havia uma grande casa de madeira, de cujas duas chaminés saía uma fumaça escura. De longe vi uma figura com uma roupa cor-de-rosa entrar na casa.

Logo descobri que faltava à casa de madeira uma de suas paredes externas, e o que vi no interior daquele lugar me deixou tão surpreso e intrigado que tive de me apoiar numa árvore para não perder o equilíbrio: um espaço interior enorme, sem paredes divisórias, abrigava uma espécie de fábrica. Não demorou muito tempo para eu entender que se tratava de uma oficina de vidro.

O telhado da casa era sustentado por vigas grossas de madeira. Sobre três ou quatro pesados fornos a lenha havia grandes recipientes feitos de pedra branca. Dentro deles borbulhava um líquido vermelho incandescente, do qual subia um espesso vapor. Três mulheres da mesma estatura dos homenzinhos que eu tinha encontrado no campo movimentavam-se com desenvoltura por entre os três fornos. Mergulhavam longos tubos na massa de vidro derretido que ardia nos recipientes e sopravam objetos de diferentes formas. Num canto da-

♣

quele espaço enorme havia um monte de areia; no outro, estantes na parede abrigavam toda a espécie de artigos de vidro já prontos. No meio da oficina havia ainda uma pilha de mais ou menos um metro de altura, formada por cacos de garrafas, copos e travessas de vidro quebrados.

Perguntei-me mais uma vez que lugar seria aquele aonde eu tinha chegado. Não fossem aqueles estranhos uniformes, os pequenos habitantes da ilha poderiam perfeitamente estar vivendo numa sociedade primitiva. E eu acabava de descobrir agora que eles eram mestres na arte de fabricar vidros.

As mulheres que trabalhavam na oficina de vidro usavam roupas cor-de-rosa. Sua pele, claríssima, chegava quase a ser branca, e todas tinham cabelos longos, desgrenhados e cor de prata. Não precisei ficar observando as três por muito tempo até descobrir que suas vestes traziam os símbolos de ouros na altura do peito, como nas cartas de um baralho. Numa delas eram três símbolos, na outra sete e na terceira nove. A única diferença em relação às cartas de ouros de um baralho era que as que eu estava vendo eram de prata.

As três mulheres estavam tão absorvidas na sua tarefa de soprar objetos de vidro que nem se deram conta da minha presença, apesar de, a esta altura, eu já estar parado havia algum tempo bem na frente da parede que faltava na oficina. Iam daqui para lá a passos miúdos e movimentavam seus braços com tanta leveza e desenvoltura que pareciam não estar sujeitas à lei da gravidade. Se uma delas tivesse se desprendido do chão e flutuado até o teto eu não teria ficado nem um pouco surpreso.

De repente, uma delas percebeu minha presença. Era a que tinha sete símbolos de ouros no vestido. Por um segundo, pensei se não seria melhor sair correndo dali. Mas quando ela me viu, ficou tão desconcertada que deixou cair uma travessa de vidro que tinha nas mãos. A travessa se espatifou em mil pedaços, e agora era tarde demais para sair correndo dali, pois todas as outras olhavam para mim.

Entrei na oficina, curvei-me quase até o chão em sinal de reverência e cumprimentei-as em alemão. Elas trocaram olhares entre si e em seus rostos se desenhou um sorriso tão largo que os dentes brancos brilharam à luz da lenha que crepitava nos fornos. Caminhei até onde elas estavam e as três me cercaram.

— Espero não estar sendo inoportuno com minha breve visita — disse.

De novo elas trocaram olhares e mostraram um sorriso ainda maior do que antes. Todas as três tinham olhos de um azul profundo e se pareciam tanto umas com as outras que certamente deveriam ser de uma mesma família. Talvez fossem irmãs.

— Vocês estão entendendo o que digo?

— Nós entendemos todas as palavras normais — disse Três de Ouros com a voz fininha de uma boneca.

Depois disso as três conversaram entre si. Uma conversa rápida e confusa demais para que eu pudesse entender. Duas delas chegaram mesmo a fazer uma mesura. Terminada a conversa, Nove de Ouros veio até mim e pegou minha mão. Senti que sua fina mãozinha era fria como gelo, embora ali na oficina de vidro não estivesse nem um pouco frio.

— Vocês são exímias sopradoras de vidro — disse eu e as três esboçaram um sorriso perolado.

Talvez aquelas artesãs do vidro fossem mais simpáticas do que os irritados homenzinhos do campo; mas eram tão inacessíveis quanto eles.

— Digam-me uma coisa: quem lhes ensinou a arte de soprar vidro? — perguntei, partindo do pressuposto de que elas certamente não tinham inventado essa arte.

Continuei sem resposta. Em compensação, Sete de Ouros foi pegar uma travessa de vidro e me entregou.

— Queira aceitar, por favor — disse.

♣

E de novo as três começaram a rir.

Diante de tanta amabilidade, tive dificuldade em ir direto ao assunto que me levava até ali. Mas se eu não descobrisse logo quem eram e o que faziam aqueles anõezinhos esquisitos, certamente iria perder a razão.

— Acabei de chegar a esta ilha — comecei. — Mas não tenho a menor ideia do ponto do mundo em que me encontro. Será que vocês poderiam me dizer alguma coisa a respeito disso?

— Não podemos falar... — disse Sete de Ouros.

— Alguém proibiu vocês de falar?

As três balançaram a cabeça e seus cabelos cor de prata reluziram à luz dos fornos.

— O que sabemos fazer muito bem é soprar vidro — disse Nove de Ouros. — Mas não sabemos pensar tão bem quanto sopramos. E é por isso que também não sabemos falar direito.

— Isso é que é uma cruz de paus bem pesados... — comentei, e elas quase explodiram de tanto rir com a minha observação.

— Não somos de paus — disse Sete de Ouros. E sacudindo o vestido que segurou por uma pontinha, acrescentou: — Você não está vendo que somos de ouros?

— Suas idiotas...! — deixei escapar sem querer, e as três levaram um tremendo susto.

— Não fique com raiva — pediu Três de Ouros. — Não precisa muito para a gente ficar triste e infeliz.

Eu não sabia ao certo se devia acreditar naquelas palavras. O sorriso dela era tão convincente que achei que fosse preciso um pouco mais do que uma raiva momentânea para apagá-lo. De qualquer forma, resolvi tirar dessa experiência uma lição para não repetir o mesmo erro no futuro.

— Vocês são mesmo tão cabeças-ocas quanto afirmam? — perguntei.

Com um ar solene, as três concordaram com a cabeça.

— Eu gostaria tanto de... — disse Nove de Ouros, mas pôs a mão na frente da boca e emudeceu.

— Sim...? — perguntei cordialmente.

— Eu gostaria tanto de pensar um pensamento que fosse tão difícil que eu não conseguisse pensá-lo. Mas não consigo.

Refleti um pouco sobre o desejo que ela acabara de expressar e cheguei à conclusão de que qualquer pessoa teria a mesma dificuldade em pensar dessa maneira.

De repente, uma delas irrompeu em lágrimas. Era Três de Ouros.

— Eu queria... — soluçou ela.

Nove de Ouros colocou o braço ao redor dos ombros da amiga e Três de Ouros continuou:

— Eu queria tanto acordar... mas já estou acordada.

E ao dizer isso ela expressou exatamente o que eu estava sentindo.

Por fim, Sete de Ouros virou-se para mim com o olhar ausente de quem está em transe e, num tom enfático e profundamente sério, disse:

— FILHO DO MESTRE VIDREIRO É LOGRADO PELAS CRIATURAS QUE ELE MESMO INVENTOU.

Não demorou muito e as três choramingavam ali na minha frente. Uma delas pegou uma grande caneca de vidro e a espatifou no chão de propósito. Uma outra reuniu os cabelos cor de prata num rabo de cavalo. E entendi que o tempo de minha visita tinha se acabado.

— Desculpem-me pelo incômodo — disse eu. — Passar bem!

A esta altura eu já estava firmemente convencido de que tinha aportado numa espécie de manicômio. E tinha a certeza também de que a qualquer momento enfermeiros vestidos de branco iriam aparecer e me perguntar por que eu andava pela ilha espalhando o medo e a inquietação entre os pacientes.

♣

Mas algumas coisas ainda não estavam claras para mim: em primeiro lugar, o tamanho dos habitantes da ilha. Como marujo eu já tinha viajado por muitos países e sabia que não havia no mundo inteiro um país com uma população daquela estatura. Ademais, os homenzinhos do campo e as mulheres da vidraria tinham uma cor de pele completamente diferente. Não era possível, portanto, que fossem parentes próximos. Seria possível que em algum momento tivesse surgido no mundo uma epidemia que diminuía o tamanho das pessoas ao mesmo tempo que as deixava menos inteligentes e que os doentes tivessem sido banidos para essa ilha a fim de não contaminar os outros? Se isso fosse verdade, logo eu também iria começar a diminuir de tamanho e a ficar mais idiota.

A segunda coisa que eu não entendia era aquela divisão em ouros e paus, como num jogo de cartas. Será que era assim que os médicos e enfermeiros ordenavam os pacientes?

Eu continuava a andar pela trilha, que agora se estendia sob a copa de elevadas árvores. O chão da floresta era coberto por um tapete de musgos verde-claros, e por toda a parte cresciam florzinhas azuis que lembravam os miosótis. Só lá em cima, na copa das árvores, é que um pouco da luz do sol conseguia atravessar a densa folhagem. E nesse momento, os galhos mais elevados pareciam um baldaquino de ouro encimando a trilha.

Depois de caminhar por algum tempo, encontrei uma outra figura de pele muito clara. Era uma mulher bastante graciosa, de cabelos longos, também claros. Usava um vestido amarelo e também não era mais alta do que os outros anões da ilha. De vez em quando se abaixava para colher as florzinhas azuis. E numa dessas vezes percebi que em suas costas havia um enorme coração vermelho-sangue.

Quando me aproximei, ouvi que ela cantarolava bem baixinho uma triste melodia.

♣

— Olá! — sussurrei, quando cheguei a uma distância de apenas alguns metros.

— Olá! — respondeu ela, endireitando o corpo. E sua resposta foi tão natural e espontânea que até pareceu que nós dois éramos velhos conhecidos.

Achei-a tão linda que fiquei sem saber para onde olhar.

— Você tem uma linda voz — disse eu para quebrar o silêncio e o meu embaraço.

— Obrigada...

Passei a mão na cabeça para ajeitar os cabelos. Pela primeira vez desde que tinha chegado àquela ilha estava preocupado com a minha aparência. Havia mais de uma semana que não fazia a barba...

— Acho que me perdi — disse ela jogando os cabelos para trás. E parecia mesmo não saber onde estava.

— Como você se chama? — perguntei.

Ela hesitou um instante e depois sorriu marotamente.

— Você não está vendo que sou o Ás de Copas?

— Estou... — Esperei um pouco e acrescentei: — E é exatamente isso que me parece um tanto estranho.

— Por quê? — Ela se abaixou e colheu mais uma flor. — E você, quem é?

— Eu me chamo Hans.

Ela ficou pensativa e depois perguntou:

— Você acha mais estranho ser Ás de Copas do que ser Hans?

Dessa vez fui eu que não respondi.

— Hans? — perguntou ela mais uma vez. — Acho que já ouvi esse nome uma vez. Mas pode ser que esteja apenas imaginando coisas... Foi há tanto tempo...

Debruçou-se novamente sobre o tapete de musgos e colheu mais uma florzinha azul. Logo em seguida, seu corpo pareceu ser sacudido por um ataque de epilepsia. Com os lábios tremendo ela disse:

— O QUE ESTÁ DENTRO DA CAIXA REVELA O QUE ESTÁ FORA, E O QUE ESTÁ FORA DA CAIXA REVELA O QUE ESTÁ DENTRO.

♣

Uma frase totalmente sem nexo. Tive a impressão de que, ao dizê-la, não era ela quem estava dizendo. Era como se aquelas palavras apenas saíssem de sua boca sem que ela de fato soubesse o que estava dizendo. Depois ela voltou a si e apontou para minha roupa de marinheiro.

— Mas você está totalmente nu! — disse ela assustada.

— Você diz isso porque não tenho nenhum símbolo nas costas?

Ela concordou. E jogando novamente os cabelos para trás disse:

— Você não vai me derrubar, vai?

— Eu jamais derrubaria uma dama — respondi.

— Agora você está fazendo piadas. Eu não sou dama. Sou ás.

Quando sorria, duas covinhas profundas se desenhavam em suas bochechas. Achei que sua beleza não era deste mundo. Ela era linda como um elfo. Quando sorria, seus olhos verdes brilhavam como esmeraldas. Não conseguia desviar os olhos dela.

De repente uma expressão de preocupação tomou conta de seu rosto.

— Espero que você não seja um trunfo... — exclamou ela.

— Não, não... eu sou um marujo.

No momento seguinte ela caminhou até atrás de uma árvore e desapareceu.

Tentei segui-la, mas parecia que ela fora tragada por uma fenda na terra.

♣

QUATRO DE PAUS

...uma loteria gigante, da qual só se veem os ganhadores...

Pus o livrinho de lado e olhei para o mar. O que acabara de ler havia me colocado diante de tantas perguntas que eu não tinha a menor ideia do lugar por onde começar a buscar uma resposta. À medida que eu avançava na leitura, os anões na ilha mágica ficavam cada vez mais misteriosos. Até agora, portanto, o padeiro Hans tinha se encontrado com anões de paus e anões de ouros. No fim ele encontrara também o Ás de Copas — aliás, *a* Ás de Copas, uma mulher — que, logo em seguida, havia desaparecido.

Quem eram esses anões? Como tinham surgido e de onde vinham?

Eu estava certo de que, no fim, aquele livrinho iria me dar respostas para todas as perguntas com as quais agora eu quebrava a minha cabeça. Mas havia ainda uma outra coisa: as anãs de ouros eram sopradoras de vidro numa cabana da floresta que funcionava como uma vidraria. Esse fato me chamou particularmente a atenção, pois eu tinha acabado de visitar uma vidraria. Cada vez mais eu acreditava que havia uma relação qualquer entre minha viagem pela Europa e a história contada pelo livro que eu tinha encontrado dentro do pão doce. Mas como isso podia ser possível? O que eu lia no livro fora contado pelo padeiro Hans fazia muitos e muitos anos. Seria possível que, apesar dis-

♣

so, houvesse uma relação misteriosa entre a minha própria vida e o grande segredo compartilhado pelo padeiro Hans, por Albert e por Ludwig?

Quem seria o velho padeiro que encontrei em Dorf? Quem seria o anão que me deu de presente a lupa e que ainda por cima de vez em quando aparecia por onde nós passávamos? Eu estava convencido de que havia uma relação entre o anão e o padeiro, embora fosse possível que eles mesmos não soubessem da existência de uma tal relação.

Não podia contar nada a respeito do livrinho para o meu pai, pelo menos enquanto não terminasse de lê-lo. Apesar de tudo isso, era muito bom poder viajar tanto tempo ao lado de um filósofo.

Tínhamos acabado de passar por Ravena, quando perguntei a meu pai:

— Pai, você acredita em acaso?

Ele olhou para mim pelo espelho retrovisor.

— Como é? Se eu *acredito* no acaso?

— Isso mesmo.

— Mas o acaso, por definição, é exatamente alguma coisa que acontece por puro acaso! Naquela vez que eu ganhei dez mil coroas na loteria, o meu bilhete foi sorteado em meio a milhares de outros bilhetes. É claro que fiquei satisfeito com o resultado, mas o fato de eu ter ganho foi pura obra do acaso.

— Você tem mesmo certeza disso? Você se esqueceu de que naquela mesma tarde nós encontramos um trevo de quatro folhas? E se você não tivesse ganho o dinheiro, nós talvez não teríamos tido a oportunidade de fazer esta viagem para Atenas.

Meu pai se limitou a resmungar alguma coisa e eu continuei:

♣

— Será que foi um acaso a viagem da sua tia a Creta e o fato de ela ter descoberto por lá uma revista de moda com a foto da mamãe na capa? Ou será que *tinha de ser* assim?

— Você está querendo me perguntar se eu acredito no destino — disse o meu pai. Acho que ele gostou de ver que seu filho se interessava por questões filosóficas. — A resposta é... não.

Eu estava pensando nas artesãs de vidro do livro... e também, para ser franco, no fato de eu ter visitado uma vidraria em Murano e logo em seguida ter lido sobre outra vidraria no meu livrinho. Também me passava pela cabeça a coincidência de o anão ter me dado uma lupa pouco antes de eu ganhar um livro escrito em letras minúsculas. Tudo isso sem falar no que tinha acontecido depois que o pneu da bicicleta da minha avó furou durante a sua ida a Froland. E em tudo que vinha acontecendo desde então.

— Acho que não foi por acaso que eu nasci — eu disse.

— Pausa para um cigarrinho! — disse o meu pai. Na certa eu tinha dito alguma coisa que fez saltar o texto de uma minipalestra de dentro de uma das gavetas do arquivo de meu pai.

Ele parou o carro num local mais elevado, de onde tínhamos uma vista do mar que, de tão linda, tirava o fôlego de qualquer um.

— Vamos nos sentar aqui! — ordenou ele, depois de descermos do carro. E a gente foi se sentar numa grande pedra que havia ali perto.

— Mil trezentos e quarenta e nove — começou ele.

— A morte negra — respondi. Eu sabia alguma coisa sobre história, mas não entendia o que a peste negra podia ter a ver com o tema do acaso.

— O.k. — disse ele. E continuou: — Você deve saber que metade da população da Noruega sucumbiu à peste. Só que existe aí uma coisa de que nunca falamos.

♣

Quando ele começava assim, eu já sabia que ia ter de ouvir uma longa explanação.

— Você tem consciência de que naquela época você tinha muitos milhares de antepassados? — perguntou meu pai.

Balancei a cabeça em sinal de dúvida sobre o que ele havia dito. Como aquilo podia ser possível?

— Todos nós temos um pai e uma mãe, quatro avós, oito bisavós, dezesseis tataravós, e assim por diante. Se você for fazendo as contas até voltar a 1349, vai chegar a um número bem grande.

Concordei.

— Então veio a peste. A morte rondava os povoados, um a um, e as crianças eram as suas maiores vítimas. Em algumas famílias morreram todas as crianças; em outras, uma ou talvez duas conseguiram sobreviver. Naquela época, Hans-Thomas, muitas centenas dos seus antepassados eram crianças. E nenhum deles morreu.

— Como é que você pode ter tanta certeza disso? — perguntei intrigado.

Ele deu uma tragada no cigarro e continuou:

— Porque você está bem aqui ao meu lado, olhando para o mar Adriático.

Essa foi mais uma daquelas conclusões surpreendentes, que me deixavam sem saber como reagir. Uma coisa era certa: meu pai tinha razão, pois se apenas um de meus antepassados tivesse morrido quando criança, ele ou ela não poderia ter sido meu antepassado.

— A probabilidade de nenhum dos seus antepassados ter morrido ainda criança era uma para muitos bilhões — prosseguiu ele. E a partir daí suas palavras começaram a jorrar como a água de um dique que se rompe: — Pois não estamos falando aqui apenas da peste, entende? Todos, todos os seus antepassados cresceram e tiveram filhos em

♣

épocas que foram palco das mais terríveis catástrofes naturais e que, além do mais, possuíam índices assustadores de mortalidade infantil. É claro que muitos deles chegaram a ficar doentes, mas o fato é que todos sempre sobreviveram às enfermidades. Assim, por muitas centenas de bilhões de vezes você esteve a um milímetro da morte, Hans-Thomas. Sua vida neste planeta foi ameaçada por insetos e animais selvagens, meteoros e raios, doenças e guerras, enchentes e incêndios, envenenamentos e tentativas de assassinato. Só na guerra dos Trinta Anos você deve ter se ferido muitas centenas de vezes, pois você deve ter tido antepassados de ambos os lados. Sim, no fundo, você travou uma guerra contra si mesmo e contra suas possibilidades de nascer três séculos mais tarde. E o mesmo vale para a Segunda Guerra Mundial: se algum bom norueguês tivesse abatido o seu avô durante o período da ocupação, nem você e nem eu teríamos nascido. Estou falando de uma coisa que aconteceu muitos bilhões de vezes ao longo da história. Todas as vezes que uma seta cortou os ares sibilando, as chances de *você* nascer foram reduzidas a um mínimo. Mas aí está você, Hans-Thomas, sentado bem ao meu lado e conversando comigo. Entende?

— Acho que sim — respondi. Pelo menos achava que entendia o quanto tinha sido importante o pneu furado na bicicleta da minha avó durante aquele passeio em Froland.

— Estou falando de uma única e longa cadeia de acasos — prosseguiu meu pai. — E essa cadeia pode ser acompanhada até chegarmos à primeira célula viva, que se dividiu e com isso deu o pontapé inicial para tudo o que cresce e medra hoje em dia no planeta. A probabilidade de que a *minha* cadeia não se interrompeu em algum ponto do passado ao longo de três ou quatro bilhões de anos é tão pequena que quase não podemos imaginá-la. Mas eu consegui chegar até aqui. Isso mesmo, diabos, aqui estou eu! E sei que

♣

sorte do cão eu tive para ter o prazer de desfrutar deste planeta na sua companhia. Sei da sorte que teve cada pequeno ser vivo deste planeta.

— E aqueles que tiveram azar? — perguntei.

— Eles não existem! — gritou ele. — Nunca nasceram. A vida é uma loteria gigante, da qual só se veem os ganhadores.

E tendo dito isso, meu pai parou para ficar olhando o mar.

— Vamos continuar nossa viagem? — perguntei ao fim de alguns minutos.

— Não, não. Fique bem sentadinho aí, Hans-Thomas. Ainda tem mais.

Ao dizer isso, foi como se não fosse apenas ele que estivesse ali falando. Como se ele se considerasse uma antena receptora de ondas de rádio que apenas captava alguma coisa que chegasse até ela vinda não se sabe de onde. Acho que chamam isso de inspiração.

— E é assim com todos os acasos — disse o meu pai.

Tirei a lupa do bolso e olhei para ele. Quando ele parava um pouco para ordenar seus pensamentos, antes de continuar a falar, eu sabia que o que vinha depois era alguma coisa de importante.

— Vamos tomar um exemplo bem simples: digamos que eu esteja pensando num amigo e que no momento seguinte ele me telefone ou então apareça na minha casa. Muitos consideram uma coincidência como essa algo sobrenatural. Acontece, porém, que penso com frequência nesse meu amigo e nem por isso ele toca a campainha da minha casa toda vez que penso nele. E acontece também de ele me telefonar muitas vezes, sem que eu esteja pensando nele. *You see?*

Concordei com a cabeça.

♣

— O problema é que a gente sempre pensa naquelas ocasiões em que as duas coisas acontecem ao mesmo tempo. E é este o ponto. Se achamos na rua uma nota de dez coroas quando estamos precisando com urgência de dinheiro, a primeira coisa que nos vem à cabeça é que há algo de "sobrenatural" naquela coincidência. Ainda que a gente viva duro trezentos e sessenta e cinco dias por ano! Pois bem, é exatamente assim que vão se acumulando as histórias sobre toda a sorte de "experiências sobrenaturais" que nos são contadas por nossas tias e tios. As pessoas se interessam tanto por histórias assim que estas se multiplicam cada vez mais. Mas também nesse caso trata-se de algo em que apenas os ganhadores são visíveis. Não é de se estranhar que eu tenha uma gaveta inteira cheia de curingas; afinal, meu hobby é justamente *colecioná-los*.

A essa altura meu pai estava completamente sem fôlego.

— Você nunca pensou em se candidatar? — perguntei.

— De que diabos você está falando? — perguntou ele com a voz alterada.

— De se candidatar a um cargo de filósofo oficial — respondi.

Ele riu baixinho e depois, num tom mais calmo, acrescentou:

— O fato de nós nos aferrarmos com tanta voracidade ao "sobrenatural" pode ser explicado por um tipo raro de cegueira, que não nos permite enxergar o maior dos mistérios: o fato de que existe um mundo. Muitos se interessam mais por marcianos e discos voadores do que por todo o enigma da criação que se desenrola bem debaixo dos nossos narizes. Não acredito que o mundo seja um *acaso*, Hans-Thomas. — Fez uma pequena pausa; depois, debruçou-se sobre mim e sussurrou:

— Acho que o universo é fruto de uma vontade. Um

♣

dia você verá que por detrás de todas essas miríades de estrelas e galáxias oculta-se uma intenção.

Para mim, o que ele acabava de dizer se encaixava maravilhosamente bem na série das muitas e instrutivas "pausas para um cigarrinho" que já tínhamos deixado para trás até ali. Apesar disso, eu não estava plenamente convencido de que tudo o que tinha a ver com o livrinho fosse um mero acaso. Talvez tivesse sido mesmo por acaso que meu pai e eu visitamos Murano antes de eu ler sobre as anãs de ouros, artesãs do vidro. Também podia ter sido um acaso o fato de me ter chegado às mãos uma lupa antes de eu ganhar um livro escrito com letras microscópicas. Mas com certeza havia alguma intenção por detrás do fato de ter sido justo *eu* a receber aquele livro.

♣

CINCO DE PAUS

...tinha ficado mais difícil jogar cartas...

Naquele fim de tarde, quando chegamos a Ancona, meu pai estava tão bem-humorado que eu chegava quase a temer por ele. Enquanto esperávamos no carro a autorização para subirmos a bordo do ferry, meu pai ficou um bom tempo calado olhando o barco.

Era um navio amarelo, enorme, chamado *Mediterranean Star*. A travessia até a Grécia ia durar duas noites e um dia, e a partida estava prevista para as nove horas da noite. Após a primeira noite, íamos passar o domingo inteiro no mar, e caso não fôssemos atacados por piratas, colocaríamos os pés em solo grego pela primeira vez na segunda-feira pela manhã. Meu pai tinha comprado uma brochura com informações e explicações sobre o ferry.

— Ele pesa dezoito mil toneladas, Hans-Thomas. Como você pode ver, não se trata de uma banheira. Além disso, chega a fazer dezessete nós e tem lugar para mais de mil passageiros e trezentos carros. Tem muitas lojas e restaurantes, bares e solários, discoteca, e um cassino. E isso não é tudo. Você sabia que tem uma piscina no convés? Não que eu esteja dizendo que isso seja importante... não, de jeito nenhum. Só estou perguntando se você sabia. E outra coisa que gostaria que você me respondesse: ficou muito triste

♣

porque a gente resolveu ir de barco em vez de atravessar a Iugoslávia de carro?

— Piscina no convés? — perguntei.

Acho que no fundo nós dois sabíamos que depois daquela informação não era preciso dizer mais nada. Mas meu pai não deixou por menos:

— Sabe, tive de reservar uma cabine. E tive de escolher entre uma cabine interna, sem vista para nada, ou então uma cabine com uma grande janela e vista para o mar. Qual você acha que escolhi?

Eu sabia que ele tinha ficado com a segunda opção. E sabia que ele sabia que eu sabia disso. Assim, limitei-me a perguntar:

— Ficou muito mais caro?

— Algumas liras, sim. Mas eu não poderia arrastar meu filho para o mar e depois trancafiá-lo numa espécie de despensa para material de limpeza.

Pouco depois, tivemos sinal verde para subir a bordo.

Desligamos o carro e começamos a procurar nossa cabine. Ela ficava no convés superior, tinha o interior muito aconchegante, camas grandes, cortinas e abajures, mesinha de centro e poltronas. Do outro lado da janela, as pessoas passeavam pelo passadiço de um lado para outro.

Embora a cabine tivesse janelas grandes e fosse até bastante agradável, nós dois estávamos de acordo em que não deveríamos ficar ali dentro a maior parte do tempo. Aliás, todas as vezes que a gente estava de acordo quanto a alguma coisa, não precisávamos trocar uma palavra sequer sobre o assunto. Antes de sairmos da cabine, meu pai tirou do bolso uma garrafinha, dessas que são tão achatadas que a gente nem percebe que está no bolso, e bebeu um gole.

— *Prost!* — disse ele em alemão, apesar de eu não estar segurando nenhum copo para brindar.

Eu entendia muito bem que depois da longa viagem de

Veneza para Ancona ele estivesse bastante cansado. Por outro lado, é claro que o fato de ele estar ali, de volta ao mar após tantos anos, também era algo que pesava bastante no seu lado emocional. Quanto a mim, sentia-me tão feliz como havia muito tempo não me sentia. Apesar de tudo, e talvez justamente por causa de tudo isso, fiz um comentário sobre o seu hábito de beber.

— Será que toda noite você precisa mesmo beber alguma coisa?

— *Yes, sir!* — disse ele, e deu um arroto. E o assunto morreu por aí. Ele tinha a sua forma de pensar, e eu a minha, o que não excluía a hipótese de voltarmos a falar sobre o assunto.

Quando a sirene do navio anunciou a partida, já andávamos sem maiores dificuldades pelo labirinto de corredores. Fiquei um pouco decepcionado ao ver que a piscina estava fechada. Mas meu pai tratou de se informar na mesma hora e descobriu que no dia seguinte, bem cedo, estaria aberta.

Ficamos debruçados sobre a amurada do navio até perdermos de vista o último sinal de terra.

— Muito bem — disse o meu pai. — Agora podemos dizer que estamos *no mar*, Hans-Thomas.

Feita essa observação tão ponderada, fomos para o restaurante. Depois de comermos e de pagarmos a conta, decidimos passar pelo bar para jogar uma partida de baralho antes de irmos dormir. Meu pai tinha um baralho no bolso. Por sorte não era aquele das mulheres peladas.

Por toda a parte no navio havia um alvoroço de pessoas vindas de todos os lugares do mundo. Algumas delas chamaram minha atenção pela baixa estatura, embora já fossem adultas. Meu pai disse que eram gregos.

♣

Logo na primeira rodada de cartas, tirei o dois de espadas e o dez de ouros. Quando tirei o dez de ouros já tinha duas outras cartas de ouros na mão.

— As mulheres do vidro! — exclamei.

Meu pai olhou para mim com uma expressão de quem não entendeu nada.

— O que você disse, Hans-Thomas?

— Nada...

— Por acaso você não disse "as mulheres do vidro"?

— Sim, disse — respondi. — Estava me referindo àquelas mulheres que estão lá no balcão do bar. É que elas seguram seus copos de vidro como se fossem a coisa mais importante no mundo.

Foi uma resposta meio idiota, mas achei que tinha me saído razoavelmente bem daquela enrascada. O problema é que tinha ficado mais difícil jogar cartas. Para mim, era mais ou menos como se estivéssemos jogando com as cartas que meu pai havia comprado em Verona. Pois quando coloquei sobre a mesa o cinco de paus, não consegui deixar de pensar nos homenzinhos que o padeiro Hans tinha encontrado naquela estranha ilha. Quando aparecia na mesa uma carta de ouros, eu via na minha frente as graciosas figuras femininas vestidas de rosa e com cabelos prateados. E quando meu pai, num gesto rápido e triunfante, pôs na mesa o ás de copas e levou o seis e o oito de espadas numa grande vaza, não consegui conter uma exclamação:

— Lá está ela de novo!

Meu pai balançou a cabeça e achou que já estava na hora de irmos nos deitar. Ele só precisava fazer mais uma coisa muito importante antes de deixar o bar. É que nós não éramos os únicos que estávamos jogando cartas. Até chegar à saída ele parou em diversas mesas e esmolou alguns curingas. Era o que sempre fazia quando saía de alguma sala de jogos. E eu não achava aquilo muito legal.

♣

Fazia muito tempo que não jogávamos cartas juntos. Quando eu era menor, nossas partidas de baralho eram muito frequentes; ao longo do tempo, porém, o interesse do meu pai por curingas tinha conseguido sufocar seu antigo prazer de jogar baralho. No mais, ele também era um mestre na arte de fazer truques com cartas. Mas sua maior proeza era uma paciência que, na melhor das hipóteses, levava dias para ser completada. Para se divertir com essa paciência, era preciso ter não apenas muita paciência, mas também muito tempo.

De volta à cabine, ainda ficamos algum tempo olhando o mar. Não dava para ver nada, pois estava tudo escuro feito breu. Mas nós sabíamos que a escuridão para onde estávamos olhando era o mar.

Quando um grupo de americanos falantes passou pelo passadiço bem debaixo da nossa janela, fechamos as cortinas e meu pai se deitou. Aparentemente ele tinha tomado uma boa dose de "soníferos", pois adormeceu na mesma hora.

Fiquei acordado, sentindo o navio balançar ao sabor do mar. Depois de algum tempo, peguei a lupa e o livrinho e continuei a ler o que o padeiro Hans ainda tinha a contar a Albert, cuja mãe fora levada desta vida por uma terrível doença.

♣

SEIS DE PAUS

...como se precisasse ter a certeza de que eu era uma pessoa de carne e osso...

Continuei andando pela floresta de árvores altíssimas e logo cheguei a uma clareira. Não muito longe do ponto em que eu tinha saído da floresta havia um povoado que ficava no sopé da encosta de uma montanha, toda coberta de flores. Na rua estreita que serpenteava por entre casinhas construídas bem junto umas das outras, havia um burburinho de pessoas, todas do mesmo tamanho daquelas que eu já tinha encontrado. Na encosta da montanha, um pouco acima do povoado, havia uma casa isolada das outras. Naquele lugar dificilmente existiria uma autoridade policial a quem eu pudesse recorrer; mas tinha de tentar saber a qualquer custo que lugar era aquele em que eu estava.

Uma das primeiras casas do povoado era uma padaria. Quando passei por ela, uma senhora de cabelos loiros apareceu na porta. Usava um vestido vermelho-claro com três corações bem vermelhos desenhados na altura do peito.

— Pão fresquinho! — anunciou. Suas bochechas rosadas brilhavam no sol, emoldurando um sorriso muito simpático.

O cheiro de pão fresco fez cosquinhas no meu nariz e era tão irresistível que imediatamente entrei na padaria. Fazia mais de uma semana que eu não comia um único pedaço de pão; e ali dentro, numa prateleira larga encos-

♣

tada à parede, havia pães de todo o tipo. Inclusive *Brezeln* de dar água na boca.

De um quartinho localizado nos fundos da pequena padaria, e de onde vinha a fumaça de um forno, apareceu uma outra senhora também vestida de vermelho. Os corações desenhados em seu peito eram cinco.

Os de paus trabalham no campo e tomam conta dos animais, pensei. As de ouros sopram objetos de vidro. O Ás de Copas usa lindas roupas e colhe flores e frutinhas. E as outras figuras de copas, ao que tudo indica, assam pães. Faltava descobrir o que faziam os anões de espadas para ter uma visão geral de toda essa estranha paciência.

Apontei para a pilha de pães e perguntei:

— Posso experimentar?

Cinco de Copas debruçou-se sobre um balcão muito simples, feito de finos galhos de árvores, sobre o qual havia um grande aquário com um único peixinho dourado. Ela olhou bem dentro dos meus olhos.

— Não me lembro de ter conversado com o senhor nos últimos dias — disse, fazendo uma expressão de quem não tinha muita certeza de que me conhecia.

— É verdade — respondi. — É que eu acabei de chegar da Lua. Além disso, nunca fui um grande orador, o que se explica pelo fato de eu também não ser um grande pensador. Quando não se sabe pensar, o que se diz também não faz muito sentido.

Não foi à toa que eu tinha aprendido que de pouco valia tentar dizer coisas inteligíveis a esses anões. Talvez até conseguisse me comunicar melhor com eles se dissesse coisas tão disparatadas quanto as que eles diziam.

— Da Lua, o senhor disse?

— Sim, da Lua.

— Então na certa o senhor deve estar precisando de um pedaço de pão — respondeu laconicamente Cinco de Copas, como se chegar da Lua fosse uma coisa tão normal quanto estar atrás de um balcão e vender pães.

♣

Eu estava certo, portanto: se dissesse coisas que eles estavam acostumados a ouvir, não seria difícil sintonizar o comprimento de onda desses pequenos seres. E foi então que Cinco de Copas, num movimento brusco e repentino, debruçou-se sobre o balcão e sussurrou, com a voz alterada:

— NAS CARTAS ESTÁ O QUE VAI ACONTECER!

No instante seguinte ela já tinha voltado a si; cortou um belo pedaço de pão e colocou-o em uma de minhas mãos. Na mesma hora dei uma mordida no pão e saí da padaria para a ruazinha estreita. O pão tinha um gosto um pouco mais azedo do que aquele que eu estava acostumado a sentir; mas era bom e saciava tanto quanto qualquer outro.

Lá fora constatei que todos os anões do povoado tinham símbolos de copas, paus, ouros e espadas desenhados no peito. Usavam quatro trajes ou uniformes diferentes: os de copas usavam uniformes vermelho-claros; os de paus, azuis, os de ouros, cor-de-rosa e os de espadas, uniformes pretos. Alguns eram um pouco mais altos do que os outros. Estavam vestidos de reis, damas e valetes. Os reis e as rainhas usavam coroas na cabeça; os valetes tinham espadas nas bainhas.

Tanto quanto eu podia ver, havia apenas um anão para cada carta: dava para ver apenas um Rei de Copas, um Seis de Paus e só um Oito de Espadas. Não havia crianças nem idosos. Todas aquelas pessoas baixinhas eram anões adultos com idade variando entre quarenta e sessenta anos, mais ou menos. Quando me viam, erguiam os olhos rapidamente, mas logo desviavam, como se o fato de um forasteiro ter chegado ao povoado não lhes dissesse respeito.

Só o Seis de Paus — que anteriormente eu tinha visto montado num daqueles animais de seis patas — parou bem na minha frente e disse uma daquelas frases sem sentido que eles sempre me diziam:

♣

— PRINCESA DO SOL ENCONTRA CAMINHO PARA O MAR. — Depois disso, dobrou a esquina de uma casa e desapareceu.

Eu estava completamente tonto. Aquela era com certeza uma sociedade organizada em torno de uma refinada estrutura de castas: os pequenos seres daquela ilha pareciam estar sujeitos apenas às regras de um jogo de cartas. E à medida que eu avançava pelo pequeno povoado, mais nítida e desagradável era a minha sensação de ter aterrissado bem no meio das cartas de um jogo de paciência que parecia não ter fim.

As casas eram mais baixas que de costume e eram feitas de madeira. Na fachada havia lampiões de óleo do mesmo modelo daqueles que eu tinha visto na oficina de vidro da floresta. Ainda não estavam acesos, pois embora as sombras estivessem ficando cada vez maiores, todo o povoado ainda estava banhado pelo sol dourado daquele fim de tarde.

Sobre os bancos e parapeitos das janelas havia inúmeras travessas de vidro com peixinhos dourados, e por toda a parte eu via garrafas de diferentes tamanhos. Algumas estavam espalhadas pelo meio das casas e alguns anões carregavam outras na mão.

Uma casa era maior do que as outras; parecia uma espécie de depósito de alguma coisa. De repente ouvi um barulho lá dentro, e quando espiei por uma porta aberta para saber o que estava acontecendo, vi que se tratava de uma marcenaria. Quatro ou cinco anões estavam muito ocupados em construir uma mesa enorme. Todos usavam uniformes pretos com símbolos de espadas nas costas pintados em azul. Uma parte do mistério estava solucionada: os anões de espadas eram marceneiros.

Esses anões, os de espadas, tinham cabelos pretos como carvão mas a pele muito mais clara do que os anões de paus.

Na frente de uma casa, sentando num banquinho, o Valete de Ouros alisava sua espada e se divertia com os reflexos do sol da tarde que se espelhavam na lâmina. Usava uma jaqueta cor-de-rosa, mais comprida que a dos outros anões, e uma larga calça verde.

Fui até ele e fiz uma reverência.

— Boa tarde, Valete de Ouros — disse eu, tentando achar um tom o mais amigável possível para me dirigir a ele. — Você poderia me dizer qual o rei que está no poder atualmente?

O valete colocou a espada na bainha e, indolente, ergueu os olhos para mim.

— O Rei de Espadas — respondeu ele rabugento. — Pois amanhã será o Curinga. Mas é proibido chamar as cartas pelo nome.

— Que pena... Sabe, estou quase te implorando para me dizer onde está a maior autoridade da ilha.

— Uivuo, emon olep satrac sa ramahc odibiorp é?

— O que você disse?

— Emon olep satrac sa ramahc odibiorp é — repetiu o valete.

— Sei... e o que significa isso?

— Sarger sa ratiepser asicerp êcov euq.

— É mesmo?

— Etnemataxe.

— Você está falando sério?

Olhei para aquele rosto pequeno. Ele tinha os mesmos cabelos brilhantes e a mesma pele pálida das cartas de ouros da oficina de vidro da floresta.

— Desculpe-me, mas essa língua que você está falando não está entre aquelas que eu domino — disse eu. — Por acaso é grego? Chinês?

O olhar do pequeno valete era agora de triunfo.

— Só os reis, as damas e os valetes são capazes de falar em ambas as direções. E se você não consegue, isso significa que você vale menos do que eu.

Parei para pensar um pouco. Será que o valete estava

querendo me dizer que tinha dito aquelas coisas de trás para a frente?

Exatamente virara *Etnemataxe*. E ele também tinha dito "emon olep satrac sa ramahc odibiorp é". Se eu lesse a coisa de trás para a frente, a frase seria: "É proibido chamar as cartas pelo nome".

— É proibido chamar as cartas pelo nome — disse eu.

No mesmo instante, o ar de triunfo do valete deu lugar à desconfiança.

— Missa zaf êcov euq rop? — perguntou ele hesitante.

— Ratnemirepxe arap — respondi com firmeza.

Agora era ele que parecia ter acabado de chegar da Lua.

— Eu só perguntei se você sabia que rei estava no poder atualmente para ver se você era capaz de guardar um segredo — continuei. — Mas essa é uma arte que você não domina e por isso você quebrou as regras.

— Nunca vi tamanho atrevimento na minha vida!

— Não? Pois saiba que posso ser mais atrevido ainda!

— Omoc?

— Meu pai se chama Otto — disse eu. — Você é capaz de dizer o nome dele de trás para a frente?

O valete olhou bem sério para mim.

— Otto — disse ele.

— Isso, o nome é esse mesmo — respondi. — Mas eu te pedi para dizê-lo de trás para a frente, entende?

— Otto — repetiu o valete.

— Sim, sim, já ouvi — disse eu. — Mas você tem de dizê-lo de trás para a frente!

— Otto, Otto — bufou o valete.

— Bem, valeu como tentativa — disse eu, tentando acalmá-lo. — Vamos tentar com uma outra palavra?

— Ál somav! — respondeu o valete.

— Vamos começar com o nome da mulher do meu tio: Anna.

— Anna — repetiu o valete.

Dei a entender que ele não tinha acertado e disse:

♣

— É, o nome é esse mesmo. Agora diga-o de trás para a frente.

— Anna, Anna! — disse o valete, começando a ficar irritado.

— Tudo bem, tudo bem. Estou vendo que você não é assim tão bom quanto diz. Vamos tentar uma sentença. Será que você consegue?

— Etnemetnedive!

— Então diga: "Otto ama Anna".

— Anna ama Otto! — disse o valete mais do que depressa.

— Espera aí. Eu não pedi para você inverter a frase. Pedi para você dizê-la de trás para a frente, como você diz que sabe.

— Anna ama Otto! — repetiu o valete, muito nervoso.

— Tudo bem, isso eu sei. Mas como é que fica essa frase lida de trás para a frente?

— Anna ama Otto! Anna ama Otto! Anna ama Otto! — gritou o valete, desesperado.

Eu já estava ficando com dó do sujeito. Mas, afinal de contas, não era ele que tinha começado aquela palhaçada toda?

O pequeno valete tirou a espada da bainha e golpeou uma garrafa, que se espatifou contra a parede da casa. Algumas anãs de copas que passavam por ali arregalaram os olhos, mas na mesma hora se viraram e prosseguiram como se nada tivesse acontecido.

E de novo me passou pela cabeça a ideia de que aquela ilha inteira não passava de um grande manicômio para loucos irrecuperáveis. Mas por que eles eram tão baixinhos? E por que falavam minha língua? E, sobretudo, por que eram divididos por naipes e números como nas cartas de um baralho? Decidi, então, não dar sossego ao Valete de Ouros enquanto não descobrisse o que se passava ali. Eu só tinha de prestar atenção para não me expressar de forma muito clara e inteligível, pois a única

♣

coisa que provocava problemas de compreensão para esses anões era uma linguagem clara e inteligível.

— Acabei de chegar aqui — disse eu — e achei que essas terras fossem tão inabitadas quanto a Lua. Agora, porém, estou louco para saber quem são vocês e de onde vêm.

O valete deu um passo para trás e, com um tom de desespero na voz, me perguntou:

— Você é um novo curinga?

— Eu não tinha a menor ideia de que no meio do Atlântico havia ilhas onde se falava a minha língua — prossegui. — É verdade que já estive em muitas partes do mundo, mas tenho de confessar que é a primeira vez que vejo pessoas tão baixinhas.

— Você é mesmo um novo curinga! Oãçidlam! Tomara que não apareçam outros. Se há uma coisa de que não precisamos é de um curinga para cada naipe.

— Não diga uma coisa dessas! Se os curingas forem os únicos por aqui capazes de conversar de forma clara e inteligível, todo esse jogo de paciência andaria muito melhor se todas as cartas fossem curingas.

Ele tentou me afugentar com gestos.

— É extremamente cansativo ter de enfrentar toda a sorte de perguntas — disse ele.

Eu sabia que seria difícil, mas fiz uma outra tentativa.

— Raciocine comigo — comecei. — Vocês são habitantes de uma estranha ilha no Atlântico. Não seria de se esperar que vocês soubessem dizer como chegaram até aqui?

— Passo!

— O que você disse?

— Você virou o jogo, entende? Eu passo!

Depois de dizer isso, tirou do bolso da jaqueta uma garrafinha e bebeu uns goles da mesma bebida cintilante que os anões de ouros tinham bebido naquela outra ocasião. Fechou novamente a garrafa, esticou um dos

♣

braços e disse em voz alta e segura, como se começasse a declamar os versos de um poema:

— BRIGUE DE PRATA AFUNDA EM MAR BRAVIO!

Balancei a cabeça e suspirei. Eu começava a ficar desesperado. Agora, na certa ele iria adormecer e eu teria de tentar encontrar o Rei de Espadas sozinho. Ao mesmo tempo, tive o pressentimento de que mesmo encontrando o rei eu provavelmente não iria conseguir muita coisa.

De repente me lembrei de uma coisa que uma carta de paus havia dito. E como se conversasse comigo mesmo, disse:

— Preciso tentar encontrar Frode...

No mesmo instante o Valete de Ouros voltou a si. De um salto, levantou do banquinho em que estava e ergueu o braço direito em posição de sentido.

— Você disse... Frode?

Concordei com a cabeça.

— Você pode me levar até ele?

— Ossop euq oralc é!

Fomos caminhando por entre as casas e logo chegamos a uma pracinha. No meio dela havia uma fonte da qual Oito e Nove de Copas tiravam um balde de água. De longe deu para ver o brilho de suas roupas vermelho-claras com os corações vermelho-escuros.

Todos os quatro reis estavam perto da fonte e formavam um pequeno círculo com os braços colocados uns sobre os ombros dos outros. Talvez estivessem confabulando sobre um importante decreto a ser baixado. Lembro-me de que naquele momento pensei como seria pouco prático ter quatro reis. Eles usavam roupas das mesmas cores das vestes de cada um dos valetes. A diferença era que as roupas dos reis eram mais elegantes e, além disso, eles usavam grandes e pesadas coroas de ouro.

Todas as rainhas também estavam na praça. Andavam

a passos pequenos por entre as casas e de vez em quando olhavam-se em espelhinhos. A impressão que tive foi que elas se esqueciam de quem eram com tanta rapidez e tanta frequência que tinham de ficar se olhando no espelho. As rainhas também usavam coroas, só que um pouco mais altas e mais finas que as dos reis.

E bem ao fundo descobri um homem velho, de cabelos claros e uma longa barba branca. Estava sentado numa pedra e fumava um cachimbo. O que distinguia aquela figura das demais e a tornava mais interessante aos meus olhos era o tamanho: ele tinha exatamente a minha altura. Mas havia ainda outra coisa que o fazia diferente dos anões: ele usava uma camisa cinza e uma larga calça marrom. As duas peças do vestuário do velho eram pobres e feitas à mão, e contrastavam muito com os uniformes coloridos dos anões.

O valete correu até o velho e me apresentou.

— Mestre — disse ele. — Aqui está um novo curinga.

E não conseguiu dizer mais nada, pois caiu no chão ali mesmo e adormeceu na mesma hora. Na certa devido aos goles que tinha tomado daquela garrafinha momentos antes.

O velho levantou-se da pedra em que estava sentado e, sem dizer nada, me examinou de cima até embaixo. Depois começou a me tocar. Passou a mão pelo meu rosto e pela minha roupa de marujo. Era como se precisasse ter a certeza de que eu era uma pessoa de carne e osso.

— Faz muito tempo... muito tempo que não vejo algo assim — disse ele finalmente.

— O senhor é Frode, suponho — disse eu, estendendo-lhe a mão. — Eu me chamo Hans.

Ele apertou minha mão com força e durante um bom tempo. E de repente me pareceu que tinha muita pressa. Foi como se, num piscar de olhos, alguma coisa de muito desagradável lhe tivesse ocorrido.

— Precisamos sair do povoado imediatamente — disse.

♣

Tive a impressão de que ele era tão perturbado quanto todos os demais. Mas pelo menos ele não reagia de forma tão indiferente quanto os outros. E isso foi o bastante para me encher de esperança.

Embora caminhasse com dificuldade, pois quase chegou a cair algumas vezes, o velho foi me mostrando a saída do povoado. Íamos em direção à casa que ficava encosta acima, afastada das casas do povoado. E algum tempo depois, quando lá chegamos, paramos para conversar ali mesmo, na frente da casa. Ele não me convidou para entrar, mas me pediu que sentasse num banquinho.

E eu nem bem tinha me sentado quando uma estranha figura apontou a cabeça por detrás de um dos cantos da casa e ficou me fitando. Era um sujeito engraçado, vestido com uma roupa lilás e usando um barrete de bobo da corte em verde e vermelho. As pontas do barrete e também da capa eram ornadas com guizos, que tilintavam a cada movimento de seu corpo forte e elegante.

Saltitando, a estranha figura veio até onde eu estava. Primeiro me deu um beliscão na orelha e depois um leve tapa na barriga.

— Já para o povoado, Curinga! Vamos! — ordenou-lhe o velho.

— Mas... mas...! — reclamou o anãozinho com um sorriso maroto, num tom de advertência. — Depois de tanto tempo, nem bem um visitante chega do velho mundo e o Mestre já começa a fazer desfeitas aos bons amigos. Comportamento perigoso, esse. Ouça bem o que o Curinga lhe diz.

O velho suspirou.

— Na certa você ainda tem muito o que pensar antes da grande festa — disse ele.

Com muita habilidade, a figura de corpo lépido e bem-proporcionado fez uma série de acrobacias.

— Isso é verdade. Não se deve considerar nada evidente.

♣

Depois de dizer isso, deu uns pulos para trás.
— Então vamos parando de falar por aqui — disse ele.
— Mas vamos nos ver outra vez!
E tendo dito isso, começou a descer a encosta da montanha rumo ao povoado.
O velho veio sentar-se ao meu lado. Do banco, lá no alto da encosta, podíamos apreciar o espetáculo multicolorido dos anões no povoado. Eles pareciam formigas se movendo com agilidade entre as casas de madeira.

♣

SETE DE PAUS

...como era possível que esmalte e marfim pudessem crescer dentro da minha boca...

Continuei lendo o meu livro até bem tarde da noite. Na manhã seguinte, quando acordei ainda bastante cedo, levei um tremendo susto. A luz de cabeceira continuava acesa, o que significava que eu tinha adormecido com o livrinho e a lupa no colo.

Fiquei aliviado quando vi que meu pai ainda dormia. A lupa estava no travesseiro, bem ao meu lado, mas eu não conseguia encontrar o livrinho. Depois de muito procurar, acabei descobrindo que ele estava debaixo da cama. Mais do que depressa, coloquei-o no bolso da calça. Só depois de ter apagado todos os vestígios da minha leitura secreta é que me levantei.

Tudo o que eu tinha lido antes de dormir tinha sido tão excitante que ainda podia sentir uma certa agitação percorrendo o meu corpo. Puxei as cortinas para o lado e fiquei olhando pela janela. Lá fora, o mar ia até onde meus olhos conseguiam alcançar. Fora alguns pequenos barcos a vela, não havia qualquer movimento de outras embarcações. Faltava pouco para o raiar do dia. O vermelho da aurora formava uma espécie de cinto bem fino que separava o céu do mar.

Qual seria o segredo dos anões que habitavam a ilha mágica? É claro que eu não tinha certeza de que tudo aquilo que lia era realmente verdade. Mas tudo o que tinha lido sobre Ludwig e Albert em Dorf me tinha soado muito verdadeiro.

Não havia dúvida alguma de que tanto a bebida púrpura quanto os muitos peixinhos dourados tinham vindo daquela ilha misteriosa onde o padeiro Hans fora parar. Eu mesmo tinha visto com meus próprios olhos um aquário com um peixinho dourado na pequena padaria de Dorf. Eu não tinha experimentado a bebida púrpura, mas o velho padeiro, que tinha me dado uma garrafa de refresco de pera, falara qualquer coisa sobre uma bebida mil vezes melhor do que aquela...

Apesar disso, podia ser que tudo aquilo fosse inventado. Não havia nada que me desse a certeza de que aquela bebida púrpura realmente existia e de que tudo não passava de pura imaginação. Também não havia nada de extraordinário no fato de o padeiro ornamentar a vitrine de sua padaria em Dorf com um aquário e um peixinho. O que sem dúvida alguma era estranho era o fato de ele ter assado um pão doce com um minilivro dentro, ter colocado o pão com o livrinho em um saquinho de papel e tê-lo dado a um menino que por acaso passava pela padaria. De qualquer forma, escrever um livro inteiro com letras tão miúdas tinha sido um trabalho e tanto. E toda vez que eu pensava nisso me vinha à cabeça o fato de um anão ter me dado uma lupa pouco tempo antes de eu ganhar o pão doce com o livro dentro.

Naquela manhã, porém, o enigma do livro no pão doce não foi a única coisa que ocupou meus pensamentos. Aliás, mais do que isso, uma outra coisa colaborava para aumentar a inquietação que eu vinha experimentando: entendi, de repente, que as pessoas no mundo inteiro eram tão desligadas das coisas que as cercavam quanto os indolentes anõezinhos da ilha mágica.

♣

Vivemos nossas vidas num incrível mundo de aventuras, pensei. Apesar disso, a grande maioria das pessoas considera tudo isso "normal". Em compensação, vivem em busca de algo fora do normal: anjos ou então marcianos. E isso se explica pelo simples fato de que elas não consideram um enigma o mundo em que vivem. Para mim a coisa era completamente diferente. Para mim, o mundo era um sonho muito estranho, e eu vivia em busca de uma explicação racional qualquer para esse sonho.

E enquanto fiquei parado ali, observando o céu ir mudando de cor, primeiro cada vez mais vermelho e depois cada vez mais claro, experimentei uma coisa que jamais havia experimentado antes; um sentimento que desde então nunca mais me deixou: lá estava eu na frente da janela da cabine de um navio, eu, um ser enigmático, vivo, mas que apesar disso nada sabia de si. Experimentei a sensação de ser uma criatura viva num planeta vivo dentro de uma Via Láctea. Talvez já tivesse consciência disso antes, pois esse era um tema que já tinha sido abordado várias vezes dentro da educação que eu vinha recebendo. Mas aquela era a primeira vez que eu *sentia* aquilo tudo por mim mesmo. E aquele sentimento se instalou em cada célula do meu corpo.

Percebi o meu corpo como algo estranho, desconhecido. Como era possível que eu estivesse ali, na cabine de um navio, pensando todas aquelas coisas estranhas? Como é que no meu corpo cresciam a pele e as unhas? Tudo isso para não falar dos dentes! Como era possível que esmalte e marfim pudessem crescer dentro da minha boca? Eu não conseguia entender que essas partes duras do meu corpo eram *eu mesmo*. Mas sobre essas coisas... bem, sobre essas coisas as pessoas só pensavam quando tinham de ir ao dentista!

Não conseguia entender como as pessoas conseguiam viver neste mundo sem se perguntarem, ao menos de vez em quando, quem eram e de onde tinham vindo. Como era possível fechar os olhos à vida neste planeta, ou então considerá-la "evidente"?

Os muitos pensamentos e sentimentos que tomaram conta de mim naquele momento deixavam-me alegre e triste ao mesmo tempo. Eles eram os grandes culpados por eu experimentar de repente uma sensação de solidão profunda; ao mesmo tempo, de alguma forma eu sabia que aquela solidão só podia me fazer bem.

Apesar de tudo, fiquei contente ao ouvir meu pai se espreguiçar e soltar um daqueles seus bocejos que mais parecem o rugido de um leão. Antes de ele saltar da cama, ainda tive tempo de refletir um pouco sobre como é importante ter os olhos bem abertos para tudo, mas que não existe nada mais importante do que estar na companhia de alguém que a gente ama.

— Você já está de pé? — perguntou ele.

Depois olhou pela janela da cabine no momento mesmo em que o sol se ergueu por sobre a superfície do mar.

— Lá está o sol — observei.

E assim começou o dia que iríamos passar inteirinho no mar.

OITO DE PAUS

...se nosso cérebro fosse tão simples a ponto de podermos entendê-lo...

Durante o café da manhã, nossa conversa acabou se transformando num bate-papo filosófico. Por brincadeira, meu pai sugeriu que tomássemos como reféns os passageiros do navio inteiro e interrogássemos todos para saber se algum deles sabia de alguma coisa que jogasse alguma luz sobre o mistério da vida.

— É uma oportunidade única — disse ele. — Este barco é como a humanidade em miniatura. Somos mais de mil passageiros; gente de todos os cantos do mundo. Mas estamos todos no mesmo barco. Somos levados pela mesma quilha... — Ele apontou para o refeitório, à nossa volta, e disse: — Alguém deve saber alguma coisa que nós não sabemos. Com tantas cartas boas na mão, não é possível que não haja pelo menos um curinga.

— Há dois — disse eu, olhando para ele. E pelo sorriso que se esboçou em seu rosto, vi que ele tinha entendido perfeitamente o que eu queria dizer.

Depois de algum tempo, meu pai continuou:

— De fato, acho que deveríamos pegar todos os passageiros deste navio e perguntar se eles sabem nos dizer por que vivemos. Os que não souberem responder a gente simplesmente atira ao mar.

— E as crianças? — perguntei.

♣

— Essas na certa vão passar no teste com distinção e louvor!

Decidi, então, realizar alguns experimentos filosóficos naquela manhã. Depois de passar um bom tempo nadando na piscina, enquanto meu pai lia um jornal alemão, sentei-me no convés e fiquei observando as pessoas: algumas estavam totalmente entretidas em passar um creme gorduroso no corpo todo para se proteger do sol; outras liam livros de bolso em francês, inglês, japonês ou italiano; outras, ainda, conversavam animadas, enquanto tomavam cerveja ou uma bebida vermelha com uns cubos de gelo. Também havia algumas crianças. As maiores estavam deitadas ao sol como os adultos; outras, um pouco menores, corriam no convés daqui para lá tropeçando em bolsas e bengalas; as menorzinhas faziam birra no colo de alguém. E havia também um bebê mamando no peito da mãe. Os dois estavam tão à vontade que pareciam estar na cozinha de sua casa na França ou na Alemanha.

Quem eram todas essas pessoas? De onde tinham vindo? E, mais importante do que tudo: será que alguém além de mim e de meu pai se fazia essas perguntas?

Eu observava com cuidado cada uma daquelas pessoas e tentava descobrir se havia nelas alguma coisa que as revelasse. Por exemplo, se houvesse um Deus que determinava o que todos faziam e diziam, então um experimento sério e bem realizado sobre o que elas faziam e diziam deveria levar a algum resultado positivo. E eu podia me valer de uma importante vantagem: se encontrasse uma cobaia interessante, ela só escaparia de mim quando chegássemos a Patras. Era mais fácil, portanto, estudar as pessoas neste ferry do que algum bichinho correndo ligeiro sobre a folha de uma planta ou então alguma barata apressada.

As pessoas gesticulavam com os braços e levantavam-se das suas cadeiras de deitar para esticar as pernas; no espaço

♣

de um minuto, um senhor tirou e pôs os óculos umas quatro ou cinco vezes. Era evidente que as pessoas do navio não sabiam ao certo o que estavam fazendo; quer dizer, pelo menos não tinham consciência de todos os seus movimentos, até dos menores. Em poucas palavras: elas estavam ali, vivas, mas não tinham plena consciência de toda a sua vivacidade.

Achei particularmente curioso o modo como as pessoas movimentavam as pálpebras. É claro que todas piscavam, mas não com a mesma frequência. Era muito curioso ver a delicada pele de cima dos olhos elevar-se e abaixar-se como que por si mesma. Certa vez eu tinha observado um pássaro piscar. A impressão que me deu foi a de que o piscar do pássaro era controlado por uma espécie de máquina embutida. E agora, observando os passageiros do navio, tive a impressão de que eles também piscavam do mesmo jeito mecânico.

Alguns alemães bem barrigudos pareciam morsas enormes. Deitados em suas cadeiras no convés, tinham quase a metade do rosto coberta por bonés brancos; e a única coisa que *faziam* naquela manhã, além de ficarem expostos ao sol, meio dormindo, meio acordados, era se encher de creme de bronzear. Meu pai disse que eles eram *Bratwurst*. A princípio pensei que vinham de alguma cidade alemã chamada Bratwurst. Depois meu pai me explicou que tinha colocado esse apelido neles porque os alemães adoravam comer umas linguiças fritas chamadas Bratwurst. Entendi, então, a associação que ele fazia entre aquelas pessoas se dourando ao sol e as linguiças na frigideira. Perguntei-me o que estariam pensando os alemães daquele convés e cheguei à conclusão de que provavelmente estariam pensando nas linguiças que iriam comer depois. Não sei se a minha conclusão estava correta; só sei que nada indicava que estivessem pensando em alguma outra coisa.

Continuei com meus experimentos filosóficos até meados da tarde. Meu pai e eu tínhamos combinado que não iríamos ficar juntos o dia inteiro. Eu estava livre, portanto, para ir aonde bem entendesse dentro do navio. É claro que ele me advertiu muitas vezes para eu não pular a amurada e me lançar ao mar...

Para completar, meu pai me emprestou o seu binóculo. Por duas vezes, fiquei observando os outros passageiros sem que ninguém, sobretudo eles, me vissem. E o emocionante era justamente ter que fazer isso escondido, pois é claro que eu não queria ser apanhado em pleno ato. Minha pior ação naquele dia foi colocar sob a lente do binóculo uma senhora americana que de tão louca reacendeu minhas esperanças de que, observando-a de forma crítica, eu talvez conseguisse chegar um pouco mais perto da resposta à pergunta sobre o que é o homem. Num dado momento, flagrei-a dirigindo-se para um canto do salão. Ela chegou mesmo a olhar à sua volta, para se certificar de que ninguém a estava observando. Tinha me escondido atrás de um sofá e me levantado só o suficiente para apoiar o binóculo na borda do móvel. Tudo isso para não dar na vista, é claro. Sentia um friozinho na barriga, mas não tinha medo do que pudesse acontecer comigo. Ao contrário: eu estava preocupado era com a senhora americana. O que será que ela pretendia fazer lá naquele canto e que ninguém podia ver?

No fim, percebi que ela tirou da bolsa um estojo verde de maquiagem. Dentro dele havia um espelhinho. Primeiro ela se olhou no espelho por todos os ângulos; depois começou a pintar a boca com batom. Na mesma hora tive a certeza de que aquela observação podia ter uma certa importância para um filósofo. Mas isso não era tudo: quando ela terminou de retocar a maquiagem, começou a sorrir para si mesma na frente do espelhinho. Sorria, sorria sem parar. Antes de guardar o espelho na bolsa, ergueu um braço e acenou para si mesma no espelho, ao mesmo tempo em que sorriu de novo e deu uma piscada para sua imagem refletida.

Quando a mulher saiu do salão, permaneci um pouco no meu esconderijo, completamente exausto. Como será que ela tivera a ideia de acenar para si mesma? Depois de algumas especulações filosóficas, cheguei à conclusão de que ela talvez fosse um exemplar tão raro quanto um curinga feminino. Pois se ela acenava para si mesma, isso significava que tinha consciência de sua própria existência. De uma certa forma, ela era duas pessoas. De um lado, era a mulher que estava ali no salão e passava batom nos lábios; de outro, era a mulher que acenava para si mesma dentro do espelho.

Naturalmente eu sabia que não se podem realizar experimentos usando pessoas como cobaias; por isso, resolvi não ir além dessa única experiência. Contudo, quando a vi de novo um pouco mais tarde naquele mesmo dia numa partida de bridge, fui até sua mesa e, falando em inglês, pedi-lhe o curinga do baralho.

— *No problem* — disse ela, e entregou-o a mim.

Ao me afastar da mesa, ergui um braço, fiz um tchauzinho e dei uma piscada para ela. A mulher ficou tão surpresa que por pouco não caiu da cadeira. Talvez ela tenha se perguntado se eu por acaso não sabia do seu segredo. E se pensou isso mesmo, pode ser que neste momento, em algum lugar lá da América, ela experimente uma sensação desagradável ao pensar em mim. Se é que pensa...

E pela primeiríssima vez eu tinha conseguido pedir sozinho um curinga numa mesa de jogo.

Meu pai e eu tínhamos combinado em nos encontrar na cabine antes do jantar. Sem entrar em detalhes, disse-lhe que eu tinha feito um monte de observações importantes. Assim, durante o jantar, tivemos uma interessante discussão sobre a natureza do ser humano.

Para mim era estranho que nós, pessoas tão inteligentes

para tantas coisas — por exemplo, para pesquisar o universo e a estrutura dos átomos —, não soubéssemos mais sobre nós mesmos. Nesse ponto da conversa, meu pai disse uma coisa tão certa, tão inteligente que acho que posso citá-la literalmente aqui:

— Se nosso cérebro fosse tão simples a ponto de podermos entendê-lo — disse ele, e fez uma pausa —, seríamos tão tolos que continuaríamos sem entendê-lo.

Fiquei um bom tempo pensando sobre essa afirmação. Cheguei à conclusão, enfim, de que ela continha mais ou menos toda a resposta para a minha pergunta.

E meu pai continuou:

— Por exemplo, existem cérebros muito mais simples do que os nossos. Podemos entender, por exemplo, como funciona o cérebro de uma minhoca. Pelo menos em grande parte. Mas a minhoca mesma não é capaz de entendê-lo. Seu cérebro é simples demais para tanto.

— Talvez exista um Deus que nos entende — disse eu.

Meu pai ficou surpreso com o que eu disse. Acho que o fato de eu ter feito um comentário tão inteligente o deixou muito impressionado.

— Sim, é possível — concordou. — Mas nesse caso ele seria tão terrivelmente complexo que seria difícil que conseguisse entender a si mesmo.

Depois acenou para o garçom e pediu uma cerveja. E continuou filosofando até que a cerveja foi servida. Enquanto o garçom enchia o seu copo, ele disse:

— Se há uma coisa que *eu* não consigo entender é por que Anita nos deixou.

Fiquei surpreso com o fato de ele ter chamado minha mãe pelo nome. Geralmente ele se referia a ela só como "mamãe", do mesmo modo que eu.

Meu pai falava com tanta frequência sobre mamãe que nem sempre isso me agradava. No mínimo eu sentia tanta falta dela quanto ele, mas eu achava melhor cada um curtir sozinho a falta que ela fazia do que sentirmos *juntos* a falta dela.

— Acho que entendo mais sobre a composição do universo do que sobre o motivo pelo qual essa mulher simplesmente se foi de nossas vidas, sem nos dizer ao certo *por quê* — disse o meu pai.

— Talvez ela mesma não saiba — disse eu.

E nada mais se falou durante o jantar. Suspeito que, enquanto não dizíamos nada, nós dois estávamos nos perguntando se realmente iríamos encontrá-la em Atenas.

Depois do jantar, demos um passeio pelo barco. Meu pai me mostrou os oficiais e os marinheiros, e me explicou o que significavam todas aquelas faixas e símbolos nos uniformes deles. E a cada vez eu não podia deixar de pensar nas cartas do baralho.

Mais tarde, já bem à noite, meu pai me confessou que queria dar um pulinho até o bar. Resolvi evitar uma discussão e disse que preferia ir para a cabine ler meu gibi. Acho que ele gostou da ideia de poder ficar um pouco sozinho; de minha parte, eu estava curiosíssimo para saber o que Frode iria contar ao padeiro Hans enquanto os dois olhavam para o povoado dos anões de lá de cima da encosta florida naquele fim de tarde.

É claro que não queria ler gibi coisa nenhuma. Acho que foi naquele verão que deixei para trás gibis, Mickey Mouse e tantas outras coisas. Depois desse dia uma coisa era certa: meu pai não era mais o único a filosofar. Eu também tinha começado, ainda que estivesse apenas engatinhando. Mas tinha começado sozinho...

♣

NOVE DE PAUS

...um suco adocicado, que cintila, levemente espumante...

— Ainda bem que conseguimos! — exclamou o velho de barba branca, que não desviava os olhos de mim um minuto sequer. — Eu estava com medo de que você fosse dizer alguma coisa — continuou ele. Só então seus olhos se voltaram para o povoado, lá embaixo. E nesse momento ele pareceu ser tomado de novo por uma estranha inquietação. — Você não disse nada, disse?

— Acho que não estou entendendo o que o senhor quer dizer — respondi.

— Não, é claro que não. É que eu comecei pelo fim.

Concordei com a cabeça.

— Se a história tem um começo e um fim, acho que seria muito mais racional começar pelo começo.

— É claro! — concordou ele. — Mas primeiro de tudo você tem de me responder a uma pergunta importantíssima. Você sabe qual a data de hoje?

— Não estou bem certo — tive de admitir. — Deve ser um dos primeiros dias de outubro.

— Não me refiro ao dia. Por acaso você sabe em que ano estamos?

— Em 1842 — respondi. Aos poucos ia começando a entender as perguntas que me fazia.

O velho fez um movimento com a cabeça, como se acabasse de ter a confirmação para algo de que suspeitava.

♣

— Então faz exatamente cinquenta e dois anos, meu jovem.

— Faz tanto tempo assim que o senhor está aqui na ilha?

De novo ele concordou.

— Sim, sim... muito tempo. — Uma lágrima desprendeu-se do canto de seus olhos e ele a deixou rolar sobre seu rosto. — Saímos do México em outubro de 1790 — contou. — Depois de alguns dias no mar, o brigue em que eu viajava virou, sepultando consigo no fundo do mar toda a tripulação. Só eu consegui escapar, pois me agarrei a algumas tábuas grossas que flutuavam em meio aos destroços do navio. Fiquei à deriva até que um dia consegui chegar a terra...

Nesse momento, o velho mergulhou em seus pensamentos e eu lhe contei que também tinha chegado à ilha depois de sobreviver a um naufrágio.

Melancólico, limitava-se a concordar com a cabeça.

— Você diz "ilha" — comentou ele. — Também dizia isso quando cheguei aqui. Mas será que este lugar é mesmo uma ilha? Moro aqui há cinquenta e dois anos, meu jovem, e já andei muito por essas bandas. E sabe de uma coisa? Desde que cheguei, nunca mais encontrei o caminho de volta ao mar.

— Deve ser uma ilha enorme — observei.

— Uma ilha que não existe no mapa?

— Pode ser que a gente esteja em alguma parte do continente americano — disse eu. — Ou então na África, sei lá. É difícil dizer por quanto tempo estivemos ao sabor das correntes marítimas antes de sermos atirados na praia.

Aflito, o velho sacudiu a cabeça em sinal de discordância.

— Na América e na África existem *pessoas*, meu jovem amigo.

— Mas se este lugar não é uma ilha e também não pertence a nenhum dos grandes continentes, o que é, então?

♣

— Alguma coisa completamente diferente de tudo o que conhecemos... — murmurou ele.

E de novo mergulhou em seus pensamentos.

— Os anões... — disse eu. — O senhor está pensando nos anões?

Mas ele não respondeu à minha pergunta.

— Você tem certeza de que vem do mundo lá de fora? Por acaso você também não seria daqui? — perguntou.

Como assim, "também não seria daqui"? Quer dizer que ele estava mesmo pensando nos anões...

— Eu me alistei como marinheiro em Hamburgo — disse.

— É mesmo? Pois eu sou de Lübeck...

— E eu também! Sabe, eu me alistei num navio norueguês em Hamburgo, mas na verdade nasci em Lübeck.

— Não me diga... Então, primeiro você precisa me contar tudo o que aconteceu na Europa nos últimos cinquenta anos.

Contei-lhe o que sabia: falei de Napoleão e de suas guerras, e contei-lhe também que os franceses tinham pilhado Lübeck em 1806.

— E em 1812, no ano seguinte ao do meu nascimento, Napoleão deslocou seus exércitos para a Rússia — continuei. — Após sofrer grandes perdas, porém, ele teve de bater em retirada e em 1813 foi derrotado em Leipzig numa sangrenta batalha. Forçado a abdicar, Napoleão retirou-se para a ilha de Elba e todo o seu império ficou reduzido ao território da ilha. No ano seguinte, porém, ele voltou e restabeleceu o seu império na França. Mas foi derrotado em Waterloo e passou seus últimos anos na ilha de Santa Helena, a oeste da África.

O velho ouvia tudo com grande interesse.

— Pelo menos lá ele podia ver o mar... — murmurou. Parecia refletir sobre tudo o que eu lhe contava. — Tudo o que você está contando me soa como um conto de fadas — disse a certa altura. — *Pode ser* que a história tenha se passado assim, desde que deixei a Europa. Mas

♣

também pode ser que ela tenha se passado de modo totalmente diferente.

Tive de lhe dar razão nesse ponto. A história é como um grande conto de fadas. A única diferença entre os dois é que a história é de verdade.

O sol preparava-se para se pôr atrás das montanhas, a oeste. O pequeno povoado já estava mergulhado nas sombras do fim de tarde. Mesmo assim, os anõezinhos continuavam a caminhar apressados por entre as casas. De longe, pareciam pequenas manchas coloridas em movimento.

Apontei para eles.

— Será que o senhor poderia me dizer alguma coisa sobre eles? — perguntei.

— É claro que sim — respondeu ele. — Vou lhe contar tudo. Mas você precisa me prometer que nada do que vou te contar vai chegar aos ouvidos deles.

Ansioso, concordei com a proposta. E Frode começou a contar sua história.

— Eu era marinheiro de um brigue espanhol, que saiu de Veracruz, no México, com destino a Cádiz, na Espanha, levando um grande carregamento de prata. O tempo estava bom, o mar calmo, e apesar disso o nosso navio virou depois de alguns dias. Foi assim: estávamos em algum ponto entre Porto Rico e as Bermudas, e já tínhamos ouvido falar que naquela região aconteciam coisas muito estranhas. Bem, para nós, tudo aquilo não passava de conversa fiada de marujo. Certa manhã, porém, mesmo com o mar calmo feito um espelho, nosso navio foi arremessado para o alto de uma hora para outra e sem qualquer razão aparente. Parecia que uma gigantesca mão torcia o brigue, ao mesmo tempo que o erguia... mais ou menos como quando a gente puxa a rolha de uma garrafa com um saca-rolhas. Durou apenas alguns segundos, e depois caímos novamente na água.

♣

Só que o navio caiu meio de lado e a carga se deslocou, fazendo com que a água entrasse a bordo.

Tenho apenas vagas lembranças da pequena praia a que cheguei, são e salvo, pois logo que pus os pés na terra comecei minha jornada para o interior da ilha. Depois de algumas semanas andando sem rumo, resolvi me estabelecer aqui. E desde então esta é minha casa.

Consegui me arranjar muito bem neste lugar. Por aqui cresciam batatas, milho, maçãs e bananas. Mas também havia outras frutas e plantas, que eu nunca tinha visto antes e de que também nunca tinha ouvido falar. Amoras-do-mato, nabos anelados e vários tipos de gramíneas, por exemplo, tornaram-se importantes componentes da minha alimentação. Eu mesmo tive de dar nomes às muitas plantas desconhecidas que crescem nesta ilha.

Depois de alguns anos consegui domesticar os animais de seis patas, que passei a chamar de milucos. Eles não me dão apenas um leite adocicado e nutritivo, mas também servem para puxar cargas e arar a terra. Às vezes abato um desses animais para saborear sua carne branca e macia. Ela me lembra a carne de javali, que a gente sempre comia lá em Lübeck na época do Natal.

Ao longo dos anos fui usando as plantas da ilha para fabricar os remédios que empregava toda vez que alguma doença me atacava. E com as plantas passei a fabricar também bebidas para melhorar o meu estado de ânimo. Você logo vai ver que vivo tomando um suco a que dei o nome de tufo. É uma bebida levemente amarga, que preparo cozinhando as raízes da palmeira-de-tufo. O tufo me deixa animado quando estou cansado e quero ficar bem desperto, e me relaxa quando estou muito excitado e quero dormir. É uma bebida gostosa e, além do mais, não faz mal nenhum.

Mas também inventei uma bebida que chamei de bebida púrpura. É uma bebida que tem um efeito maravilhoso no corpo inteiro mas que, ao mesmo tempo, é tão traiçoeira e perigosa que fico aliviado em saber que ela não é vendida como as outras bebidas lá na nossa terra natal. Para preparar essa bebida uso o néctar das rosas púrpuras, que são bem miudinhas, nascem em pequenos buquês e crescem por toda a parte desta ilha. E nem preciso ter o trabalho de colher as rosinhas ou extrair delas o néctar. Essa tarefa é feita pelas abelhas, que aqui são maiores do que passarinhos da Alemanha. Elas constroem suas colmeias em árvores ocas e nelas armazenam também os seus suprimentos de néctar púrpura. Eu só tenho de recolher o néctar nas colmeias. Quando misturo esse néctar das flores com a água do rio do arco-íris, de onde tiro também os meus peixinhos, o resultado é um suco adocicado, que cintila, levemente espumante... gaseificado como um champanhe finíssimo, ou algo parecido. Uma bebida muito, mas muito especial.

O mais interessante dessa bebida púrpura é que o prazer que ela propicia não se resume a apenas *um* sabor. Não, não. Esse líquido vermelho, adocicado e espumante estimula todos os órgãos dos sentidos com todas as sensações e sabores que uma pessoa pode experimentar. E tem mais: a bebida púrpura não deixa os seus gostos apenas na boca e na garganta, mas em cada fibra do corpo. O problema é que não é muito saudável beber o mundo inteiro de um só gole, meu jovem. É melhor bebê-lo aos poucos, um golinho de cada vez.

Logo que consegui fazer a bebida púrpura, comecei a tomá-la todos os dias. Com isso, meu estado de ânimo melhorou muito, mas infelizmente só no começo. Aos poucos fui perdendo a noção de tempo e de espaço. De repente, eu acordava em algum ponto da ilha sem saber como tinha ido parar ali. E acontecia também de eu ficar andando sem rumo por dias e até semanas sem conseguir encontrar o caminho de volta para casa. Esquecia-me quem era e de onde tinha vindo. Tudo o que estava à minha volta parecia ser uma parte integrante de mim mesmo. No começo, a bebida provocava uma sensação de formigamento nos braços e nas pernas; depois essa sensação foi indo para a cabeça, e no fim a bebida começou a corroer minha alma. Bem... estou muito feliz por ter conseguido me livrar dessa dependência antes que fosse tarde demais. Hoje só os outros ainda tomam a bebida púrpura. E você vai saber por quê.

Enquanto ele me contava todas essas coisas, nós dois não tirávamos os olhos do povoado. Tinha ficado escuro e os anões acenderam os lampiões entre as casas.

— Está esfriando — disse Frode.

Levantou-se, abriu a porta da casa e nós entramos numa pequena sala, cujos objetos deixavam claro que Frode tinha construído tudo o que havia ali dentro com o material que pôde encontrar na ilha. Não havia nada de metal. Tudo era feito de barro, madeira e pedra. Só um material atestava a influência da civilização: ali também havia copos e taças, lampiões e travessas de vidro. Por todos os cantos da saleta havia grandes vasilhas de vidro com peixinhos coloridos. E as pequenas janelas da casa também tinham vidraças.

— Meu pai era mestre-vidreiro, um exímio soprador de vidro — contou o velho, como se tivesse lido os meus pensamentos. — Antes de partir para o mar, cheguei a aprender bem esse ofício e depois, aqui na ilha, pude fazer bom uso do que tinha aprendido. Algum tempo depois da minha chegada, comecei a fundir diferentes tipos de areia e logo consegui uma massa vítrea de primeira qualidade, usando para isso fornos que construí com pedras resistentes ao calor do fogo. Batizei esse tipo de pedras de Povoíta, porque as encontrei nas montanhas, não muito longe do povoado.

— Eu já estive na vidraria da floresta — disse.

O velho pareceu se assustar quando ouviu o que eu disse e me olhou com desconfiança.

— Mas você não disse nada, disse?

Eu não entendia o que ele queria dizer quando me perguntava se eu tinha "dito alguma coisa" aos anões.

♣

— Só perguntei como fazer para chegar ao povoado — respondi.

— Ótimo. Bem, agora vamos tomar um copo de tufo.

Sentamo-nos em dois banquinhos junto a uma mesa feita de uma madeira escura que eu nunca tinha visto. Frode encheu dois copos bojudos com uma bebida marrom que tirou de um bojudo jarro de vidro. Depois acendeu um lampião que pendia do teto.

Um tanto cauteloso, experimentei aquela bebida marrom. Tinha o gosto de uma mistura de coco e limão. E mesmo muito tempo depois de ter dado um gole, ainda sentia na boca um gosto meio ácido.

— E então, o que me diz? — perguntou o velho, ansioso por ouvir minha resposta. — Você é o primeiro europeu a experimentar tufo.

Procurei ser sincero e respondi que tinha achado a bebida gostosa e refrescante.

— Ótimo! — disse ele mais uma vez. — Agora preciso contar a você sobre os meus pequenos ajudantes. É neles que você está pensando o tempo todo, não é, meu jovem?

Concordei com a cabeça. E o velho continuou sua história.

DEZ DE PAUS

...eu não conseguia entender como alguma coisa podia surgir do nada...

Coloquei a lupa e o livro sobre o criado-mudo e fiquei andando um pouco de lá para cá na cabine. Precisava pensar sobre tudo o que tinha lido.

Frode tinha vivido cinquenta e dois anos naquela estranha ilha e, pelo visto, um belo dia tinha descoberto aqueles anõezinhos indolentes. Ou será que os anões tinham chegado à ilha muito depois de Frode? De qualquer modo, na certa Frode tinha ensinado aos anões de ouros a arte de soprar vidro. E na certa também tinha ensinado os de paus a cultivar a terra, os de copas a assar pães, os de espadas a fabricar móveis. Mas quem eram esses anões?

Sabia que essas perguntas seriam respondidas à medida que continuasse a ler. Só não estava certo se deveria me arriscar a continuar lendo enquanto estivesse sozinho na cabine.

Empurrei as cortinas da janela para o lado... e dei de cara com um rosto do outro lado do vidro. *Era o anão!* Ele estava lá fora, no passadiço, e olhava para mim dentro da cabine. Por alguns segundos ficamos assim, um olhando para a cara do outro. Depois ele desapareceu. E com a certeza de que eu o tinha descoberto.

Tive tanto medo que não conseguia sair do lugar. Parecia que meus pés tinham criado raízes no chão. Tudo o que consegui foi fechar novamente as cortinas. Depois me atirei na cama e chorei. E nem me passava pela cabeça sair da cabine e ir me encontrar com o meu pai no bar. Só tive coragem mesmo para afundar a cabeça no travesseiro.

Não sei por quanto tempo fiquei ali deitado, chorando. Quando meu pai chegou, acho que ouviu os meus berros lá de fora, no corredor, pois abriu a porta da cabine com tanta força que quase a arrancou do batente.

— O que aconteceu, Hans-Thomas?

Como eu estava de bruços, ele me ajudou a me virar na cama e tentou me convencer a abrir os olhos.

— O anão... — disse eu, soluçando muito. — Eu vi o anão na janela... ele estava bem ali na minha frente... e não tirava os olhos de mim!

Acho que meu pai devia estar esperando alguma coisa muito pior, pois na mesma hora tirou as mãos de mim e começou a andar na cabine de lá para cá.

— Isso é tolice, Hans-Thomas. Não há anões neste navio.

— Mas eu vi! — teimei.

— Você viu foi um homem baixinho — disse meu pai. — Um grego, na certa.

No fim ele quase conseguiu me convencer de que eu estava errado. Se não me convenceu de todo, pelo menos conseguiu me acalmar. Mas impus uma condição para que o assunto não voltasse mais à baila: antes de chegarmos a Patras, meu pai teria de perguntar a toda a tripulação se não havia mesmo um anão a bordo.

— Você não acha que a gente anda filosofando um pouco demais? — perguntou ele, enquanto eu ainda soluçava a intervalos regulares.

Respondi com um movimento de cabeça.

— Primeiro vamos procurar sua mãe em Atenas — continuou ele. — Depois a gente procura solução para o mistério da vida. Não há mesmo muita pressa para isso. Afinal, esse é o *nosso* projeto de vida e não há nada nem ninguém que possa nos impedir de realizá-lo.

♣

Pensativo, meu pai olhou para mim e disse:

— Interessar-se pela questão de saber quem somos e de onde vem o mundo é um hobby tão raro que praticamente nos isola de todo o resto. Nós, que nos interessamos por isso, vivemos tão afastados uns dos outros que nem nos damos ao trabalho de fundar nossa própria associação.

Quando parei de chorar, ele colocou um golinho de aguardente num copo. Não mais do que meio centímetro. Misturou um pouco de água e me deu para beber.

— Tome, Hans-Thomas, beba. Assim você vai dormir bem esta noite.

Enquanto ele se preparava para deitar, tirei do bolso o curinga que tinha pedido à senhora americana e disse:

— É para você.

Ele pegou o curinga e ficou olhando para ele atentamente. Não acho que aquele curinga fosse um exemplar dos mais raros; de qualquer forma, era o primeiro que eu tinha conseguido sozinho para a coleção do meu pai.

Em sinal de agradecimento, meu pai me mostrou um de seus truques com as cartas. Misturou o curinga no meio de um baralho que tirou de sua mala e depois colocou as cartas sobre o criado-mudo. No momento seguinte, "pescou" do ar o mesmo curinga que tinha colocado no monte de cartas.

Eu tinha observado tudo com muita atenção e era capaz de jurar que ele colocara o curinga no meio das outras cartas. Podia ser, também, que ele o tivesse tirado da manga da camisa. Mas, nesse caso, como o curinga tinha ido parar lá?

Eu não conseguia entender como alguma coisa podia surgir do nada.

Meu pai cumpriu sua promessa de perguntar para a tripulação inteira se havia um anão a bordo. Mas tudo o que conseguiu foi a palavra dos marujos de que nenhum anão tinha embarcado naquele ferry. Só restava a alternativa que eu temia: o anão era um clandestino a bordo.

♣

VALETE DE PAUS

...se o mundo é um número de mágica, então deve existir um mágico...

Tínhamos decidido esperar até chegarmos a Patras para tomar o café da manhã. Colocamos o despertador para as sete, uma hora antes de atracarmos. Mas às seis eu já estava acordado.

A primeira coisa que vi foram a lupa e o livrinho sobre o criado-mudo. O rosto na janela tinha me deixado tão assustado que eu me esquecera completamente de escondê-los. Foi pura sorte meu pai não ter notado os dois em cima do móvel.

Ele ainda estava dormindo e eu não conseguia parar de pensar no que Frode iria contar sobre os anões da ilha. Decidi continuar lendo até que meu pai começasse a se mexer na cama, como sempre fazia antes de acordar.

No navio, jogávamos cartas o tempo todo; eu tinha sempre um baralho no bolso. E a única coisa que consegui salvar do naufrágio foi um baralho francês.

Na minha completa solidão dos primeiros anos, eu vivia jogando paciência. As cartas eram as únicas figuras que eu via aqui na ilha. Eu não jogava apenas a paciência tradicional, que tinha aprendido em casa e no navio. Com cinquenta e duas cartas diferentes e um oceano de tempo, a imaginação da gente não tem limites para inventar diferentes formas de se jogar paciência e outros jogos. E logo eu teria a prova cabal disso.

Com o passar do tempo, comecei a atribuir a cada carta diferentes características. Eu não as via como simples cartas de baralho, mas como cinquenta e dois indivíduos de quatro famílias diferentes. Os de paus tinham a pele morena, o corpo bem estruturado, robusto, e cabelos grossos e encaracolados. Os de ouros eram mais magros, mais leves e mais graciosos; tinham a pele quase branca e cabelos lisos, prateados e brilhantes. E havia também os de copas; bem... os de copas eram mais brandos de coração do que os outros. Tinham o corpo arredondado, bojudo, bochechas rosadas e uma cabeleira exuberante num tom de loiro-claro. Faltavam os de espadas. Esses aí... bem, esses tinham o corpo mais magro, mas não menos forte, a pele pálida, um rosto um tanto severo e duro, os olhos bem escuros e os cabelos pretos e desgrenhados.

E era assim que eu via essas figuras quando jogava minha paciência. Era como se, a cada carta que tirava, eu libertasse da prisão de uma garrafa um gênio enfeitiçado. Um gênio, sim... pois não era apenas a aparência das figuras que mudava de família para família. Cada uma delas, além de diferente na aparência, tinha também o seu próprio temperamento: as figuras de paus eram mais indolentes e inflexíveis que as de ouros; estas, de tão leves e sensíveis, pareciam capazes de se desprender do chão. As figuras de copas eram mais alegres e mais vivas que as de espadas, por sua vez rabugentas e irritadiças. Mas dentro de uma mesma família, ou naipe, também havia grandes diferenças. Todas as figuras de ouros se ofendiam com muita facilidade, mas Três de Ouros, em especial, era a que irrompia em lágrimas com maior frequência. Todas as figuras de espadas eram extremamente irascíveis, mas a que tinha a cabeça mais quente era o Dois de Espadas.

Assim, ao longo dos anos, criei cinquenta e dois indi-

♣

víduos invisíveis, que de uma certa forma conviviam comigo. Para ser franco, no total eram cinquenta e três, pois o curinga também era uma carta muito importante nesse jogo.

— Mas como...

— Não sei se você consegue imaginar o quanto me sentia sozinho. Tudo por aqui era infinitamente quieto. Os únicos seres com os quais me encontrava de vez em quando eram os animais: à noite era acordado por corujas e milucos, mas não tinha ninguém com quem conversar. Poucos dias depois de ter chegado à ilha, comecei a falar sozinho. E depois de dois meses já estava conversando com as cartas do baralho. Às vezes eu as espalhava num grande círculo e fingia que eram pessoas de carne e osso, como eu. Outras vezes, eu tirava do monte apenas uma carta e então conversava longamente com ela.

Aos poucos minhas cartas foram sendo tão manuseadas que começaram a se desmanchar. O sol tinha se encarregado de desbotar as cores a ponto de eu quase não conseguir distinguir mais uma carta da outra. Foi então que coloquei o que restou delas numa caixinha de madeira, que guardo comigo até hoje. Mas aquelas figuras continuaram a viver na minha imaginação. Eu conseguia jogar paciência mesmo sem cartas, só com o pensamento. Mais ou menos como se um belo dia a gente conseguisse fazer contas sem precisar de uma tábua de calcular. Isso porque sete mais seis *são* treze, mesmo sem a gente precisar ficar contando bolinhas coloridas.

Continuei a conversar com os meus amigos invisíveis e logo comecei a ter a impressão de que eles também conversavam comigo, mesmo que só na minha cabeça. E a conversa com eles era mais nítida quando eu dormia, pois nos meus sonhos eu quase sempre estava acompanhado das figuras que tinha criado para as minhas cartas. Era como se vivêssemos numa pequena sociedade. Nos meus sonhos, as figuras podiam falar e agir por si

♣

mesmas. E assim, minhas noites sempre eram um pouco menos solitárias do que os meus longos dias. À noite, as figuras estavam livres para viver plenamente suas próprias vidas e povoavam minha imaginação como reis e rainhas de verdade. Como pessoas de carne e osso, enfim.

Com o passar do tempo, desenvolvi uma relação mais íntima com certas figuras, mais do que com outras. Uma delas, com a qual eu tinha longas conversas desde o princípio, foi o Valete de Paus. Eu também vivia fazendo brincadeiras com o Dez de Espadas, se bem que ele tivesse um temperamento intempestivo. E por um bom tempo nutri um amor secreto por uma jovem chamada Ás de Copas. Minha solidão completa fizera com que aquela criatura que eu mesmo havia criado na minha cabeça conseguisse conquistar meu coração. Mas eu achava que realmente a via na minha frente. Ela usava um vestido amarelo, tinha longos cabelos loiros e olhos verdes. Eu sentia falta de uma mulher na ilha. Em Lübeck, eu tinha sido noivo de uma moça chamada Stine. Sim, sim... o mar havia roubado seu amado...!

O velho alisou a longa barba e depois ficou um bom tempo sem dizer nada.

— Está tarde, meu jovem — disse ele finalmente. — Você deve estar exausto depois de tudo o que passou. Talvez prefira que eu continue a contar amanhã...?

— Não, não — protestei. — Quero ouvir tudo.

— Está bem, está bem. Além do mais, você precisa mesmo saber de tudo antes de irmos para a festa do curinga.

— Para a festa do curinga?

— Sim, para a festa do curinga.

Ele se levantou e começou a andar de um lado para o outro na sala.

— Mas você deve estar com fome — disse.

Isso eu não tinha como negar. O velho entrou numa minúscula cozinha e trouxe alguma comida em dois lin-

♣

dos pratos de vidro, que colocou sobre a mesa. Um para ele, o outro para mim.

Se até então eu tinha achado que a comida na ilha iria ser sempre muito escassa e muito simples, o que vi fez com que eu mudasse completamente de opinião: primeiro Frode trouxe pães de diversas formas e tamanhos, depois diferentes tipos de queijo e de empanados. Trouxe também uma jarra de leite; um leite branco e muito saboroso mas que eu sabia que era leite de miluco. Por fim, a sobremesa: uma enorme travessa com cerca de dez ou quinze diferentes tipos de frutas. Reconheci maçãs e laranjas e bananas. As outras eram espécies nativas da ilha.

Resolvemos comer primeiro, antes que Frode continuasse a contar sua história. O pão e o queijo tinham um gosto um pouco diferente daquele a que eu estava habituado. O mesmo se podia dizer do leite: era mais doce do que o leite de vaca. Mas o que mais me surpreendeu mesmo foi a sobremesa. Algumas frutas tinham um gosto tão diferente de todas as outras que eu conhecia que de vez em quando eu não conseguia conter uns grunhidos de satisfação, ou então quase caía do banquinho de tão surpreso que ficava com o que sentia.

— Quanto à comida, posso dizer que nunca passei necessidade alguma aqui na ilha — comentou o velho, cortando uma fatia de uma fruta redonda, do tamanho de uma abóbora. A polpa da fruta era macia e amarelada como a de uma banana.

— E foi então que numa certa manhã aconteceu — recomeçou Frode a sua história. — Naquela noite, meus sonhos tinham sido mais longos e intensos que de costume. Saí de casa ainda bem cedo, pois a relva ainda estava coberta de orvalho e o sol ameaçava nascer atrás dos montes. De repente, duas figuras vieram andando em minha direção. Elas vinham descendo a encosta de uma colina que fica a leste, não muito longe daqui. Achei que finalmente, finalmente!, alguém tinha vindo me visitar. E saí correndo na direção delas. À medida que me aproximei delas e as reconheci, meu coração pareceu querer sair pela boca. Eram o Valete de Paus e o Rei de Copas.

A primeira coisa em que pensei foi que eu provavelmente ainda continuava deitado na minha cama e que aquele estranho encontro não passava de um outro sonho. Aos poucos, porém, fui me dando conta de que estava de fato acordado. Mas isso também já tinha me acontecido nos sonhos. Para encurtar a história: eu não tinha certeza alguma de nada.

Os dois me cumprimentaram como se fôssemos velhos conhecidos. E, de uma certa forma, éramos mesmo.

"Que linda manhã, Frode", disse o Rei de Copas. Essas eram as primeiras palavras que uma outra pessoa, além de mim, dizia na ilha. "Hoje vamos fazer alguma coisa de útil", disse o valete. "Ordeno que comecemos a construir uma nova casa imediatamente", disse o rei.

E foi o que fizemos. Nas primeiras noites, os dois dormiram aqui em casa. Dois dias depois, mudaram-se para uma casa novinha em folha, construída um pouco abaixo da minha. Tornaram-se meus amigos, só que com uma diferença: não conseguiam entender que, diferentemente de mim, não tinham vivido na ilha durante todos aqueles anos. Alguma coisa os impedia de se reconhecerem criaturas da minha imaginação. Aliás, a falta de consciência acerca de sua própria condição é comum a todas as criaturas. Mas justo essas criaturas da minha imaginação eram diferentes de todas as outras. Elas tinham percorrido o inexplicável caminho que leva do espaço da criação na minha cabeça para o espaço real, o espaço criado.

— Isso... isso não é possível! — exclamei.

Mas Frode simplesmente continuou a contar.

— Aos poucos, outras personagens foram se juntando às primeiras. O mais estranho era que as mais velhas nunca reagiam com estranheza à chegada das outras. Todas se comportavam como pessoas que se encontram por acaso numa praça. Os anões conversavam entre si

♣

como se sempre tivessem se conhecido. E era mais ou menos isso mesmo. De uma certa forma, fazia muitos anos que aquelas figuras já conviviam umas com as outras aqui na ilha, pois dia e noite eu as tinha imaginado em sonho conversando entre si.

Uma tarde, quando eu rachava lenha na floresta bem aqui perto, encontrei Ás de Copas pela primeira vez. Acho que ela estava mais ou menos no meio do monte de cartas. Quero dizer, ela não estava nem entre as primeiras, nem entre as últimas cartas que fui retirando do monte.

Ela cantava baixinho uma linda melodia e, a princípio, não me viu. Fiquei parado onde estava e meus olhos se encheram de lágrimas. Lembrei-me de Stine.

Reuni coragem e chamei-a pelo seu nome.

— Ás de Copas! — sussurrei.

Ela olhou para mim e veio caminhando na minha direção. Abraçou-me e disse: "Muito obrigada por ter me encontrado, Frode. O que eu faria sem você?".

Uma pergunta muito pertinente. Sem mim, ela não teria feito e nem poderia fazer nada. Mas ela não sabia disso. E jamais poderia saber. Sua boca era tão vermelha e macia... Eu adoraria tê-la beijado, mas alguma coisa em mim me impedia de fazê-lo.

À medida que novas personagens foram chegando e povoando a ilha, novas casas foram sendo necessárias para abrigar aqueles novos habitantes. E foi assim que nasceu um povoado inteiro ao meu redor. Não me sentia mais sozinho e logo passamos a formar uma comunidade, onde cada um tinha uma tarefa determinada.

Há mais ou menos trinta e cinco ou quarenta anos, consegui completar essa paciência com cinquenta e duas figuras. Mas como tudo tem um senão, o Curinga apareceu por essas bandas dezesseis ou dezessete anos depois que todos os outros já tinham chegado. E quando já estávamos acostumados com nossa nova vida em comum, surge um elemento amotinador para perturbar nossa

♣

paz. Mas sobre isso eu te conto depois. Amanhã é um outro dia. E se existe uma coisa que aprendi com a vida nesta ilha é que depois de um dia sempre há outro.

O que Frode me contou era tão inacreditável que até hoje me lembro de cada uma de suas palavras. Como era possível que cinquenta e três figuras saíssem da imaginação dele e saltassem para a realidade transformadas em pessoas de carne e osso?

— Isso... isso não é possível — repeti.

Frode concordou comigo e disse:

— Ao longo de alguns poucos anos, todas as cartas do baralho tinham conseguido passar da minha imaginação para a realidade da ilha onde me encontrava. Ou será que não teria sido *eu* a percorrer o caminho contrário? Essa também era uma possibilidade sobre a qual eu pensava de vez em quando. Embora conviva há muitos anos com meus novos amigos, embora tenhamos construído juntos o povoado, tenhamos arado e semeado juntos o solo, dividindo depois o que tiramos dele, muitas vezes me perguntei se as figuras à minha volta tinham realmente vida própria.

Não teria sido *eu* a passar para um mundo de eterno sonho? Será que eu não teria me perdido, não apenas na ilha como também na minha imaginação? E se essa hipótese fosse verdadeira: será que encontraria o caminho de volta à realidade?

Somente quando o Valete de Ouros o trouxe para perto da fonte é que pude ter a certeza de que minha vida é de verdade. Pois você não é um novo curinga no jogo, não é, Hans? Eu também não estou sonhando com você, estou?

O velho me olhava ansioso por uma resposta negativa.

— Não. É claro que não — disse eu rapidamente. — O senhor não está sonhando comigo. Mas, me desculpe se inverto a pergunta: se não é o senhor que está dormindo, então sou eu que devo estar sonhando. *Eu* devo estar

♣

sonhando com todas essas coisas impossíveis que o senhor está me contando.

De repente, meu pai se mexeu na cama. Mais do que depressa, vesti minhas calças e coloquei o livrinho no bolso.

Pouco depois meu pai já tinha acordado. Fui até a janela e tentei ver o que havia lá fora através da cortina. Agora sim havia terra à vista, mas aquilo não me impressionou muito. Meus pensamentos estavam em outro lugar... e em outro tempo.

Se realmente era verdade o que Frode tinha contado ao padeiro Hans, então eu tinha acabado de ler sobre o maior de todos os truques de mágica com cartas. Conseguir fazer desaparecer um baralho inteiro já teria sido um número e tanto. Mas transformar todas as cinquenta e três cartas de um baralho em criaturas vivas... isso sim era um truque de mágica insuperável! Não era de se estranhar que esse número tivesse levado tantos anos para acontecer.

Mais tarde eu viria a duvidar de tudo o que li no livro que encontrei dentro do pão doce. Ao mesmo tempo, porém, desde o dia em que li tudo aquilo, passei a ver o mundo — e todas as pessoas que vivem nele — como um grande e único número de mágica.

E se o mundo é um número de mágica, então deve existir um mágico. Espero que um dia eu consiga desvendar esse truque. Mas não é fácil desvendar um truque de mágica, se o mágico que o realiza nem sequer se mostra no palco.

Meu pai ficou completamente fora de si quando puxou as cortinas e viu aquela faixa de terra de que nos aproximávamos.

— Agora falta muito pouco para pormos os pés na terra dos filósofos — disse.

♣

DAMA DE PAUS

...ele pelo menos poderia ter assinado rapidamente a sua obra-prima...

A primeira coisa que meu pai comprou quando chegamos ao Peloponeso foi um número da mesma revista de moda que sua tia tinha comprado em Creta. Depois sentamo-nos em uma das mesinhas de um café colocadas na calçada daquela agitada cidade portuária e pedimos nosso desjejum. Enquanto esperávamos pelo café, suco, pão simples e um potinho de geleia de cereja, meu pai folheava a revista.

— Sim! Eu bem que tinha pensado! — exclamou de repente.

Na revista havia uma foto de mamãe. Uma foto de página inteira. Não estava tão despida quanto as mulheres do baralho comprado em Verona, mas também não faltava muito para isso. No caso dela, porém, dava até para entender por que ela usava tão pouca roupa: é que estava fazendo propaganda de maiôs.

— É bem possível que a gente a encontre em Atenas — disse o meu pai. — Mas não vai ser nada fácil convencê-la a voltar conosco para casa.

Na parte de baixo da página da revista estava escrito algo; infelizmente, porém, em grego. E com essa língua, sobretudo na sua forma escrita, até o meu pai tinha certos problemas.

♣

Nesse meio-tempo o garçom já pusera o café na mesa, mas meu pai não tinha tocado na sua xícara de café uma única vez desde que ela chegara. Pegou a revista e perguntou nas mesas vizinhas se alguém sabia falar inglês ou alemão. Depois de algumas respostas negativas, conseguiu se entender com um grupo de jovens. Meu pai mostrou-lhes a página da revista com a foto de mamãe e pediu-lhes que traduzissem o que estava escrito embaixo da foto, em letras miúdas. Os jovens olharam para mim, sozinho à mesa, e tudo aquilo foi terrivelmente constrangedor. Só esperava que meu pai não começasse uma discussão com eles sobre as mulheres norueguesas que os gregos roubavam, ou coisa que o valha.

Quando meu pai voltou para a nossa mesa, ele tinha anotado o nome de uma agência de propaganda em Atenas.

— Está aceso o pavio... — foi tudo o que ele disse.

É claro que na revista havia fotografias de muitas outras mulheres, mas meu pai interessou-se apenas pela foto de mamãe. Arrancou com todo o cuidado a página da revista e jogou o resto numa lata de lixo. Do mesmo modo como às vezes jogava fora um baralho novinho, depois de ter separado o curinga.

O caminho mais curto até Atenas era o que margeava pelo lado sul o grande golfo de Corinto e atravessava o famoso istmo do mesmo nome. Mas meu pai nunca foi do tipo que escolhe o caminho mais curto se pode encontrar um desvio interessante.

É que ele tinha ainda uma pergunta a fazer ao oráculo de Delfos. Isso significava que teríamos de atravessar de balsa o golfo de Corinto e depois seguir até Atenas pelo lado norte do golfo, passando por Delfos.

A travessia durou apenas meia hora. Depois de uns

♣

vinte quilômetros, chegamos a um lugarejo chamado Nafpaktos, onde fizemos uma pausa e bebemos café e refresco numa praça com vista para uma fortaleza.

Na minha cabeça só havia uma pergunta: o que aconteceria se encontrássemos mamãe em Atenas? Igualmente importantes, porém, eram todas as coisas que eu tinha lido às escondidas no meu livro. Perguntava-me como poderia falar sobre o assunto com o meu pai sem ter de contar a ele sobre o livro e sua história.

Quando ele acenou para o garçom e pediu a conta, perguntei:

— Pai, você acredita em Deus?

Ele se surpreendeu com a minha pergunta.

— Você não acha um pouco pesado falar sobre essas coisas a essa hora do dia? — retrucou.

Ele tinha razão. Só que ele não fazia a menor ideia de onde eu já tinha estado antes mesmo de o dia nascer, enquanto ele ainda perambulava pelo mundo dos sonhos. Se soubesse de tudo o que eu sabia! Podia ser que ele fosse bom em ter ideias mirabolantes e em fazer truques de mágica com as cartas do baralho, mas o que dizer de mim, eu que já tinha visto um baralho inteiro ganhar vida?

— Se realmente existe um Deus — continuei —, então ele adora ficar brincando de esconde-esconde com suas criações.

Meu pai riu da minha observação, mas eu sabia que concordava comigo.

— Talvez ele tenha tido um choque quando viu o que tinha criado — disse ele. — E então saiu rapidinho de cena. Você sabe... é difícil dizer quem levou o susto maior, se Adão ou o Mestre. De fato, acho que um ato de criação dessa magnitude provoca um susto tão grande tanto numa parte como na outra. Mas acho que ele pelo menos poderia ter assinado rapidamente a sua obra-prima.

♣

— Assinado?

— Sim. Ele poderia ter gravado o seu nome nas rochas de uma montanha, por exemplo.

— Quer dizer que você acredita em Deus?

— Não disse isso. Pode muito bem ser que ele esteja sentado em seu trono lá no céu, rindo de nós porque não acreditamos nele.

"Exatamente!", pensei. Meu pai já tinha feito um comentário parecido com esse lá em Hamburgo.

E então ele prosseguiu:

— Pois mesmo que ele não tenha deixado nenhum cartão de visita, pelo menos deixou o mundo. Acho que isso já é o bastante, você não acha? — Ficou calado algum tempo e depois disse: — Certa vez, um cosmonauta russo e um neurocirurgião, também russo, discutiam sobre o cristianismo. O neurocirurgião era cristão, o cosmonauta não era. "Já viajei muitas vezes para o espaço sideral", gabou-se o cosmonauta, "mas nunca vi nenhum anjo." O neurocirurgião primeiro ficou olhando para ele; depois disse: "E eu já operei muitos cérebros inteligentes, mas nunca vi um pensamento".

Devo ter feito uma expressão de quem estava totalmente perplexo.

— Você acabou de inventar isso agora? — perguntei.

Ele sacudiu a cabeça.

— Não... essa foi uma das piadinhas idiotas daquele professor de filosofia de Arendal.

A única coisa que meu pai já tinha feito na vida para poder atestar por escrito seus dons de filósofo havia sido alguns cursos de extensão numa universidade livre. Antes disso, é claro que ele já tinha lido de tudo; mas foi só no último outono que resolveu se matricular nesses cursos. E é claro que ele não se contentara em apenas ouvir o que o "professor" tinha a dizer; ele fez que fez, até que conseguiu

♣

arrastá-lo para dentro da nossa casa em Hisøy. "Eu não podia deixar este pobre rapaz sozinho num quarto de hotel", disse ele. E foi assim que eu também conheci o tal professor. O sujeito falava mais que a boca e era quase tão fascinado pelas verdades eternas quanto o meu pai. A única diferença era que o tal "professor" era um falador diplomado e o meu pai era só um falador.

Com os olhos voltados para a fortaleza, meu pai disse:

— Não, Hans-Thomas, Deus está morto. E fomos nós que o matamos.

Achei aquela afirmação tão incompreensível e desoladora que não quis entrar em detalhes sobre ela.

Depois de deixarmos para trás o golfo de Corinto e de começarmos uma subida penosa rumo a Delfos, passamos por plantações de oliveiras que pareciam não ter fim. Se quiséssemos, poderíamos ter chegado a Atenas nesse mesmo dia; mas meu pai explicou que não poderíamos simplesmente passar por Delfos sem fazermos uma visita ao antigo templo.

Chegamos a Delfos por volta do meio-dia e fomos para um hotel que ficava num ponto elevado, com vista para a cidade. Havia por ali muitos outros hotéis, mas meu pai optou por aquele que tinha a melhor vista do mar.

Do hotel, atravessamos a cidade rumo ao famoso sítio arqueológico de Delfos, dois quilômetros a leste da cidade. Quando estávamos nos aproximando, meu pai começou a contar:

— Durante toda a Antiguidade, as pessoas vinham até aqui para consultar o oráculo de Apolo. Elas perguntavam todo o tipo de coisas: com quem se casariam, para onde iriam viajar, quando deveriam entrar em guerra contra outros estados e a que calendário deveriam se ater.

— Mas o que era o oráculo? — eu quis saber.

♣

Meu pai contou que o deus Zeus tinha mandado duas águias darem a volta ao mundo, cada uma voando em sentido oposto ao da outra. Quando elas se encontraram em Delfos, os gregos passaram a acreditar que Delfos era o centro da Terra. Depois veio Apolo. Antes de poder se estabelecer em Delfos, ele tinha de matar Píton, o perigoso dragão, e foi por isso que sua sacerdotisa foi batizada de Pítia. Quando o dragão foi derrotado, transformou-se numa serpente que passou a acompanhar Apolo daquele dia em diante.

Tenho de admitir que não entendia muito bem dessas coisas. E ele também ainda não tinha me explicado o que era um oráculo. Mas agora a gente se aproximava da entrada do lugar onde se situava o templo. Ficava numa garganta, no sopé do monte Parnaso. Dizem que nesse monte viviam as musas, que conferiam às pessoas habilidades artísticas.

Antes de penetrarmos no templo, meu pai exigiu que eu bebesse um gole da água da fonte sagrada, que ficava um pouco antes da entrada. Disse-me que ali, desde tempos imemoriais, todos tinham de se purificar antes de pisar no santuário sagrado. Além do mais, quem bebesse daquela fonte ganhava sabedoria e dons poéticos.

Logo na entrada, meu pai comprou um mapa que mostrava como todo aquele lugar tinha sido dois mil anos atrás. Achei que ele nos seria de grande utilidade, pois por toda a parte tudo o que havia eram ruínas a perder de vista.

Em primeiro lugar, passamos pelo que sobrou da câmara do tesouro da antiga cidade-estado. As pessoas tinham de dar a Apolo lindos e valiosos presentes, para poderem perguntar coisas ao oráculo. E esses presentes eram guardados em casas especialmente construídas para isso. Cada cidade-estado tinha de mandar construir a sua.

Quando chegamos ao grande templo de Apolo, meu

pai afinal se lembrou de uma explicação melhor para o que era um oráculo.

— As ruínas que você está vendo aqui — começou — pertencem ao grande templo de Apolo. No templo existe uma pedra com um orifício escavado que era chamada de "umbigo", pois os gregos consideravam este templo o umbigo do mundo. Também acreditavam que Apolo morava aqui, ou que pelo menos passava alguns meses do ano neste templo. E era a ele que as pessoas dirigiam suas perguntas. Apolo falava por intermédio de Pítia, sua sacerdotisa, que ficava sentada num escabelo de três pés colocado sobre uma fenda no chão. Dessa fenda subiam vapores inebriantes que envolviam Pítia, colocavam-na numa espécie de transe e a transformavam, assim, no canal por meio do qual Apolo falava. Quem vinha a Delfos, primeiro tinha de dirigir suas perguntas aos sacerdotes, que se encarregavam, então, de levá-las a Pítia. As respostas que ela dava eram tão nebulosas e podiam ser interpretadas de tantas maneiras que os sacerdotes primeiro tinham de interpretá-la tim-tim por tim-tim para os consulentes. Dessa forma, os gregos se aproveitavam da sabedoria de Apolo, pois ele sabia de tudo sobre o passado e sobre o futuro.

— E o que *nós* vamos perguntar? — eu quis saber.

— Se vamos encontrar Anita em Atenas — respondeu meu pai. — Você é o sacerdote que interpreta a resposta e eu sou Pítia, que transmite a resposta do deus.

E dizendo isso, sentou-se nas ruínas do famoso templo de Apolo e começou a balançar a cabeça e os braços feito um louco. Assustados, alguns turistas franceses e alemães saíram de perto. E eu perguntei, com toda a seriedade:

— Vamos encontrar Anita em Atenas?

Obviamente aquela demora na resposta significava que meu pai estava esperando pelo efeito dos poderes de Apolo. Por fim ele disse:

♣

— Homem jovem de país distante... encontra bela mulher... perto de antigo templo.

Depois voltou a si. Satisfeito, fez um gesto com a cabeça e disse:

— É o suficiente. Pítia nunca deu respostas muito claras mesmo.

Eu não concordava com ele que aquela havia sido uma resposta satisfatória. Quem era o homem jovem que encontraria a bela mulher e qual seria o antigo templo?

— Vamos jogar uma moeda para ver se a encontraremos — sugeri. — Se Apolo é capaz de colocar palavras na sua boca, na certa deve conseguir a mesma coisa com uma moeda.

Meu pai concordou com a minha proposta. Tirou uma moeda de vinte dracmas do bolso e decidimos que, se desse coroa, encontraríamos mamãe em Atenas. Atirei a moeda para cima e fiquei esperando, ansioso.

Coroa! Não restava dúvida: a moeda havia caído no chão com o número para cima! Ali estava ele, olhando bem para nós! Era como se tivesse ficado ali milhares de anos, esperando que nós passássemos e o descobríssemos...

♣

REI DE PAUS

...ele se martirizava de forma terrível por não saber mais sobre a vida e sobre o mundo...

Depois de o oráculo nos ter garantido que encontraríamos mamãe em Atenas, subimos um pouco mais pelo terreno acidentado onde ficavam as ruínas do templo e encontramos um velho teatro com capacidade para cinco mil espectadores. Lá de cima, tínhamos uma vista de todo o conjunto arquitetônico até bem lá embaixo, no fundo do vale. Depois de ficarmos um pouco por ali, resolvemos voltar, e enquanto descíamos, meu pai disse:

— Tem mais uma coisa que preciso contar a você sobre o oráculo de Delfos, Hans-Thomas. Sabe... este lugar é muito importante para filósofos como nós.

Sentamo-nos sobre alguns restos do templo. Era estranho pensar que aquelas pedras e restos de construções tinham cerca de dois mil anos de idade.

— Você se lembra de Sócrates? — perguntou ele.

— Não muito bem — admiti. — Foi um filósofo grego, não foi?

— Exatamente. Deixe-me explicar a você o que significa a palavra *filósofo*.

Eu sabia que aquilo seria o início de mais uma palestra e, para dizer a verdade, achei uma falta de sensibilidade e até um certo abuso da parte do meu pai, pois desde que tí-

♣

nhamos chegado o sol causticante fazia o suor escorrer pelo nosso rosto.

— Chamamos de filósofo uma pessoa que busca a sabedoria. E não queremos dizer com isso que um filósofo seja uma pessoa especialmente sábia. Você entende a diferença?

Concordei com a cabeça.

— O primeiro que reconheceu isso e viveu em busca dessa sabedoria foi Sócrates. Ele andava pela praça do mercado de Atenas e conversava com as pessoas, mas não com a intenção de ensinar-lhes alguma coisa. Ao contrário: conversava com as pessoas que encontrava a fim de aprender alguma coisa com elas. Sócrates dizia que os campos e as árvores dos arredores da cidade não podiam lhe ensinar nada. Mas ficou extremamente decepcionado quando descobriu que as pessoas, que viviam se gabando de seus grandes conhecimentos, no fundo também não sabiam nada de nada. Talvez soubessem lhe dizer o preço do dia para o vinho e o óleo de oliva, mas não eram capazes de lhe dizer nada de essencial sobre a *vida*. O próprio Sócrates costumava dizer que a única coisa que ele sabia era que não sabia de nada.

— Então ele não era uma pessoa particularmente inteligente — retruquei.

— Vamos com calma... — advertiu meu pai. — Quando duas pessoas não têm a menor ideia sobre uma coisa e uma delas, apesar de saber que não sabe, quer dar a impressão de que sabe muito, qual das duas você acha que é a mais inteligente?

Tive de admitir que a mais inteligente era aquela que não fingia saber mais do que realmente sabia.

— Então você entendeu o espírito da coisa. E o que fazia de Sócrates um filósofo era justo o fato de ele viver atormentado: ele se martirizava de forma terrível por não saber mais sobre a vida e sobre o mundo. Sentia-se, como costumamos dizer hoje, completamente por fora de tudo.

De novo concordei.

— E foi então que um cidadão de Atenas veio até o oráculo de Delfos e quis saber de Apolo quem era o homem mais inteligente de Atenas. E o oráculo respondeu: "Sócrates". Quando Sócrates soube disso, ficou absolutamente perplexo, para dizer o mínimo, pois ele próprio não se considerava nem um pouco inteligente. Mas depois de procurar todas as pessoas que eram consideradas mais inteligentes do que ele e de lhes fazer umas perguntas bem capciosas, Sócrates acabou reconhecendo que o oráculo tinha razão. A diferença entre Sócrates e todos os outros era que os outros estavam de todo satisfeitos com o pouco que sabiam, embora não soubessem mais do que ele. E as pessoas que se sentem satisfeitas com o que sabem nunca poderão ser filósofos.

Achei a história bastante convincente, mas meu pai ainda não tinha terminado. Ele apontou, então, para todos aqueles turistas que saíam aos montes dos ônibus estacionados lá embaixo, perto da entrada, e subiam como formigas pelo terreno acidentado onde estavam as ruínas do templo.

— Se no meio de todas essas pessoas houver apenas uma que se surpreenda com a vida a cada instante e tenha a sensação, toda vez que isso acontece, de estar diante de algo fabuloso e enigmático... — Respirou fundo e prosseguiu: — Você está vendo um monte de gente lá embaixo, não está, Hans-Thomas? Pois bem... se apenas uma delas experimentar a vida como uma aventura fantástica... e se ele ou ela experimentar essa sensação todos os dias...

— Sim? — perguntei ansioso, pois pela segunda vez ele não tinha completado o que queria dizer.

— Ele ou ela será um curinga no baralho.

♣

— Você acha que há um desses curingas por aqui?

Ele sacudiu os ombros.

— Não — disse. — É claro que não posso ter certeza absoluta disso, pois de vez em quando aparece algum curinga. Mas a possibilidade é infinitamente pequena.

— E com você, como é? Para *você* a vida é uma *aventura*?

— *Yes, Sir!*

A resposta dele saiu com tanta firmeza que não ousei retrucar.

Mas ele ainda não tinha terminado:

— Toda manhã acordo com um estalo. É como se a cada manhã alguma coisa me lembrasse de que estou vivo, de que sou um ser vivo vivendo uma aventura fantástica. Pois, afinal de contas, quem somos nós, Hans-Thomas? Será que você pode me responder? — Somos feitos de uma pequena porção de poeira estelar. Mas o que significa isso? De onde vem esse mundo, afinal?

— Não faço a menor ideia — respondi, e me senti tão por fora nesse momento quanto Sócrates.

— E de vez em quando esse pensamento me vem à cabeça, sem marcar hora, bem no meio da noite. Sou uma pessoa e só vou viver esta única vez, penso. E depois nunca mais vou voltar.

— Então acho que a sua vida é muito dura — disse eu.

— Dura, sim, mas extremamente excitante. Não preciso de um castelo frio e abandonado para sair à caça de fantasmas. Eu mesmo sou um fantasma.

— Mas então por que você fica todo preocupado quando o seu filho vê um fantasma do outro lado da janela da cabine de um navio? — observei.

Não sei por que disse aquilo, mas de alguma forma eu sentia que era preciso lembrá-lo do que ele tinha dito na noite anterior.

♣

Meu pai limitou-se a sorrir.

— Você ainda vai superar isso... — disse.

A última coisa que meu pai me contou sobre o oráculo de Delfos foi que os antigos gregos tinham gravado uma inscrição no antigo templo com os seguintes dizeres: "Conhece-te a ti mesmo".

— Falar é fácil... — comentou ele.

Depois fomos descendo calmamente até a saída. Meu pai ainda queria visitar o museu onde estava exposto o famoso "umbigo do mundo", que ficava outrora no templo de Apolo. Mas eu não queria ir, e depois de uma pequena discussão, meu pai concordou que eu ficasse esperando por ele do lado de fora. Além disso, aquele não era um desses museus indispensáveis para a minha formação.

— Enquanto eu estiver lá dentro, fique sentado ali embaixo daquele pé de morangos — disse meu pai, e me puxou para debaixo de uma árvore que eu nunca tinha visto antes. Eu poderia jurar que aquilo não era possível, mas a árvore estava mesmo carregada de morangos vermelhos.

É claro que eu tinha uma outra intenção por trás da minha recusa em entrar com ele no museu: e o motivo eram a lupa e o livrinho, que durante toda a manhã tinham me incomodado dentro do bolso, como se me pedissem para serem usados. Aquela era uma boa oportunidade para continuar lendo. Aliás, por mim eu só teria largado aquele livrinho depois de tê-lo lido inteiro. E se ainda não tinha feito isso, a única razão era o meu pai.

Antes de abrir o meu livro, perguntei-me se também não poderia existir um oráculo capaz de responder a todas as minhas perguntas. Senti um frio na espinha quando comecei a ler a história do curinga na ilha mágica. Isso porque tínhamos acabado de falar sobre curingas.

♣

CURINGA

CURINGA

...ele se infiltrou no povoado como uma cobra venenosa...

O velho levantou-se, atravessou a sala e abriu a porta. Eu o segui. Lá fora, a noite estava escura feito breu.

— Veja só... há um céu estrelado sobre a minha cabeça e outro sob os meus pés — murmurou.

Entendi o que ele queria dizer. O céu estrelado, que me era familiar, brilhava em todo o seu esplendor. Mas aquele era apenas *um* céu salpicado de estrelas. O outro ficava lá embaixo, no sopé da encosta, e era formado pela luz tênue que saía das casas do povoado. Um pouco da poeira estelar parecia ter se desprendido do céu e caído na terra como uma garoa de pequenos cristais.

— Duas abóbadas celestes igualmente além da nossa compreensão — acrescentou ele. E apontando para o povoado, disse: — Quem são eles? De onde vêm?

— Está aí uma coisa que eles mesmos têm de se perguntar — repliquei.

O velho teve uma reação brusca.

— Não, não! — exclamou. — Eles nunca devem se fazer perguntas como essa.

— Mas...

— Eles não conseguiriam conviver lado a lado com aquele que um dia os criou. Você não entende isso?

Voltamos para dentro de casa, fechamos a porta e nos sentamos novamente à mesa.

— Todas as cinquenta e duas figuras eram diferentes

— continuou Frode —, mas tinham uma coisa em comum: nenhuma delas jamais perguntou quem era ou de onde tinha vindo. E por agirem assim, todas viviam em perfeita harmonia com a natureza à sua volta. Elas apenas *viviam suas vidas* dentro desse jardim exuberante e, como os animais, estavam íntima e despreocupadamente ligadas a ele... Até que chegou o Curinga. Ele se infiltrou no povoado como uma cobra venenosa.

Minha surpresa com o que ele acabara de dizer se traduziu num estridente assobio de exclamação.

— O jogo de cartas já estava completo havia muitos anos e eu não achava que um curinga pudesse chegar a esta ilha, embora houvesse um deles no meio do baralho que eu tinha guardado. Um dia, porém, esse pequeno bobo da corte apareceu sem mais e nem menos no povoado. O Valete de Ouros foi o primeiro que o viu, e também foi essa a primeira vez na história da ilha que a chegada de um desconhecido provocou um rebuliço no povoado. Ele não apenas usava roupas engraçadas com guizos nas pontas, mas também não pertencia a nenhuma das quatro famílias, a nenhum dos quatro naipes. E, para completar, conseguia irritar os anões fazendo-lhes perguntas que não eram capazes de responder. Pouco a pouco foi se isolando e acabou se estabelecendo numa casa só sua, fora dos limites do povoado.

— Quer dizer que ele entendeu mais do que os outros o que estava acontecendo por aqui?

O velho respirou fundo e suspirou.

— Certa manhã, quando eu estava sentado à soleira da porta, ele apareceu de repente ali por aquele canto da casa. Intrépido e arisco, deu uma cambalhota, executou saltos e outras acrobacias ao meu redor com os guizos de sua roupa tilintando, deixou a cabecinha pender para o lado e disse: "Mestre! Tem uma coisa que eu não entendo...".

Na mesma hora chamou-me a atenção o fato de ele ter me tratado por "Mestre". Os outros anões sempre me tratavam por Frode. Além disso, nenhum dos anões começava uma conversa dizendo que não tinha entendido alguma coisa. Pois quando a gente entende que não entende alguma coisa é que a gente está prestes a entender tudo...

O pequeno Curinga pigarreou umas duas vezes e depois disse: "Há quatro reis aqui no povoado. E também quatro rainhas e quatro valetes. Temos quatro princesinhas, os ases de cada família, e temos também quatro indivíduos de cada número que vai do dois ao dez".

"Certo", disse eu. "Portanto, há quatro indivíduos de cada tipo", repetiu ele mais uma vez. "Mas também são treze em cada família, pois todos são, ou de ouros, ou de copas, ou de paus, ou de espadas." Concordei com a cabeça. Pela primeira vez um anão descrevia com tanta precisão aquela ordem de coisas da qual cada um era uma pequena parte.

E ele continuou: "Mas quem será esse sujeito tão sábio que arranjou tudo assim tão direitinho?". "Na certa tudo não deve passar de puro acaso", menti. "Podemos jogar alguns gravetos para cima e depois que eles caem no chão podemos dizer que a posição deles no chão obedece a um padrão definido." "Não acredito nisso", teimou o pequeno bobo da corte.

Pela primeiríssima vez alguém desta ilha se opunha ao que eu dizia. Ficou claro que eu não estava mais lidando com uma figura de papelão, mas com uma pessoa de verdade. De uma certa forma, aquilo me deixava feliz. Afinal, podia ser que o Curinga viesse a ser um interlocutor que dialogasse comigo de igual para igual. Ao mesmo tempo, porém, tudo aquilo também me deixava muito preocupado: o que aconteceria se os anões descobrissem quem eram e de onde tinham vindo?

"E qual é a sua opinião pessoal?", perguntei. Ele olhou bem dentro dos meus olhos. Seu corpo estava tão imóvel quanto o de uma estátua, mas sua mão tremia um pouco, fazendo os guizos da manga tilintarem levemente.

"Tudo parece tão planejado", disse ele, esforçando-se visivelmente por esconder sua expressão preocupada. "Tão bem pensado e tão organizado... Acho que somos cartas num monte e não conseguimos ver quem ou o que decide se vai nos virar sobre a mesa ou se vai nos deixar no monte."

Os anões empregavam com frequência palavras e expressões da linguagem dos jogos de cartas. Era assim que conseguiam expressar o que pensavam. E quando isso acontecia, eu respondia da mesma forma.

Nesse momento, o pequeno palhaço começou a dar saltos e cambalhotas com tamanha energia e vivacidade que os guizos pareciam querer se desprender da sua roupa. "Eu sou o *Curinga*", gritou ele. "Não se esqueça nunca disso, meu caro Mestre. Eu não sou como todos os outros por aqui, entende? Não sou rei nem valete, e nem sou de ouros ou paus ou copas ou espadas." Toda aquela situação era muito incômoda para mim. Mas eu sabia que não podia colocar as cartas na mesa.

"Quem sou eu?", continuou ele. "Por que sou um curinga? De onde venho e para onde vou?" Decidi arriscar tudo numa única cartada. "Você viu todas as plantas que plantei nesta ilha", comecei. "O que você diria se eu te contasse que fui eu quem criou você e também todos os outros anões do povoado?"

Ele me fitou com seriedade, e seu corpo esguio e forte estremeceu. Nervosos, os guizos de sua roupa se agitavam. Com os lábios tremendo disse: "Nesse caso eu não teria escolha, caro Mestre. Eu teria de tentar matá-lo para recuperar minha dignidade". Procurei sorrir naturalmente, mas não consegui esconder minha surpresa. "É claro", respondi. "Por sorte isso não é verdade."

Por um ou dois segundos ele me olhou com muita desconfiança. Depois desapareceu pelo mesmo canto da casa por onde tinha surgido. No momento seguinte, porém, já estava bem na minha frente de novo, e dessa vez trazia numa das mãos uma garrafinha de bebida púrpura que durante muitos anos tinha ficado guardada bem no fundo do meu guarda-roupa. "Saúde", ele disse. "Mam, mam..."

Eu parecia estar totalmente paralisado. E não que estivesse preocupado com minha própria pele. Meu único medo era que tudo o que eu havia criado aqui na ilha se esvaísse de repente e desaparecesse do mesmo modo como tinha surgido...

— Mas isso acabou não acontecendo, não é mesmo? — perguntei.

— Tive a certeza de que o Curinga tinha tomado a bebida da garrafa e que essa estranha bebida era a responsável pela agudeza e a sagacidade dos seus pensamentos — respondeu Frode.

— Você não disse que a bebida púrpura retarda o fluxo de pensamento e faz as pessoas perderem o senso de direção?

— Sim, mas não no começo. Primeiramente, essa bebida nos aguça a inteligência, a perspicácia. Só que, para conseguir esse efeito, toda a nossa razão é estimulada de uma só vez. E então, pouco a pouco, a inteligência vai cedendo lugar à parvalhice. Por isso é que essa bebida é perigosa.

— E o que aconteceu com o Curinga?

— Ele exclamou: "Tudo bem, não vamos falar mais sobre isso agora. Mas vamos nos ver novamente... disso você pode ter certeza". Depois desceu para o povoado e deixou a garrafa circular entre os anões. Daquele dia em diante, todo o povoado toma bebida púrpura. Várias vezes por semana, o pessoal de paus tira o néctar púrpura das cascas ocas das árvores, os de copas fermentam a bebida e os de ouros a colocam em garrafas.

— E todos os anões ficaram tão espertos quanto o Curinga?

— Não, na verdade não. Logo no início, porém, eles também ficaram com a sensibilidade tão aguçada que tive medo de que descobrissem quem eu era. Mas depois foram ficando mais distraídos ainda do que já eram antes de começarem a beber. O que você viu aqui hoje são apenas restos de algo que existiu um dia.

Eu pensava nas roupas e nos uniformes coloridos. E por um segundo pareceu-me ver bem na minha frente aquela bela carta, o Ás de Copas, com seu lindo vestido amarelo.

— De qualquer forma, são belos restos — disse eu.

— Belos sim, mas totalmente alienados. Veja uma coisa... todos eles *são parte* dessa natureza exuberante, mas não se dão conta disso. Eles veem o sol e a lua, se alimentam de todas as plantas, mas também não se dão conta disso. Quando deram aquele grande salto, e passaram para o lado de cá, eles eram pessoas como outras quaisquer; mas desde que começaram a tomar a bebida púrpura, estão cada vez mais distantes de mim, cada vez mais fechados dentro de si mesmos. Eles podem até conseguir iniciar uma espécie de conversa, mas se esquecem na mesma hora de tudo o que disseram. Só no Curinga ainda parece continuar aceso um pouco da chama do que ele foi um dia. E na linda figura do Ás de Copas. Ela vive dizendo que tenta "encontrar a si mesma".

— Tem uma coisa que continua me intrigando — eu disse.

— E o que é?

— Você disse que os primeiros anões chegaram à ilha poucos anos depois de você. Só que todos parecem igualmente jovens. É de fato inacreditável que muitos deles já tenham quase cinquenta anos.

Nesse momento, um sorriso enigmático se esboçou no rosto do velho Frode.

— Eles não envelhecem...

— Mas...

— Quando eu ainda vivia sozinho na ilha, minhas visões foram ficando cada vez mais fortes, até que saíram dos meus pensamentos, ganharam vida e passaram para este lado. Apesar disso, continuaram a ser frutos da minha imaginação. E a imaginação tem o estranho poder de fazer com que tudo aquilo que cria continue jovem e vivo para sempre.

— Não estou entendendo...

— Você já ouviu falar de Rapunzel, meu jovem?

— Não...

— Mas certamente você conhece Chapeuzinho Vermelho, não é? E Branca de Neve? E João e Maria?

— Sim, esses eu conheço.

— E que idade eles têm? Cem anos? Mil, talvez? Todos eles são muito jovens e muito velhos. E isso porque são frutos da imaginação do homem. Não... nunca tive medo de que os anões envelhecessem aqui na ilha e ficassem com os cabelos brancos. Até as roupas que eles usam nunca tiveram um rasguinho sequer. Conosco, meros mortais, a coisa é bem diferente: a gente envelhece, fica com os cabelos brancos, e um dia se acaba e desaparece deste mundo. Com os nossos sonhos, porém, a coisa é diferente. Eles podem continuar vivendo em outras pessoas muito tempo depois de termos partido.

Frode passou a mão na barba branca e alisou seu paletó todo puído.

— A grande questão — continuou — não é saber se essas figuras vão conseguir escapar dos dentes da engrenagem do tempo. A grande questão é saber se elas estão aí mesmo, se existem mesmo e passeiam por este belo jardim que é a natureza, e se poderão ser vistas por outras pessoas, caso algum dia chegue um forasteiro a esta ilha.

— Quanto a isso não há dúvida! — exclamei. — Primeiro encontrei o Dois e o Três de Paus. Depois as figuras de copas na vidraria...

— Hummm...

Frode estava mergulhado em pensamentos e parecia não ouvir o que eu dizia.

— A outra grande questão — prosseguiu — é saber se elas continuarão por aqui depois que eu me for.

— E o que o senhor acha?

— Não posso responder a essa pergunta. E também nunca vou encontrar alguém que me dê uma resposta para ela. Pois quando eu não estiver mais aqui, não terei meios de saber se minhas criaturas continuam vivendo aqui na ilha.

De novo ele se calou e eu me perguntei se tudo aquilo não passava de um sonho. Talvez eu não estivesse sentado ali na cabana de Frode. Talvez estivesse em algum outro lugar, completamente diferente, e estivesse imaginando tudo aquilo.

— Amanhã eu continuo, meu jovem. Preciso contar a você sobre o calendário e sobre o grande jogo do Curinga.

— Jogo do Curinga?

— Amanhã, meu filho. Agora nós dois precisamos dormir.

Ele me mostrou uma cama muito simples, feita com peles e cobertas tecidas no tear. Depois me deu um camisolão de algodão. Foi bom poder tirar finalmente aquela roupa imunda de marinheiro.

Naquela noite, meu pai e eu ficamos um bom tempo sentados no terraço de nosso hotel olhando a cidade e o golfo de Corinto. Meu pai quase não falava, provavelmente curtindo todas as impressões que tinha acumulado durante o dia. Talvez estivesse se perguntando se podíamos acreditar no oráculo e se logo encontraríamos mamãe.

Um pouco mais tarde, a leste, a lua cheia cruzou a linha do horizonte. Sua luz iluminou o vale escuro e empalideceu as estrelas do céu. Era como se estivéssemos sentados na frente da casa de Frode e olhássemos para o povoado dos anões, lá embaixo.

OUROS

ÁS DE OUROS

...um homem justo, que queria conhecer toda a verdade...

Como de costume, acordei antes do meu pai. Mas não demorou para ele começar a se mexer na cama. Decidi verificar se estava certo o que ele tinha dito ontem, quer dizer, se era verdade que todas as manhãs ele acordava num estalar de dedos. E acho que era isso mesmo que acontecia, pois quando ele abriu os olhos tive a impressão de que parecia mesmo admirado com o que via à sua volta. E acho que sua reação não teria sido diferente se ele tivesse acordado num outro lugar completamente diferente. Na Índia, por exemplo. Ou num pequeno planeta de uma outra galáxia.

— Você é um ser vivo — disse eu. — Neste momento você está em Delfos, uma cidadezinha da Terra, que é um planeta vivo girando ao redor de uma estrela na Via Láctea. E para completar uma órbita ao redor dessa estrela, esse planeta precisa de trezentos e sessenta e cinco dias.

Ele arregalou os olhos, como se primeiro precisasse se acostumar à passagem do mundo dos sonhos para a dura realidade.

— Muito obrigado por essas informações — disse. — Tudo o que você está dizendo aí eu geralmente digo para mim mesmo antes de sair da cama. — Levantou-se e continuou: — Talvez fosse melhor você sussurrar essas coisas ao meu ouvido todas as manhãs, Hans-Thomas. Em troca, eu não demoraria tanto no banho.

Em pouco tempo já tínhamos arrumado nossas coisas e tomado o nosso café. Depois, entramos no carro e partimos. Quando passamos pelo sítio arqueológico onde estava o templo, meu pai comentou:

— É incrível pensar como os antigos gregos eram pessoas de boa-fé.

— Isso porque eles acreditavam no oráculo?

Meu pai não respondeu de imediato, e no fundo tive medo de que ele poderia estar duvidando do que o oráculo nos tinha dito sobre encontrar mamãe em Atenas.

— Isso também — disse ele finalmente. — Mas pense em todos aqueles deuses: Apolo e Asclépio, Atena e Zeus, Posêidon e Dioniso. Durante muitos e muitos séculos, os gregos construíram templos caríssimos para esses deuses. Pense nas distâncias enormes que tinham de percorrer arrastando aqueles pesados blocos de mármore.

Eu não estava entendendo muito bem do que o meu pai estava falando. Apesar disso, perguntei:

— Como você pode ter tanta certeza de que esses deuses não existiram mesmo? Pode ser que agora eles estejam desaparecidos, ou que encontraram um outro povo de tão boa-fé quanto os gregos. Mas houve um momento em que eles andaram aqui pela Terra.

Meu pai me olhou pelo espelho retrovisor.

— Você acredita mesmo nisso, Hans-Thomas?

— Não estou bem certo — respondi. — Mas acho que de alguma forma eles estiveram aqui na Terra enquanto as pessoas acreditaram neles. Acho que a gente vê aquilo em que acredita. Por isso é que, enquanto as pessoas não duvidaram da existência deles, eles não envelheceram nem ficaram gastos ou puídos.

— Muito bem! — exclamou meu pai. — Foi muito bom

tudo isso aí que você disse, Hans-Thomas. Talvez um dia você também se torne um filósofo.

Excepcionalmente, também eu percebi que tinha dito algo inteligente. Tive a impressão até de que o meu pai precisou pensar um pouco sobre o que eu havia dito. De qualquer forma, ficou calado por um bom tempo.

É claro que, no fundo, o que eu tinha feito não passava de uma vigarice, ainda que não das mais graves, pois só havia repetido o que lera no meu livro em miniatura. Para dizer a verdade, os deuses dos antigos gregos nem tinham me passado pela cabeça quando eu disse tudo aquilo: minha cabeça estava nas cartas do jogo de paciência de Frode.

Como depois de uns quinze minutos meu pai continuava calado, tirei com muito cuidado a lupa e o livrinho do bolso da calça. Mas justamente quando ia começar a ler, meu pai pisou no breque do carro e estacionou no acostamento. Saiu do carro, acendeu um cigarro, olhou no mapa viário e disse:

— É aqui! Sim, sim... tem de ser aqui!

Continuei calado. Estávamos parados no alto de um monte. À esquerda havia um vale, mas eu não conseguia ver absolutamente nada que pudesse explicar aquele repentino ataque de entusiasmo do meu pai.

— Sente-se — disse ele.

Entendi na mesma hora que uma longa palestra estava para começar. Dessa vez, porém, não me irritei. Eu sabia que era um filho privilegiado.

— Foi ali que Édipo matou seu pai — disse ele, apontando para o vale.

— Que atitude mais idiota da parte dele — comentei. — Mas dá para você me explicar do que está falando?

— Do destino, Hans-Thomas. Estou falando do destino. Ou da maldição de uma família, se você preferir. E este é um assunto que deveria nos interessar particularmente, já que viemos para este país à procura de uma mãe e de uma esposa desaparecidas.

— E por acaso você acredita no destino? — perguntei.

De pé ao meu lado, meu pai debruçou-se sobre mim e apoiou um pé na pedra em que eu estava sentado. Respondendo à minha pergunta, ele balançou a cabeça negativamente.

— Não, eu não. Mas os gregos acreditavam. E quando alguém se opunha ao seu destino, era castigado sem dó nem piedade.

Fiquei pensando se eu já tinha cometido um erro desses, mas não consegui chegar a conclusão alguma, pois meu pai já mergulhara de cabeça na história que começava a contar.

— Em Tebas, uma antiga cidade por onde vamos passar daqui a pouco, vivia um rei chamado Laio e sua esposa Jocasta. O oráculo de Delfos tinha profetizado que o rei Laio jamais deveria ter filhos em seu casamento, pois se ele tivesse um filho homem, este mataria seu pai, o rei Laio, e se casaria com sua própria mãe, a rainha Jocasta. Apesar dessa profecia, Jocasta deu à luz um menino, e quando ele nasceu, Laio enjeitou a criança abandonando-a na floresta para que ou ela morresse de fome ou fosse devorada por animais selvagens.

— Que barbaridade... — comentei.

— É claro, mas preste atenção: o rei Laio ordenou a um pastor que se livrasse da criança. Por precaução, perfurou o tendão de Aquiles do menino para apressar sua morte e para impedir que seu fantasma conseguisse andar e encontrasse o caminho de volta para Tebas. O pastor fez como lhe fora ordenado, mas quando chegou às montanhas com seu rebanho, encontrou um pastor da cidade de Corinto que também pastoreava seu rebanho por ali. O pastor de Corinto apiedou-se do menino que iria morrer de fome ou ser devorado por animais selvagens e perguntou ao pastor de Tebas se poderia levar o garoto para o seu rei em Corinto. E foi assim que o menino abandonado foi educado como príncipe em Corinto, pois o rei e a rainha daquela cidade não tinham filhos. Ele recebeu o nome de Édipo, que significa "pé inchado", pois era assim que seus pés tinham ficado depois dos maus-tratos que ele tinha sofrido em Tebas. Édipo cresceu, tornou-se um belo rapaz e era amado por todos. Mas nunca ficou sabendo que não era filho legítimo dos reis de Corinto. Até que um dia, numa grande festa na corte, apareceu um convidado dizendo que Édipo não era filho legítimo do rei e da rainha...

— O que estava certo — comentei.

— Exatamente. Quando Édipo perguntou à rainha sobre sua origem, não ouviu dela qualquer resposta. Por esse motivo, decidiu procurar o oráculo de Delfos, a fim de esclarecer a situação. Ao perguntar ao oráculo se era mesmo o herdeiro legítimo da casa real de Corinto, Édipo ouviu de Pítia a seguinte resposta: "Evita teu pai, pois se te encontrares com ele, o matarás. E depois desposarás tua mãe e terás filhos com ela".

Meu espanto se traduziu num forte assobio. Anos antes, o oráculo tinha profetizado a mesma coisa ao rei de Tebas.

— Édipo não se atreveu mais a voltar para Corinto, pois ainda considerava o casal real daquela cidade seus pais verdadeiros. Dirigiu-se, então, para Tebas. E quando chegou ao ponto em que estamos agora, encontrou-se com um homem muito distinto, que vinha numa carruagem puxada por quatro cavalos. O homem tinha muitos criados e um deles golpeou Édipo para que ele saísse do caminho e deixasse a carruagem passar. Édipo, que afinal de contas fora criado como príncipe em Corinto, não deixou por menos, e depois de uma luta violenta, pôs um fim àquele infeliz encontro matando o rico desconhecido.

— Que na verdade era seu pai...

— Isso mesmo. Todos os criados também foram mortos, e só o cocheiro conseguiu escapar. Ele voltou para Tebas e contou na cidade que um salteador tinha assassinado o rei Laio. A tristeza e o luto se abateram sobre a rainha e todo o povo tebano. Naquela época, porém, havia uma outra coisa que preocupava os moradores da cidade.

— E o que era?

— Uma esfinge, um monstro enorme e poderoso com corpo de leão e cabeça de mulher. Ela ficava no caminho para Tebas e devorava todos os passantes que não conseguissem decifrar o enigma que lhes propunha. Foi então que o povo de Tebas, numa atitude desesperada, prometeu a mão da rainha Jocasta e o trono de Tebas àquele que conseguisse decifrar o enigma da esfinge.

Assobiei novamente.

— Édipo, que esqueceu rapidamente o incidente com o rico desconhecido, chegou logo à região onde se encontrava a esfinge, que lhe propôs o seguinte enigma: "Quem anda pela manhã com quatro pernas, à tarde com duas e à noite com três?".

Meu pai olhou para mim como se quisesse saber se eu era capaz de decifrar aquele intricado enigma. Mas sacudi a cabeça negativamente.

— "O *homem*", respondeu Édipo. "Pela manhã ele engatinha, à tarde caminha ereto e à noite precisa de uma bengala." Édipo havia decifrado o enigma e, com isso, derrotou a esfinge que se precipitou num abismo e morreu. Édipo, por sua vez, foi acolhido como herói em Tebas e recebeu a recompensa prometida: casou-se com Jocasta, que na verdade era sua mãe. Ao longo dos anos, os dois tiveram dois filhos e duas filhas.

— Deus do céu! — exclamei. Durante todo o tempo em que meu pai falava, eu não tirara os olhos dele. Mas agora, depois do que eu tinha ouvido, precisei olhar para o local em que Édipo havia matado seu pai.

— Mas a história não acaba aí — continuou meu pai. — A cidade de Tebas foi devastada então por uma epidemia terrível. Para os antigos gregos, tais castigos eram provocados pela ira de Apolo, e essa ira, por sua vez, tinha uma causa mais profunda. Assim, eles deviam procurar novamente o oráculo de Delfos, a fim de saber por que o deus Apolo lhes enviara aquela terrível epidemia. E Pítia respondeu que a cidade tinha de encontrar o assassino do rei Laio, se quisesse se livrar da doença. Se assim não fosse, toda a cidade iria sucumbir...

— Que droga!

— É... e foi assim que justamente o rei Édipo começou a empreender todos os esforços para encontrar o assassino de Laio. Ele mesmo nunca havia associado o incidente de anos atrás envolvendo o rico desconhecido e sua comitiva com o assassinato do rei Laio. E assim, sem saber, tornou-se o assassino que tinha por missão esclarecer o seu próprio delito. Quando perguntou a um vidente sobre o assassino do rei Laio, o vidente recusou-se a lhe responder, alegando que a verdade era terrível demais. Mas Édipo, que tudo fazia para ajudar o seu povo, acabou conseguindo arrancar a verdade do homem. O vidente confessou a Édipo que ele próprio, o rei, era o culpado. Foi só então que Édipo se lembrou daquela briga a caminho de Tebas, e acreditou nas palavras do vidente. Contudo, ele ainda não tinha nenhuma prova de que era o filho do rei Laio, e isso não lhe deixou em paz. Era um homem justo, que queria conhecer toda a verdade. Depois de muito procurar, conseguiu encontrar os dois velhos pastores de Tebas e de Corinto. Colocou-os frente a frente e por fim obteve a confirmação de que tinha matado seu pai e desposado sua mãe. Ao ter a certeza disso, Édipo arrancou os dois olhos. Na verdade, o tempo todo ele tinha sido cego, entende?

Respirei fundo. Achei essa história antiga profundamente trágica e terrivelmente injusta.

— Isso foi mesmo o que se pode chamar de uma verdadeira maldição de família — comentei.

— Sim... mas tanto o rei Laio quanto Édipo tentaram fugir do seu destino. Só que para os antigos gregos isso era algo totalmente impossível.

Quando passamos por Tebas, nós dois ficamos calados. Acho que meu pai estava pensando naquilo que chamava de *sua* maldição de família. De qualquer forma, ficou um bom tempo sem dizer uma única palavra. Depois de quebrar bastante a cabeça pensando na trágica história do rei Édipo, tirei a lupa e o livrinho do bolso.

DOIS DE OUROS

...velho Mestre recebe importante notícia de sua terra natal...

Na manhã seguinte, acordei com um galo cantando. Por alguns segundos achei que estava na minha casa, em Lübeck. Mas antes mesmo de acordar direito, lembrei-me do naufrágio. Ainda me recordava de que tinha entrado com o bote salva-vidas numa pequena laguna circundada por palmeiras, que tinha puxado o bote para a praia e que depois tinha começado minha jornada rumo ao interior da ilha. Lembrava-me, também, de que tinha me deitado para dormir às margens de um grande lago, em cujas águas tinha nadado na companhia de um enorme cardume de peixinhos multicoloridos.

Será que eu tinha mesmo acordado às margens desse lago? Teria eu sonhado com um velho marujo que morava nesta ilha havia mais de cinquenta anos e que a povoara de cinquenta e três anõezinhos? Antes de abrir os olhos, decidi pensar bastante nas respostas a todas essas perguntas. Não era possível que tudo isso fosse um sonho! Tinha me deitado para dormir na casa de Frode, que ficava na encosta de um morro, um pouco acima do povoado dos anões...

Abri os olhos. Os raios dourados do sol da manhã iluminavam uma escura casa de madeira. Entendi, então, que tudo aquilo que me parecia um sonho era tão verdadeiro quanto o sol e a lua.

Levantei-me da cama e me enfiei de novo naquelas

roupas de marujo que continuavam tão feias e puídas quanto na noite anterior, quando as tirei. "Onde está Frode?", perguntei-me. Nesse momento, vi uma caixinha de madeira que estava numa prateleira sobre a porta de entrada da casa. Peguei-a e descobri que ela estava vazia. Com certeza era ali dentro que ficavam as velhas cartas de baralho antes da grande transformação. Coloquei-a de volta na prateleira e saí da casa. Lá fora, as mãos cruzadas para trás, Frode observava a movimentação no povoado. Aproximei-me dele e ficamos os dois ali parados sem dizer nada. Lá embaixo, os anões já se agitavam frenéticos na realização de suas tarefas. O povoado e a encosta do morro estavam fartamente banhados pela luz do sol.

— O dia do Curinga... — disse Frode afinal. Por um momento, uma expressão preocupada tomou conta do seu rosto marcado pelos anos.

— Dia do Curinga? — perguntei.

— Vamos tomar o café aqui fora, meu jovem. Sente-se ali. Já vou trazer a comida.

Frode apontou para um banquinho que estava encostado na parede da casa, atrás de uma pequena mesa. Mesmo sentado, eu continuava a ter uma boa visão do povoado: alguns anões saíam para o trabalho puxando uma carroça. Na certa eram os anões de paus que iam para o campo. Da grande oficina vinha um barulhão enorme.

Frode trouxe pão, queijo, leite de miluco e tufo quente. Sentou-se ao meu lado e, no meio da refeição, recomeçou a contar sua história.

— A primeira fase da minha vida na ilha, eu a chamo de "tempo de paciência" — disse. — Eu vivia na solidão mais profunda. Não é de se estranhar, portanto, que aos poucos as cinquenta e três cartas do baralho fossem se transformando em criaturas da minha imaginação. Mas isso não era tudo. Em pouco tempo, as cartas passaram

♦

a ter uma importância fundamental no calendário que usamos para marcar o tempo aqui na ilha.

— No calendário?

— Isso mesmo. O ano tem cinquenta e duas semanas, ou seja, uma semana para cada carta do baralho.

Comecei a fazer contas.

— Sete vezes cinquenta e dois são trezentos e sessenta e quatro — disse eu.

— Exatamente. Só que o ano tem trezentos e sessenta e cinco dias. E esse dia sobressalente, nós o chamamos de "dia do Curinga". Ele não pertence a mês nenhum e também a nenhuma semana. É um dia suplementar, extra, por assim dizer, em que tudo é possível. E a cada quatro anos temos *dois* dias do Curinga.

— Muito refinado...

— Essas cinquenta e duas semanas, ou "cartas", como as chamei, distribuem-se por treze meses, cada um com vinte e oito dias. Assim, se multiplicarmos treze por vinte e oito também teremos trezentos e sessenta e quatro. O primeiro mês é de Ás, o último de Rei. E como temos um intervalo de quatro anos entre o duplo dia do Curinga, esse intervalo começa com o ano de ouros, depois vem o de paus, depois o de copas e finalmente o de espadas. Dessa forma, cada carta tem a sua semana e o seu mês.

O velho marujo olhou de soslaio para mim. Tive a impressão de que a invenção dessa forma de dividir e de contar o tempo o deixava ao mesmo tempo orgulhoso e embaraçado.

— A princípio isso me soa um tanto complicado — observei. — Mas... Deus meu! Que coisa bem pensada!

Frode acenou com a cabeça e prosseguiu:

— Eu tinha de usar a minha cabeça para alguma coisa. Bem, o ano também tem quatro estações: ouros na primavera, paus no verão, copas no outono e espadas no inverno. A primeira semana do ano é Ás de Ouros, depois vêm todas as outras cartas de ouros. O verão começa com Ás de Paus, o outono com Ás de Copas. O inverno começa com Ás de Espadas e a última semana do ano é do Rei de Espadas.

— E em que semana estamos?

— Ontem foi o último dia da semana do Rei de Espadas. Mas foi também o último dia do mês do Rei de Espadas.

— E hoje?

— ...é o dia do Curinga. Ou melhor, o primeiro dos dois dias do Curinga. E ele vai começar com uma grande festa.

— Curioso...

— Sim, meu caro compatriota. É curioso que você tenha chegado à ilha exatamente quando vamos comemorar os dois dias do Curinga para depois começarmos um novo ano e um novo período de quatro estações. Mas tem mais...

E dizendo isso, o velho Frode mergulhou em seus pensamentos.

— Sim...?

— As cartas também foram usadas para marcar a cronologia da ilha.

— Agora eu não entendi.

— Cada carta ganhou a sua semana e também o seu mês, para que eu pudesse ter o controle dos dias do ano. Da mesma forma, cada *ano* também está sob o signo de uma carta. Meu primeiro ano na ilha recebeu o nome de Ás de Ouros. Depois vieram Dois de Ouros, Três de Ouros e todas as outras cartas, na mesma sequência das cinquenta e duas semanas do ano. Acontece que... bem, você está lembrado de que eu te disse que já estou nessa ilha há cinquenta e dois anos...?

— Oh...

— Acabou de terminar o ano do Rei de Espadas, companheiro. E eu nunca pensei como será daqui para a frente, pois não imaginei que fosse viver mais do que cinquenta e dois anos nesta ilha...

— Você não pensou nessa possibilidade?

— Não, não pensei. Hoje, porém, o Curinga vai declarar aberto o ano do Curinga. Hoje à tarde acontece a grande festa. Os anões de espadas e de copas já estão transformando a marcenaria no grande salão de festas. Os anões de paus já saíram para colher frutos e os de ouros vão trazer copos e taças.

— Será que... será que eu também posso ir a essa festa?

— Você é o convidado de honra. Contudo, antes de descermos para o povoado, preciso te contar mais uma coisa. Ainda temos algumas horas, marujo, e precisamos aproveitar esse tempo...

Ele encheu o meu copo com aquela bebida marrom. Com um certo receio, tomei um gole e continuei a ouvir o velho Frode contar:

— A festa do Curinga é comemorada, portanto, a cada fim de ano. Ou a cada começo de um novo ano, se você preferir. Mas só a cada quatro anos é que se joga a grande paciência...

— A grande paciência?

— Sim, a cada quatro anos. Trata-se do grande jogo do Curinga.

— Acho que o senhor terá de me explicar melhor essa história.

Ele pigarreou umas duas vezes e continuou:

— Como já disse algumas vezes, eu tinha de preencher o meu tempo com alguma coisa enquanto estava sozinho aqui na ilha. Às vezes retirava uma carta qualquer do baralho e imaginava que ela me dizia uma frase que tivesse inventado. Chegava a ser quase um esporte gravar na memória todas as frases que elas me "diziam"! Quando finalmente eu conseguia decorar o que cada carta me dizia, começava uma outra fase do jogo: eu tentava embaralhar as cartas para que cada frase que elas diziam se juntasse a fim de formar um todo coerente. E em geral isso resultava numa espécie de história formada por frases que as cartas tinham inventado cada uma por si, sem trocar ideias com as outras.

— E era esse o jogo do Curinga?

— Bem, a princípio isso era apenas uma espécie de paciência que eu jogava para combater a solidão. Mas ali já estava o início do grande jogo do Curinga, que é apresentado a cada quatro anos no dia do Curinga.

— E como é esse jogo? Conte-me!

— Durante os quatro anos que formam um período de quatro estações, cada um dos cinquenta e dois anões tem de inventar uma frase. Talvez você ache um tanto estranho alguém precisar de quatro anos para inventar uma única frase; mas não se esqueça de que a inteligência dos anões é muito limitada e, portanto, eles são extremamente lentos para pensar.

— E na festa do Curinga eles declamam as frases que inventaram?

— Exatamente. Mas essa é só a primeira parte do jogo. Depois é a vez do Curinga. Ele não precisa inventar frase alguma, mas senta-se numa espécie de plataforma e faz anotações enquanto as frases que os outros bolaram vão sendo declamadas. No decorrer da festa, o Curinga altera a ordem de apresentação das frases e elas vão formando um todo coerente. Ele coloca os anões numa determinada ordem e eles repetem suas frases que, na nova sequência em que são declamadas, passam a ser uma pequena parte de uma grande história.

— Que ideia inteligente...! — observei.

— Inteligente sim, mas pode ser também que apareçam algumas boas surpresas.

— O que o senhor quer dizer?

— Não podemos nos esquecer de que é o Curinga que, sozinho, ordena num todo coerente aquilo que antes era o caos total. Isso porque as figuras inventam suas frases sozinhas, sem trocar ideias umas com as outras.

— Mas...

— Mas às vezes parece que aquele todo, quer dizer, o

conto ou a história que se forma com as frases, já existiu antes.

— E isso é possível?

— Não sei. Se for verdade, porém, isso significa que os cinquenta e dois anões são de fato algo completamente diferente, e muito maior, do que apenas cinquenta e dois indivíduos. Se for verdade, isso significa que os anões estão unidos por fios invisíveis... E há mais para contar....

— Então conte!

— Nos meus primeiros tempos aqui na ilha também tentei ler o futuro nas cartas. É claro que era apenas um jogo, mas comecei a achar que talvez houvesse mesmo qualquer coisa de verdade no que diziam os marinheiros em todos os portos do mundo, isto é, que as cartas talvez soubessem mesmo alguma coisa sobre o futuro. E de fato, exatamente no dia em que o Valete de Paus e o Rei de Copas apareceram por aqui, um pouco antes de eles chegarem, encontrei essas duas cartas diversas vezes em pontos estratégicos das minhas paciências.

— Incrível.

— Não pensei mais nisso quando começamos com os jogos do Curinga, depois de todas as figuras já terem chegado aqui. Mas você sabe qual foi a última frase da história formada na última festa do Curinga de quatro anos atrás?

— Não, como eu poderia saber?

— Então ouça bem: "Jovem marujo chega ao povoado no último dia do Rei de Espadas. Marujo decifra enigma com Valete de Ouros. Velho Mestre recebe importante notícia de sua terra natal".

— É... é incrível!

— Ao longo dos últimos quatro anos eu me esqueci dessas palavras. Mas ontem à tarde, quando você apareceu no povoado, no último dia da semana, do mês e do ano do Rei de Espadas, nesse momento lembrei-me da profecia. De alguma forma você já era esperado, marujo...

♦

Foi então que de repente me lembrei de uma coisa.

— Velho Mestre recebe importante notícia de sua terra natal — repeti.

— Sim? — O olhar do velho se fixou nos meus olhos.

— Você não disse que ela se chamava Stine?

O velho concordou.

— E que era de Lübeck?

De novo ele concordou.

— Meu pai se chama Otto. Ele cresceu sem pai e sua mãe também se chamava Stine. Ela faleceu há alguns anos.

— Stine é um nome relativamente comum no Norte da Alemanha.

— Sim, eu sei... Meu pai era o que chamam de filho ilegítimo. Minha avó nunca foi casada. Ela... ela era noiva de um marinheiro, que morreu no mar. Os dois não sabiam que ela estava esperando um filho quando se viram pela última vez... O assunto caiu na boca do povo. Diziam que minha avó tinha tido um caso de amor leviano com um marinheiro que passava por ali e que depois não quis assumir as suas obrigações.

— Humm... e quando foi que seu pai nasceu, meu jovem?

— Eu...

— Diga-me! Quando seu pai nasceu?

— Em 8 de maio de 1791, em Lübeck. Há mais ou menos cinquenta e um anos.

— E esse marujo... você sabe se o pai dele tinha sido mestre-vidreiro?

— Isso eu não sei. Minha avó nunca falou muito sobre ele. Talvez por causa de todos aqueles boatos. Só nos contava que, quando o navio dele partiu, ele subiu lá no alto do cordame para acenar um adeus para ela, caiu e machucou o braço. Sempre sorria quando contava isso. Toda aquela exibição infeliz tinha sido apenas em honra dela.

O velho ficou um bom tempo com os olhos fixos no povoado, lá embaixo.

— Este braço — disse ele finalmente — está mais próximo do que você pensa. — E dizendo isso, arregaçou a manga da camisa e me mostrou algumas cicatrizes antigas que tinha no antebraço.

— Vovô! — exclamei. Depois o abracei e o apertei com força contra mim.

— Meu filho — disse ele. E começou a chorar. — Meu filho... meu filho...

TRÊS DE OUROS

...sua imagem invertida a atraiu...

Pronto! Agora também aparecia no meu livro uma espécie de maldição de família! Tive a nítida sensação de que todas as peças desse quebra-cabeça começavam a se juntar.

Almoçamos na taverna de um povoado. A mesa de almoço, uma mesa bem comprida, ficava do lado de fora, à sombra das copas de duas gigantescas árvores. Ao redor da taverna, laranjais exuberantes se estendiam a perder de vista. Comemos um espetinho de carne com salada grega e queijo de leite de cabra. Quando chegamos à sobremesa, contei ao meu pai sobre o calendário da ilha mágica. É claro que não podia revelar a ele onde tinha lido sobre o assunto; por isso, inventei que essas ideias me vinham à cabeça quando eu ficava horas a fio sentado sozinho no banco de trás do carro.

Primeiramente meu pai ficou muito surpreso com tudo; depois começou a fazer cálculos com uma esferográfica no seu guardanapo de papel.

— Cinquenta e duas cartas são cinquenta e duas semanas. Isso dá trezentos e sessenta e quatro dias. Depois temos treze meses com vinte e oito dias cada um. De novo a conta dá trezentos e sessenta e quatro. E em ambos os casos há um dia sobressalente.

— O dia do Curinga — completei.

♦

— Puxa vida! Isso mesmo!

Mergulhou os olhos no laranjal e ficou assim por algum tempo. Depois perguntou:

— E quando você nasceu, Hans-Thomas?

Não entendi o que ele pretendia com aquela pergunta.

— Em 29 de fevereiro de 1972 — respondi.

— E que dia é esse?

Foi então que entendi: é claro! eu tinha nascido num dia intercalar. E pelo calendário da ilha esse dia seria um dia do Curinga. Como é que eu não tinha pensado nisso enquanto lia?

— Um dia do Curinga! — disse eu.

— Exatamente!

— Você acha que isso se explica por eu ser filho de um curinga, ou porque talvez eu também seja um curinga? — perguntei.

Meu pai olhou muito sério para mim e disse:

— Pelas duas razões, é claro. Se fosse para algum dia *eu* ter um filho, ele teria de nascer num dia do Curinga. E quando *você* nasceu, isso também aconteceu num dia do Curinga. É assim que as coisas se entrelaçam, entende?

Eu não tinha bem certeza se ele estava apenas entusiasmado por eu ter nascido num dia do Curinga. Alguma coisa no tom de voz do meu pai me levou a pensar que ele pudesse ter medo de que eu fosse atrapalhar o seu trabalho como curinga. De qualquer forma, ele retomou rapidamente o assunto do calendário.

— E você inventou tudo isso agora? — perguntou ele mais uma vez. — Vejamos... cada semana tem sua carta, cada mês seu número de ás a rei, e cada estação do ano um dos quatro naipes. Acho que você pode requerer a patente desse negócio, Hans-Thomas. Que eu saiba não existe até hoje nenhum calendário de bridge...

◆

Com um sorriso nos lábios, ele mexeu o açúcar do café. Depois disse:

— Primeiro foi o calendário juliano, depois o calendário gregoriano. É... talvez já esteja na hora de introduzir um novo.

A história do calendário, ao que tudo indicava, tinha interessado mais ao meu pai do que a mim, pois ele continuava a fazer contas no seu guardanapo. De repente, olhou para mim com aquele lampejo da sabedoria de um curinga e disse:

— E isso não é tudo... Se você somar todos os símbolos de um naipe, a conta vai dar noventa e um. Ás é um, rei é treze, dama doze, e assim por diante. Juntos, esses símbolos somam noventa e um.

— Como noventa e um? — perguntei. Não tinha acompanhado direito o raciocínio.

Meu pai colocou de lado o seu guardanapo e a esferográfica, e olhou bem fundo dentro dos meus olhos.

— Quanto dá quatro vezes noventa e um?

— Quatro vezes nove são trinta e seis... hum... trezentos e sessenta e quatro! Puxa vida!

— Isso mesmo! No baralho existem trezentos e sessenta e quatro símbolos, mais o curinga. E também há anos em que coincidem dois dias do Curinga. Talvez seja por isso que o baralho tem dois curingas, Hans-Thomas. Isso não pode ser mera coincidência!

— Você acha que os baralhos são feitos assim propositadamente? — perguntei. — Quer dizer, você acha que é de propósito que um baralho tem tantos símbolos quantos são os dias do ano?

— Não, não acredito nisso. Acredito sim que temos aqui mais um exemplo para o fato de a humanidade não conseguir interpretar nem aqueles símbolos mais evidentes. Até agora ninguém nunca se deu ao trabalho de contar, embora haja por aí milhões de baralhos circulando.

De novo ele mergulhou em pensamentos. Depois, uma expressão sombria se abateu sobre o seu rosto.

— Mas vejo aí um problema muito sério — disse ele. — Não será fácil pedir aos outros o curinga do baralho se o curinga tiver um lugar no calendário.

E riu depois de dizer isso. Afinal, não foi em tom de seriedade que ele fez essa observação.

Mesmo depois, já dentro do carro, de vez em quando eu o flagrava rindo sozinho. Acho que o tempo todo ele ficou pensando no calendário.

Quando nos aproximávamos de Atenas, descobrimos de repente uma enorme placa de sinalização. Eu já a tinha visto várias vezes, mas agora, ao vê-la de novo, senti o coração pular dentro do peito.

— Pare! — exclamei. — Pare agora!

Meu pai levou um tremendo susto. Tirou o carro para o acostamento e pisou seco no breque.

— O que aconteceu? — perguntou, virando-se para trás.

— Saia do carro! — eu disse. — Precisamos sair do carro!

Meu pai abriu a porta e saltou do automóvel.

— Você está enjoado e precisa vomitar? — perguntou.

Apontei para a placa que estava bem na nossa frente, a poucos metros do lugar onde tínhamos parado.

— Você está vendo aquela placa? — perguntei.

Meu pai estava tão confuso que cheguei a ficar com pena dele. Mas na minha cabeça só havia lugar para os dizeres da placa.

— Estou. E daí?

— Leia o que está escrito! — pedi.

— ATINA — leu o meu pai em voz alta, e sacudiu os ombros. — Isso é grego e significa "Atenas".

— E você não consegue ver nada além disso? Leia os dizeres de trás para a frente, por favor.

— ANITA — leu ele dessa vez.

Eu não disse mais nada. Olhei para ele com uma expressão séria e concordei com a cabeça.

— Sim, é curioso — admitiu ele. Só então acendeu um cigarro. E sua observação foi tão fria que chegou a me irritar.

— Curioso? É só isso que você tem a dizer? Isso significa que ela está aqui, entende? E foi por isso que ela veio para cá: sua imagem invertida a atraiu. Era seu *destino*, você não entende?

Agora, para variar, parecia que ele é que ficava irritado.

— Vamos com calma, mocinho — advertiu.

Ficou claro que ele não tinha gostado nada dessa história de destino e de atração pela própria imagem invertida.

Quando estávamos de novo dentro do carro ele disse:

— Às vezes a sua... a sua bendita imaginação vai longe demais para o meu gosto!

E ao dizer isso é claro que não estava pensando apenas na placa. Estava pensando também em anões que nos seguiam e em calendários esquisitos. E se era isso mesmo, então a sua observação era absolutamente injusta. Afinal, para mim ele devia ser a última pessoa a censurar uma outra por causa da imaginação dela. Não tinha sido *eu* quem começara aquela história de maldição de família...

No restante da viagem até Atenas, li sobre os preparativos para a festa do Curinga na ilha mágica.

QUATRO DE OUROS

...sua mãozinha era fria como o orvalho da manhã...

Havia me encontrado na ilha mágica com meu próprio avô, pois eu era filho da criança não nascida que ele tinha deixado em Lübeck quando partiu ao encontro de seu destino naquela que seria sua última viagem.

E o que havia de mais estranho em toda essa história? O fato de um óvulo fecundado por um espermatozoide crescer e crescer até se transformar num ser vivo? Ou o fato de um ser vivo poder ter uma imaginação tão poderosa a ponto de dar corpo e vida própria às coisas que imagina? E quanto a nós, seres humanos, também nós não somos frutos vivos da imaginação de alguém? Quem *nos* teria trazido ao mundo?

Frode vivia sozinho havia cerca de meio século na grande ilha. Será que algum dia iríamos poder voltar juntos para casa? Será que algum dia eu ia poder entrar na padaria de meu pai e apresentar o senhor que estava em minha companhia dizendo: "Aqui estou eu, meu pai. Voltei de um mundo distante e trouxe Frode comigo, teu pai e meu avô".

Pensamentos como esses brotavam aos milhares na minha cabeça enquanto eu abraçava Frode com toda a força. Infelizmente, porém, não tive muito tempo para curtir como queria aquele momento, pois logo vi um grupo de anões vestidos de vermelho correndo encosta acima até onde estávamos.

— Olhe! — sussurrei ao velho. — Temos visita!

— São as anãs de copas — disse ele, ainda com a voz embargada. — Elas vieram me buscar para a festa do Curinga.

— Mal posso esperar... — disse eu.

— Eu também, meu filho. Não te contei que foi o Valete de Espadas que declamou a frase sobre a notícia importante que eu iria receber da minha terra natal?

— Não... e o que isso quer dizer?

— As cartas de espadas trazem má sorte. Aprendi isso com outros marujos, nos bares dos portos, muito antes do naufrágio. E é a mesma coisa aqui na ilha: sempre que tropeço num anão de espadas lá no povoado, posso estar certo de que alguma coisa de ruim vai acontecer.

E não pôde dizer mais nada, pois nesse momento toda a comitiva de anãs de copas, do dois ao dez, já havia chegado à porta da casa. Todas tinham longos cabelos loiros e usavam roupas cor-de-rosa com corações pintados de vermelho-sangue. Quando eu as olhava por muito tempo, sentia os olhos arderem. Talvez porque as roupas delas fossem novas e brilhantes em comparação com as vestes simples de Frode e com as minhas roupas velhas.

Quando nos levantamos de nossos banquinhos, as anãzinhas de copas formaram um círculo ao nosso redor.

— Feliz Curinga! — exclamaram elas, sorrindo.

Depois, dançaram e cantaram à nossa volta, segurando graciosamente suas roupas pelas pontas.

— Está bem! Agora basta! — disse o velho. Ele tratava os anões como animais domésticos.

As anãs de copas se calaram e foram nos conduzindo encosta abaixo. No meio do caminho, Cinco de Copas me pegou pela mão e foi me puxando atrás de si. Sua mãozinha era fria como o orvalho da manhã.

Lá embaixo, no povoado, as vielas e a praça do mercado estavam tranquilas. Não havia ninguém nas ruas. De dentro de algumas casas, porém, vinham gritos e muito barulho. Quando chegamos, as anãs de copas também desapareceram no interior de uma das casas.

Embora o sol estivesse bem alto no céu, lampiões de óleo queimavam na fachada da grande marcenaria.

— Chegamos — disse Frode.

E entramos no salão de festas.

Ainda não havia nenhum anão ali. Sobre quatro mesas compridas estavam pratos de vidro e fruteiras enormes, abarrotadas de frutas. Havia também garrafas e garrafões com a tal bebida cintilante, além de aquários com peixinhos vermelhos, amarelos e azuis. Em cada uma das quatro mesas contei treze cadeiras.

As paredes do salão estavam revestidas de uma guarnição de madeira clara e sob as vigas do teto pendiam lampiões feitos de vidro colorido. Numa das paredes havia quatro janelas e no parapeito de cada uma delas também havia aquários com peixinhos coloridos. Pelas janelas abertas, a luz ofuscante do sol inundava o salão e se decompunha ao passar pelas garrafas e aquários formando minúsculos arco-íris que dançavam no chão e nas paredes. No meio da outra parede, sem janelas, havia três cadeiras colocadas sobre uma plataforma, uma bem ao lado da outra; pareciam as cadeiras dos juízes de um tribunal.

Enquanto eu pensava no que poderiam significar aquelas cadeiras dispostas daquela forma, a porta se abriu e o Curinga adentrou o salão de festas aos saltos e acrobacias.

— Sejam bem-vindos! — disse ele com um sorriso que me fez correr um calafrio pela espinha. Cada um de seus movimentos era acompanhado pelo tilintar dos pequenos guizos presos à sua roupa lilás e ao seu barrete verde e vermelho.

De repente ele deu um salto em minha direção, fez uma acrobacia no ar e puxou a minha orelha. Os guizos de suas vestes pareciam agora os chocalhos de um trenó puxado por um cavalo em disparada.

— E então? — perguntou. — O senhor está satisfeito com o convite para esta grande comemoração?

— Sim, sim. Muito obrigado — respondi.

Nesse meio-tempo, minha sensação de desconforto na presença daquele pequeno *clown* tinha se transformado em quase-medo.

— Mas será possível? Não é que as pessoas aprenderam a arte de agradecer? Nada mal... — disse ele escancarando a boca numa gargalhada de ironia. — Nada mal, nada mal...

— Por que você não tenta se acalmar um pouco, hein, seu bobo da corte? — advertiu-o Frode com severidade.

Mas o pequeno Curinga limitou-se a lançar ao velho marujo um olhar de desconfiança.

— Tem gente com medo da grande festa... — cantarolou o Curinga. — Pena que agora seja tarde demais para se arrepender. É chegado o dia de colocarmos todas as cartas na mesa. E nas cartas está a verdade. O resto eu conto depois. Por ora, bico calado!

O pequeno serelepe ganhou a rua novamente e Frode, desalentado, sacudiu a cabeça.

— Mas, afinal de contas, quem é a maior autoridade nesta ilha? — perguntei. — O senhor ou esse bobo da corte?

— Até agora era eu — respondeu Frode, confuso.

Logo depois a porta se abriu novamente: era o Curinga que estava de volta. Sentou-se com toda a pompa e circunstância numa das três imponentes cadeiras que estavam dispostas ao longo da parede sem janelas e fez um sinal para que Frode e eu nos sentássemos ao seu lado. Frode ocupou a cadeira do meio; à sua direita estava o Curinga e, à sua esquerda, eu.

— Silêncio! — disse o Curinga quando nos sentamos,

embora não tivéssemos aberto a boca para dizer coisa alguma.

Escutou-se, então, um belo som de flautas que se aproximava. Pouco depois, os anões de ouros entraram no salão a passos pequenos e ritmados: à frente vinha o pequeno rei, seguido primeiro da rainha, depois do valete e depois de todas as outras cartas. O ás, ou a princesinha, como eles diziam, era o último da fila. Tirando o casal real, todos os demais vinham tocando pequenas flautas de vidro. O que tocavam era uma valsa, e o som das flautas de vidro era tão suave e frágil quanto os sons dos tubos mais finos de um órgão de igreja. Todos usavam roupas cor-de-rosa; seus cabelos finos e prateados brilhavam e os olhos faiscavam de tão azuis. Tirando o rei e o valete, todos os demais eram mulheres.

— Bravo! — exclamou o Curinga, batendo palmas com grande entusiasmo. Como Frode também aplaudia, resolvi acompanhá-los.

De pé, os anões de ouros formaram um quarto de círculo num canto do salão. Então chegaram os anões de paus em seus uniformes azul-escuros: a rainha e a princesa, que era o ás, usavam vestidos da mesma cor e, como todos os demais, tinham cabelos castanhos encaracolados, a pele bem morena e olhos também castanhos. Dava para ver claramente que os anões de paus eram mais gordinhos que os de ouros. Tirando a rainha e o ás, todos os outros eram homens.

Os anões de paus posicionaram-se ao lado dos de ouros, de modo que todos juntos formaram um semicírculo. E então foi a vez de os anões de copas entrarem no salão com suas vestes vermelhas. Aqui, só o rei e o valete eram homens. Eles usavam uniformes vermelhos e tinham, como todos os outros anões de copas, cabelos claros, a pele de um tom mais marcado e os olhos verdes. Só a princesinha, o Ás de Copas, é que se diferençava dos outros: ela usava o mesmo vestido amarelo que trajava quando do nosso encontro na floresta. Posicionou-se graciosamente ao lado do Rei de Paus e todos os outros foram se colocando um ao lado do outro. Os anões formavam agora as três partes de um círculo.

Por fim vieram os anões de espadas com seus cabelos pretos e desgrenhados, os olhos pretos feito breu e os uniformes também pretos. Seus ombros eram um pouco mais largos do que os dos outros anões, e todos eles tinham uma cara de mal-humorados. Entre os anões de espadas, só a rainha e a princesa eram mulheres. As duas usavam vestidos lilases. Como era de se esperar, Ás de Espadas posicionou-se ao lado do Rei de Copas e todos os outros também foram se perfilando. E assim, os cinquenta e dois anões formaram um círculo.

— Incrível — sussurrei.

— É assim que sempre começam as festas do Curinga — disse Frode, também baixinho. — Eles representam o ano com suas cinquenta e duas semanas.

— Por que Ás de Copas está usando um vestido amarelo?

— Ela é o sol, que no verão atinge o seu ponto mais alto no céu.

Eu tinha notado que entre o Rei de Espadas e o Ás de Ouros havia um pequeno espaço. E já ia perguntar que espaço era aquele, quando o Curinga se levantou de sua cadeira e ocupou o espaço vazio entre eles, ficando numa posição diametralmente oposta à de Ás de Copas. Assim, estava fechado o círculo.

Os anões deram-se as mãos e gritaram:

— Feliz Curinga! E um Feliz Ano-Novo!

Nesse momento, o pequeno bobo da corte ergueu o braço fazendo tilintar os guizos e exclamou:

— Não é apenas um ano que passou! O dia de hoje marca o fim de um longo jogo que durou cinquenta e dois anos. Daqui para a frente, o futuro está sob o signo do Curinga. Muitas felicidades, irmão Curinga! O resto eu conto depois. Por ora, bico calado!

♦

E com isso uniu suas próprias mãos como se quisesse cumprimentar a si mesmo. Os anões aplaudiram, embora nenhum deles parecesse ter entendido o discurso do Curinga. Depois, os naipes se separaram e cada qual ocupou a sua mesa.

Frode pôs a mão no meu ombro.

— Eles não entendem quase nada do que se passa aqui — sussurrou. — Eles simplesmente repetem a cada ano o modo como eu mesmo dispunha as cartas em círculo antes de cada ano novo.

— Mas...

— Você nunca viu cavalos e cachorros correndo sempre num mesmo círculo dentro do picadeiro, meu jovem? O mesmo acontece com esses anões. Eles são como animaizinhos amestrados. Só o Curinga...

— Sim...?

— Eu nunca o vi tão seguro e consciente de si...

CINCO DE OUROS

...o azar maior foi que a bebida do meu copo era adocicada e muito gostosa...

Quando meu pai disse que a qualquer momento chegaríamos a Atenas, tive de parar de ler. Tão próximo do destino de nossa viagem, eu não ia mais conseguir me concentrar como queria no mundo dos anões.

Com a tenacidade que lhe era peculiar, meu pai encontrou um guichê de informação turística. Enquanto se informava sobre um hotel adequado às nossas necessidades, fiquei dentro do carro observando os gregos baixinhos que passavam pela rua.

Quando meu pai voltou, estava rindo de uma orelha a outra. — Hotel Titânia — disse ele. — Garagem, belos quartos e um terraço na cobertura com vista para toda a cidade. Já que estou em Atenas, quero ter o prazer de ver a Acrópole bem da janela da minha casa...!

Ele não tinha exagerado. Pegamos um quarto no décimo primeiro andar e de lá já tínhamos uma vista da cidade que era de tirar o fôlego. Mesmo assim, a primeira coisa que fizemos foi tomar o elevador e ir para o terraço na cobertura. De lá tinha-se uma vista perfeita da Acrópole, bem na nossa frente.

Meu pai ficou parado, sem dizer nada. Não conseguia tirar os olhos dos antigos templos.

— É inacreditável, Hans-Thomas — disse ele afinal. — É simplesmente inacreditável!

Depois ficou andando de lá para cá no terraço e quando por fim conseguiu se acalmar, sentamo-nos e ele pediu uma cerveja. Nossa mesa ficava bem junto à mureta, no canto do terraço que dava diretamente para a Acrópole. E quando se acenderam as luzes que iluminavam o sítio arqueológico da Acrópole à noite, os olhos do meu pai ganharam um brilho tão intenso que comecei a ficar preocupado com aquela enxurrada de emoções que ele vinha engolindo a cada minuto.

— Vamos até lá amanhã, Hans-Thomas — disse ele. — E depois vamos visitar a antiga praça do mercado, onde os grandes filósofos trocavam ideias sobre tantas questões importantes, infelizmente esquecidas pela Europa de hoje.

E começou assim uma longa palestra sobre os filósofos de Atenas, que eu quase não consegui acompanhar, porque durante todo o tempo meu pensamento estava em outra coisa.

— Pensei que tínhamos vindo até aqui para procurar mamãe — disse eu finalmente, interrompendo o que ele dizia.

Nesse meio-tempo ele já estava lá pela segunda ou terceira cerveja.

— E viemos mesmo — respondeu ele. — Mas se não visitarmos a Acrópole antes de nos encontrarmos com ela, provavelmente não teremos nada sobre o que conversar. E isso seria muito ruim depois de todos esses anos, você não acha?

Agora que estávamos tão perto do objetivo da nossa viagem, aos poucos eu ia percebendo que, no fundo, meu pai tinha medo de encontrar mamãe. E esse era um pensamento tão ruim que por um segundo quase me senti um adulto. Até então eu achava que encontraríamos mamãe logo que chegássemos a Atenas. Achava, também, que nesse momento todos os nossos problemas se resolveriam como num passe de mágica. Agora via o quanto tinha sido ingênuo. Não era culpa do meu pai. Ele tinha dito várias vezes que ela talvez não quisesse voltar conosco para casa. Mas eu simplesmente não havia sequer considerado essa possibilidade. Não me entrava na cabeça como isso seria possível depois de todo o trabalho que tínhamos tido para encontrá-la.

Agora que eu entendia o quanto tinha sido ingênuo e infantil, estava morto de pena do meu pai. E claro que se somava a isso uma boa quantidade de pena de mim mesmo. Acho que essa foi a razão do que aconteceu a seguir. Depois de algumas observações um tanto idiotas sobre mamãe e sobre os antigos gregos, meu pai perguntou:

— Você quer experimentar um copo de vinho, Hans-Thomas? Eu gostaria muito, não há nada mais chato do que tomar vinho sozinho.

— Em primeiro lugar não gosto de vinho — respondi. — E em segundo, ainda não sou grande o suficiente para isso.

— Então vou pedir alguma outra coisa para você. Uma coisa que você vai gostar — disse ele. — Não falta mais tanto tempo assim para você se tornar um adulto.

Acenou para o garçom e pediu para mim um martíni doce e para ele um metaxa.

Admirado, o garçom olhou primeiro para mim e depois para o meu pai.

— *Really?* — perguntou.

Meu pai concordou com a cabeça e o garçom foi buscar as bebidas.

O azar maior foi que a bebida do meu copo era adocicada e muito gostosa, e ainda por cima refrescante por causa dos cubos de gelo. Bebi uns dois ou três copos antes de acontecer a catástrofe: meu rosto ficou pálido feito gesso e eu quase caí no chão do terraço.

— Mas... meu filho...! — ouvi meu pai dizer.

Ele me levou para o nosso quarto e não sei o que aconteceu depois. Quando acordei na manhã seguinte, eu me sentia terrivelmente mal. E acho que meu pai não se sentia de outra forma.

SEIS DE OUROS

...de vez em quando elas desciam à terra
para se misturar às pessoas...

A primeira coisa que pensei depois de acordar foi que aquela mania de beber do meu pai já estava me cansando. Meu pai talvez fosse o sujeito mais racional ao norte dos Alpes, ou pelo menos em Arendal, e justamente essa sua racionalidade tão aguçada ia se desfazendo aos poucos por causa do álcool! Decidi que tínhamos de esclarecer aquela situação antes de encontrarmos mamãe.

Mas quando ele pulou da cama, acordado subitamente por aquele "estalo", e logo se pôs a falar da Acrópole, decidi esperar pelo menos até a hora do café.

Cheguei a esperar até quando terminamos de comer. Meu pai tinha pedido mais uma xícara de café e acendera um cigarro enquanto desdobrava um enorme mapa da cidade de Atenas.

— Você não acha que aos poucos essa coisa está passando dos limites? — perguntei.

Olhou-me sem entender.

— Você sabe do que estou falando — continuei. — Já falamos muitas vezes dessa sua eterna mania de "molhar a garganta". Mas no momento em que você decide arrastar o seu filho para essa coisa...

— Desculpe-me, Hans-Thomas — disse ele. — Seu organismo provavelmente não suportou o martíni.

— Não é isso. Acho que *você* deveria ir mais devagar com a bebida. Seria uma pena ver o único curinga de Arendal, pelo menos que seja do meu conhecimento, terminar como todos os outros: afogado num copo de aguardente!

No mesmo instante, a consciência pesada do meu pai fez baixar sobre o seu rosto uma expressão de abatimento. Cheguei a ficar com dó dele. Mas não era sempre que eu podia dizer só coisas que ele gostava de ouvir.

— Vou pensar no assunto — disse ele.

— Não demore muito para pensar. Não estou bem certo se mamãe se empolgaria com um filósofo beberrão, já meio consumido pelo álcool.

Embaraçado, meu pai começou a balançar sua cadeira para a frente e para trás. Não devia ser nada fácil justificar para si mesmo uma mudança de comportamento bem na frente do seu próprio filho. Para minha total admiração, ele comentou:

— Eu já pensei nisso, Hans-Thomas.

Senti tanta firmeza naquela observação que achei que por ora já era o bastante. Apesar disso, um pensamento passou de repente pela minha cabeça: não sei por que, mas de repente tive a sensação de que não estava bem informado sobre o que meu pai sabia acerca dos motivos pelos quais mamãe tinha nos deixado.

— Como vamos até a Acrópole? — perguntei, voltando os olhos para o mapa. E com isso retomamos o tema da Grécia e seus filósofos.

Para ganhar tempo, pegamos um táxi até a entrada da Acrópole. De lá tivemos de caminhar por uma alameda ao longo da encosta antes de podermos subir até onde estavam os templos propriamente ditos. Quando por fim chegamos à frente do Partenon, o maior templo daquele sítio arqueológico, meu pai quase não conseguia se conter de tanta excitação. Corria de um lado para outro e não se cansava de repetir:

— Fantástico... é simplesmente fantástico!

Depois de termos andado o bastante dentro e ao redor do Partenon, decidimos fazer uma pequena pausa. De onde estávamos, avistamos os dois anfiteatros que ficavam um pouco mais abaixo daquela encosta íngreme. Meu pai me contou que aqueles teatros tinham sido palco, na Antiguidade, da tragédia do rei Édipo. Depois apontou para uma pedra enorme e disse:

— Sente-se.

E começou assim a segunda palestra sobre os atenienses. E também dessa vez, tenho de confessar, o que ele me dizia entrava por um ouvido e saía pelo outro. Talvez porque já estivesse muito quente, ou então porque a vista que eu tinha do vale me fizesse lembrar de uma outra história, para mim muito mais interessante.

Depois da conversa, quando o sol estava a pino e já não havia mais sombra alguma, passamos a visitar um templo atrás do outro. Meu pai me mostrou tudo o que era possível, explicou-me a diferença entre as colunas dóricas e jônicas, e me provou que o Partenon não tinha uma única linha reta sequer. E que essa gigantesca construção havia abrigado nada menos do que uma estátua de Atena, a deusa protetora de Atenas, com doze metros de altura! Fiquei sabendo que as divindades gregas viviam no Olimpo, uma elevada montanha bem ao norte da Grécia. Mas de vez em quando elas desciam à terra para se misturar às pessoas. E eram como grandes curingas no jogo dos homens, disse o meu pai.

Na Acrópole também havia um pequeno museu. De novo pedi clemência ao meu pai e também dessa vez ela me foi concedida. Combinamos que eu ficaria esperando por ele do lado de fora. É claro que o motivo por que eu não queria entrar com ele no museu era o livrinho que estava no bolso da minha calça. Sentei-me numa pedra. No salão de festas da ilha mágica cinquenta e dois anões estavam sentados às suas mesas. Dali a pouco, cada um deles iria recitar a frase que tinha inventado...

SETE DE OUROS

...um grande Carnaval, em que todos tinham se fantasiado de cartas de baralho...

Os anões conversavam entre si numa confusão de vozes. Foi então que o Curinga bateu palmas para chamar a atenção de todos e disse:

— Vocês pensaram em algumas palavras para dizer no jogo do Curinga?

— Siiim! — responderam os anões em uníssono.

— Então chegou a hora de cada um declamar a frase que inventou! — disse o Curinga.

No mesmo instante, todos os anões começaram a dizer suas frases ao mesmo tempo. Por alguns segundos, cinquenta e duas vozes encheram o salão de festas de um zumbido parecido com o de um enxame de abelhas. Depois disso, um silêncio sepulcral baixou sobre tudo, como se o jogo já tivesse chegado ao fim.

— Isso acontece toda vez — sussurrou Frode. — E é claro que acontece porque cada um só ouve a si mesmo.

— Muito obrigado por toda a sua atenção — disse o Curinga. — E agora... uma frase de cada vez! Vamos começar com Ás de Ouros.

A princesinha levantou-se, tirou da testa uma mecha de seus longos cabelos prateados e brilhantes, e disse:

— O destino é uma couve-flor, que cresce por igual em todas as direções.

Depois sentou-se novamente, com as bochechas pálidas tingidas por duas manchas rubras como fogo.

— Uma couve-flor, portanto... — O Curinga coçou a cabeça. — Foram palavras... hã... muito inteligentes. E agora Dois de Ouros!

Dois de Ouros levantou-se e disse:

— *A lupa se encaixa no pedaço de vidro que falta no aquário.*

— É mesmo? — comentou o Curinga. — É claro que seria muito mais prático se você pudesse nos dizer *que* lupa se encaixa no pedaço de vidro que falta em *qual* aquário. Mas isso ainda vai aparecer, isso ainda vai aparecer! Pois a verdade inteira não pode ser tirada apenas de duas cartas de ouros. O próximo, por favor!

Três de Ouros levantou-se.

— *Pai e filho procuram bela mulher, que não consegue se encontrar* — soluçou ela, e irrompeu em lágrimas. Lembrei-me, então, de que já a tinha visto chorar.

O Rei de Ouros consolou-a e o Curinga disse:

— E *por que* ela não consegue se encontrar? Bem... só saberemos disso quando todas as cartas da paciência estiverem colocadas sobre a mesa. O próximo!

E assim, uma após a outra, todas as cartas de ouros se sucederam.

— *Filho do mestre-vidreiro é logrado pelas criaturas que ele mesmo inventou* — disse a carta de número sete, e eu me lembrei de que ela já tinha dito a mesma coisa na cabana da floresta que funcionava como vidraria.

— *Mágico tira as figuras da manga do paletó e elas descobrem que têm vida própria* — disse Nove de Ouros. Ela era aquela que gostaria muito de pensar um pensamento tão difícil que não fosse capaz de pensá-lo. Pessoalmente, acho que ela era muito boa na arte de pensar pensamentos impensáveis.

Por fim, o Rei de Ouros disse:

— *A paciência é uma maldição de família.*

— Muito interessante! — exclamou o Curinga. — Depois do primeiro naipe já temos uma série de peças im-

♦

portantes em seus lugares. Já dá para ver a profundidade da coisa toda?

Alguns anões comentaram alguma coisa entre si, à boca pequena. E o Curinga continuou:

— Faltam ainda três quartos do círculo do destino. Vamos passar para paus!

— *O destino é uma cobra faminta que se engole a si mesma* — disse Ás de Paus.

— *Peixinho não revela segredo da ilha, mas pãozinho sim* — continuou Dois de Paus. Deu para perceber que há muito tempo ele tinha essa frase na ponta da língua e eu entendi por que lá no campo ele a tinha repetido pouco antes de adormecer: é que tinha sentido medo de esquecê-la.

O Curinga chamou todos os anões pela ordem: primeiro as cartas de paus que ainda faltavam, depois as de copas e finalmente as de espadas.

— *O que está dentro da caixa revela o que está fora e o que está fora da caixa revela o que está dentro* — disse Ás de Copas, exatamente como no nosso encontro na floresta.

— *Numa bela manhã, rei e valete escapam do cárcere da consciência.*

— *Bolso do paletó oculta baralho que iria secar ao sol.*

Um após o outro, os anões levantavam-se e diziam suas frases tão depressa que eu mal podia acompanhar. Cada um falava uma coisa diferente e cada frase era mais sem sentido do que a outra. Alguns apenas sussurravam suas frases; outros diziam-nas sorrindo; outros a declamavam como se estivessem declamando um poema; outros, ainda, soluçavam ou choravam ao dizê-la. O conjunto, porém — se é que se podia falar de conjunto naquela confusa e fragmentada conversa à mesa —, não tinha sentido nem relação. Apesar disso, o Curinga se esforçava ao máximo para anotar todas as frases e sua sequência.

O último foi o Rei de Espadas. Ele olhou bem dentro dos olhos do Curinga e disse:

— *Quem quer entender o destino, tem de sobreviver a ele.*

Ainda me lembro de que achei essa frase uma das mais inteligentes de todas as que tinham sido ditas. E o Curinga pareceu ter a mesma opinião: ele aplaudiu a frase do Rei de Espadas com tanto entusiasmo que o tilintar dos guizos de sua roupa parecia o som de uma orquestra inteira de sinos. Frode balançou a cabeça com tristeza. Depois disso nos levantamos e fomos para perto dos anões, que aparentemente não conseguiam mais ficar sentados em seus lugares e andavam de um lado para outro no meio das mesas e cadeiras.

Por alguns instantes tive uma pequena recaída e achei que a ilha era mesmo um manicômio para doentes mentais irrecuperáveis. Talvez Frode fosse o enfermeiro dos doentes e, de repente, também tivesse ficado completamente louco. Tudo o que ele havia me contado sobre o naufrágio e o baralho — ou sobre as personagens da sua imaginação que de súbito tinham ganhado vida — poderia não passar das loucuras de um homem doente. Eu só tinha um ponto seguro a que me apegar: minha avó tinha de fato se chamado Stine e meus pais tinham me falado que meu avô, ao se despedir da minha avó, caíra do cordame e machucara o braço.

Talvez Frode vivesse mesmo havia cinquenta e dois anos na ilha. Eu já tinha ouvido falar de outras pessoas que tinham sobrevivido tanto tempo depois de um naufrágio. Na certa, ele também tinha consigo o baralho. Mas eu custava a acreditar que os anões fossem criaturas da sua imaginação.

Eu sabia que ainda havia uma outra possibilidade: todos os estranhos acontecimentos naquela ilha poderiam estar se passando tão só na minha própria cabeça. Podia ser que de uma hora para outra eu tivesse ficado completamente louco. O que será que continham aquelas frutinhas que comi à margem do lago cheio de peixinhos coloridos? Bem... agora era tarde demais para quebrar a cabeça com essas coisas...

Um barulho, que lembrava mais o sino de um navio, arrancou-me do mundo de pensamentos em que eu tinha mergulhado. Senti, então, que alguém me puxava pela manga da camisa. Era o Curinga. Os sinos de navio eram os guizos da sua fantasia de bobo da corte.

— Como o senhor avalia a posição das cartas? — perguntou ele.

Parado na minha frente, ele me olhava com uma expressão de quem nitidamente sabia mais do que eu. Não respondi.

— Diga-me uma coisa — continuou ele: — o senhor não acha muito pouco provável que alguma coisa em que alguém está pensando de repente ganhe vida e movimentos próprios e comece a circular por aí, fora da cabeça de quem a imaginou?

— Acho sim — respondi. — Isso é uma coisa totalmente impossível.

— Impossível, sim — admitiu ele. — Mas parece que é um fato.

— O que você quer dizer?

— O que disse. Pois aqui estamos nós, olhando um para a cara do outro. E... na condição de criaturas vivas, por assim dizer. Como é que se escapa do cárcere escuro e profundo da consciência? Que tipo de escada se usa para isso?

— Talvez nós sempre tenhamos estado aqui — disse eu, tentando escapar das perguntas dele.

— Pode ser. Mas isso não responde à minha pergunta. Quem somos nós, marujo? De onde a gente vem?

Não gostei de me ver incluído nas observações filosóficas do Curinga. Por outro lado, tinha de admitir que não era capaz de responder a nenhuma de suas perguntas.

— O mágico nos tirou da manga do seu paletó e nós ganhamos vida própria — exclamou. — Uma coisa eu te digo: tudo isso é muito estranho... E o senhor, marujo, o que acha?

♦

Só agora percebi que Frode tinha desaparecido.

— Onde está Frode? — perguntei.

— Primeiro é preciso responder à pergunta do outro para depois fazer uma outra pergunta — disse ele. E revelou seus dentes perolados num largo sorriso.

— Onde se meteu Frode? — perguntei novamente.

— Ele teve de sair para respirar um pouco de ar fresco. Isso sempre acontece nesse estágio do jogo do Curinga. Ele fica com tanto medo do que possa vir à tona no jogo, que às vezes faz xixi na calça. E então prefere ir dar uma volta, acho eu.

De repente me senti terrivelmente sozinho em meio a todos os anões daquele salão de festas. Quase nenhum deles estava mais no seu lugar. Por toda a parte aquelas figurinhas coloridas transitavam agitadas como crianças numa grande festa de aniversário. "Será que era de fato necessário convidar o povoado inteiro?", pensei. Olhei para toda aquela agitação à minha volta e entendi que de qualquer forma aquilo não era uma festa de aniversário normal. Parecia mais um grande Carnaval, em que todos tinham se fantasiado de cartas de baralho. E em que todos tinham recebido uma dose de um remédio para encolher, a fim de que coubessem ali dentro. Quanto a mim, eu tinha chegado atrasado demais para a festa e não havia sobrado nenhuma dose desse misterioso remédio.

— O senhor gostaria de experimentar um pouco dessa bebida cintilante? — perguntou o Curinga com um sorrisinho pérfido no canto da boca.

Estendeu o braço me oferecendo uma garrafa, e eu estava tão confuso que a coloquei na boca e bebi um gole. Afinal, um golinho não ia fazer mal nenhum...

Foi um golinho de nada, e apesar disso fui totalmente dominado pelo que engoli. Tudo o que eu já tinha experimentado na minha vida, e muitas outras sensações e gostos com que jamais sonhara, percorreram todo o meu corpo e me arrastaram num vagalhão de prazer. Na pon-

♦

ta de um dedão senti de repente um gosto nítido de morango; numa mecha de cabelo o gosto de pêssego; na outra, de banana. O cotovelo esquerdo foi tomado por um forte sabor de suco de pera, e meu nariz foi inundado pelo cheiro de um perfume estonteante.

Os gostos que eu sentia eram tão bons que por muitos minutos fiquei imóvel. E quando me apercebi de novo da agitação dos anões ao meu redor, pareceu-me que eles eram frutos da minha própria imaginação. Por um momento, tive a sensação de ter me perdido completamente no interior do meu próprio corpo. No momento seguinte, pensei que aquelas criaturas talvez tivessem saído da minha própria imaginação em protesto por terem sido reprimidas por escrúpulos mesquinhos.

Passaram-me ainda pela cabeça muitos outros pensamentos inteligentes e estranhos. Era como se eles fossem sendo arrancados da minha cabeça e eu gostasse da sensação de vê-los sair. Tomei a decisão firme, então, de não abandonar mais aquela garrafa. E quando ela estivesse vazia, eu não mediria esforços para enchê-la novamente. Nada nesse mundo me parecia mais importante do que continuar bebendo aquela bebida cintilante até não mais poder.

— E então... é bom ou ruim? — perguntou o Curinga com um largo sorriso nos lábios.

Só agora eu tinha notado os dentes dele. Mesmo quando sorria, os guizos da sua roupa tilintavam baixinho. Tive a impressão de que cada um dos seus dentinhos estava ligado de alguma forma com um daqueles guizos.

— Vou tomar mais um gole — respondi.

No mesmo instante, Frode entrou às pressas no salão. Atropelou o Dez e o Rei de Espadas antes de conseguir arrancar a garrafa das mãos do Curinga.

— Seu patife! — berrou Frode.

Os anões voltaram os olhinhos rapidamente para a nossa direção, e depois continuaram a dançar e a fazer o barulho que vinham fazendo.

◆

* * *

De repente comecei a sentir um cheiro estranho no livro em miniatura. E logo em seguida senti que a pele de um dos meus dedos estava queimando. Atirei no chão lupa e livrinho, e algumas pessoas que estavam por perto olharam para mim como se eu tivesse sido picado por uma cobra venenosa.

— *No problem!* — disse eu, e apanhei o livro e a lupa do chão.

Acontece que, no sol, a lupa funcionara como uma lente ustória. Abri novamente o livro e vi que a página que eu estava lendo tinha agora uma enorme mancha de queimado. Mas uma outra coisa também tinha sido acesa: um comprido pavio. Não havia mais o que discutir: muito do que estava escrito no livro era um eco das minhas próprias experiências.

Repeti baixinho algumas das frases que os anões tinham dito na ilha:

— Pai e filho procuram bela mulher, que não consegue se encontrar... A lupa se encaixa no pedaço de vidro que falta no aquário... Peixinho não revela segredo da ilha, mas pãozinho sim... A paciência é uma maldição de família...

Não, não havia mais lugar para dúvida: *existia sim* uma misteriosa relação entre minha vida e o livro em miniatura encontrado dentro do pão doce. Eu não tinha a menor ideia de como isso podia ser possível. Uma coisa era certa: não era só a ilha de Frode que era mágica. O pequeno livro também era um escrito mágico.

Por um momento me perguntei se eu mesmo não ia preenchendo o livro com minha própria vida e com as experiências que vinha vivendo. Mas quando o folheei, vi que ele já tinha sido escrito até o fim.

Embora fizesse muito calor, senti de repente um frio muito estranho.

Quando enfim meu pai voltou, saltei da pedra onde estava e lhe fiz umas três ou quatro perguntas sobre a Acrópole e os antigos gregos. Eu simplesmente precisava pensar em alguma outra coisa.

OITO DE OUROS

...somos arrebatados como num passe de mágica e depois novamente abandonados...

No caminho de volta, passamos mais uma vez pela grande entrada da Acrópole. Dessa vez, meu pai ficou um longo tempo parado, olhando a cidade. Mostrou-me uma colina chamada Areópago, onde um dia, muito tempo atrás, o apóstolo Paulo fez um longo discurso aos atenienses sobre um Deus que eles não conheciam e que não morava num templo construído pelas mãos do homem.

Abaixo do Areópago ficava a antiga praça do mercado de Atenas, chamada Agora. Ali, os grandes filósofos tinham caminhado por entre arcadas e colunatas, e tinham pensado sobre o homem e sobre o mundo. Mas onde um dia houve belos templos, quartos de estudo e salas de tribunais, agora só havia ruínas. A única construção que ainda resistia era o antigo templo de Hefaísto, o rei do fogo e das forjas, localizado sobre uma pequena elevação.

— Vamos descer até a praça, Hans-Thomas — disse meu pai. — Sabe, tudo isso é para mim o que Meca é para um muçulmano. A única diferença é que a *minha* Meca está em ruínas.

Pelo seu tom de voz, cheguei quase a acreditar que ele estava com medo de que Agora, a antiga praça de Atenas, fosse decepcioná-lo. Mas quando lá chegamos e andamos um pouco por entre os blocos de mármore das antigas construções era como se ele estivesse andando em plena agitação da antiga cidade-estado, que parecia ter sido trazida de volta à vida só para ele poder desfrutar dela. Na verdade, havia pouquíssimas pessoas passeando por ali. Lá em cima, na Acrópole, os turistas apareciam aos milhares. Na praça do mercado, ao contrário, só de vez em quando aparecia um curinga.

Lembro-me ainda de que naquele momento tive quase a certeza de que o meu pai já tinha andado por aquela praça algum dia, fazia dois mil anos; quer dizer, isso se fosse verdade que uma pessoa possui muitas vidas. É que ele me contava sobre a vida na antiga Atenas como se "lembrasse" como tudo tinha sido naqueles tempos. E minha desconfiança de que ele talvez já tivesse andado por ali se fortaleceu ainda mais quando, de repente, ele parou num determinado ponto, olhou para todas aquelas ruínas e disse:

— Na praia, uma criança constrói um castelo de areia. Por um momento, contempla admirada a sua obra. Depois destrói tudo e constrói um outro castelo. Da mesma forma, o tempo permite que o globo terrestre realize seus experimentos. Aqui nesta praça se escreveu a história do mundo; aqui os acontecimentos foram gravados na memória das pessoas, e depois novamente apagados. Na Terra, a vida pulsa de forma desordenada, até que um belo dia nós somos modelados... com o mesmo e frágil material de nossos antepassados. O sopro do tempo nos perpassa, nos carrega e *se incorpora* a nós. Depois se desprende de nós e nos deixa cair. Somos arrebatados como num passe de mágica e depois novamente abandonados. Sempre há alguma coisa fermentando, à espera de tomar nosso lugar. Isso porque não temos um solo firme sob os nossos pés. Não temos sequer areia sob os pés. Nós *somos* areia.

Fiquei tão chocado com o que ele disse que cheguei a

estremecer. E não apenas com *o que* ele disse mas também com *a forma como* ele disse.

— Não há um lugar onde possamos nos esconder para escapar do tempo — continuou meu pai. — Podemos escapar de reis e imperadores, e talvez até de Deus. Mas não podemos escapar do tempo. O tempo nos enxerga em toda a parte, pois tudo à nossa volta está mergulhado nesse elemento infatigável.

Tive de concordar com o que meu pai dizia. Mas ele estava só no começo de sua longa palestra sobre o tempo e sua ira implacável.

— O tempo não passa, Hans-Thomas, e não é um relógio. *Nós* passamos e são os *nossos relógios* que fazem tique-taque. O tempo vai devorando tudo através da história, silenciosa e inexoravelmente, como o sol se levanta no leste e se põe no oeste. Ele destrói civilizações, corrói antigos monumentos e engole gerações atrás de gerações. Por isso é que falamos dos "dentes da engrenagem do tempo": o tempo mastiga, mastiga... e somos *nós* que estamos no meio de seus dentes.

— Os antigos filósofos discutiam sobre todas essas coisas? — perguntei.

Ele confirmou.

— Por um breve espaço de tempo fazemos parte da extraordinária agitação deste mundo. Andamos pela Terra como se isso fosse a coisa mais evidente do mundo. Você viu como as pessoas se agitam feito formigas lá na Acrópole? Mas toda aquela agitação vai desaparecer. Vai desaparecer e ser substituída por outra, pois sempre há outras pessoas prontas, à espera. Sempre surgem novas ideias. Nenhum tema se repete, nenhuma composição é escrita duas vezes... Nada é tão complicado e tão precioso quanto um ser humano, meu filho. Apesar disso, somos tratados como futilidades baratas!

◆

Achei tão pessimista tudo o que ele dizia que não pude deixar de introduzir um comentário em toda aquela história.

— É tudo realmente tão ruim assim? — perguntei. — Nós...

— Fique quieto! — disse ele, cortando o que eu ia dizer. — Vagamos por esse mundo como personagens de uma aventura maravilhosa — continuou. — Cumprimentamo-nos e sorrimos uns para os outros como se quiséssemos dizer: "Oi, aqui estamos nós vivendo juntos nesse momento! Dentro da mesma realidade... ou da mesma história". Não é inacreditável, Hans-Thomas? Vivemos num planeta no universo. Mas logo seremos varridos do tabuleiro. Abracadabra e... pronto! Desaparecemos.

Olhei-o de soslaio. Não havia outra pessoa no mundo que eu conhecesse melhor do que ele. E ninguém que eu amasse mais do que ele. Mas o modo como eu via meu pai ali parado, os olhos passeando pelos blocos de mármore da antiga praça de Atenas, me dava a sensação de enxergar nele algo de estranho, de desconhecido. Será que não era o meu pai que fazia todo aquele discurso? Será que em algum momento o deus Apolo ou alguma outra divindade não teria passado a usar o meu pai para fazer daquela apresentação a sua própria? Creio que todos esses pensamentos realmente me passaram pela cabeça.

— Se nós vivêssemos em outro século — prosseguiu meu pai —, dividiríamos nossas vidas com outras pessoas. Nesse momento só podemos cumprimentar, sorrir e desejar bom-dia para milhares de nossos contemporâneos: "Ei, você! Que coisa fantástica podermos compartilhar do mesmo tempo!". Talvez algum dia eu esbarre em alguém. E nesse momento eu abra uma porta e diga: "Olá, alma minha!". — Mostrou com ambas as mãos como fazia para abrir a porta da alma. — Estamos vivos, ouviu bem? Mas só por esta vez.

Podemos dizer, de braços abertos, que existimos. Mas logo somos colocados de lado e enfiados no saco das trevas da história. Pois somos criaturas sem retorno. Somos parte de um eterno baile de máscaras, em que os mascarados vêm e se vão. Só acho que mereceríamos coisa melhor, Hans-Thomas. Você e eu mereceríamos ter nossos nomes gravados em alguma coisa eterna, que não fosse apagada como o mar que destrói o castelo de areia.

Sentou-se num bloco de mármore e respirou fundo. Só então entendi que ele devia ter se preparado durante muito tempo para esse discurso que faria aqui, na antiga praça do mercado de Atenas. E na verdade não falava comigo, ou pelo menos não só comigo. Conversava com os grandes filósofos gregos. O discurso do meu pai se dirigia para um passado remoto.

Quanto a mim, apesar de ainda não ser um filósofo feito, achei que tinha o direito de dar a minha opinião. Então, perguntei:

— Você acredita que haja alguma coisa que não possa ser levada como a areia do castelo que a água do mar destrói?

Acho que minha pergunta o tirou de uma espécie de transe, pois só nesse momento ele parecia realmente falar comigo. E só comigo.

— *Aqui* — disse ele, e apontou para sua cabeça. — Aqui dentro tem alguma coisa que não pode ser levada.

Por um momento fiquei com medo de que ele tivesse perdido completamente a razão. Mas ele não estava se referindo apenas à sua própria cabeça.

— O pensamento não pode ser levado, Hans-Thomas. De minha parte, só declamei a primeira estrofe, entende? Os filósofos em Atenas achavam que também há uma coisa que *não* passa. Platão chamava isso de o mundo das ideias. Pois não é o castelo de areia a coisa mais importante na brincadeira da criança. O mais importante é a *imagem* de um castelo de areia que a criança tem na cabeça antes de começar a construir o castelo. Por que outra razão você acha que ela destrói com as mãos o castelo que acabou de construir?

Tive de admitir que entendia a segunda estrofe melhor do que a primeira. Mas então meu pai disse:

— Nunca aconteceu a você de querer desenhar ou construir alguma coisa e não conseguir fazer isso direito? Você tenta mais uma vez, tenta outras vezes, mas nunca dá certo. Isso se explica pelo fato de que a imagem que você tem do que quer fazer sempre é incomparavelmente superior às cópias a que você tenta dar forma com as mãos. E o mesmo ocorre com tudo o que vemos à nossa volta. Trazemos dentro de nós a noção de que tudo o que vemos à nossa volta poderia ser melhor do que é. E sabe por que fazemos isso, Hans-Thomas?

Limitei-me a negar com a cabeça. Meu pai estava tão entusiasmado que apenas sussurrou:

— Porque trazemos em nós todas as imagens do mundo das Ideias. É lá a nossa verdadeira morada, entende? E não aqui embaixo, no meio da areia, onde o tempo apanha e devora tudo o que amamos.

— Quer dizer que existe um outro mundo?

Num tom de mistério, meu pai concordou com a cabeça.

— É lá que estava a nossa alma antes de vir habitar um corpo. E é para lá que ela vai voltar quando o corpo sucumbir à ira do tempo.

— É mesmo?

— Pelo menos era o que achava Platão, um dos maiores filósofos gregos. Nossos corpos têm o mesmo destino dos castelos de areia. Quanto a isso não há o que fazer. Mas temos uma coisa em nós que o tempo não consegue corroer.

E não consegue porque ela não pertence a este mundo. Precisamos voltar nossos olhos para além e para cima do que vemos à nossa volta. Precisamos enxergar aquilo de que tudo à nossa volta é apenas uma imitação.

Eu não tinha entendido tudo o que ele tinha dito, mas entendi que a filosofia era uma coisa grandiosa e que meu pai era um filósofo de verdade. E acreditei ter chegado, eu mesmo, um pouco mais perto dos antigos filósofos gregos. Eles não tinham nos legado muita coisa em termos de bens materiais; mas seus pensamentos continuavam vivos.

No fim meu pai me mostrou onde Sócrates tinha sido encarcerado antes de beber um cálice de cicuta e morrer. Ele tinha sido acusado de corromper a juventude. Na verdade, porém, ele apenas tinha sido o único Curinga de Atenas em sua época.

NOVE DE OUROS

...somos todos da mesma linhagem...

Depois de deixarmos para trás a Acrópole e a antiga praça do mercado, fomos andando por uma estreita rua de comércio até a praça Syntagma, em frente ao prédio do Parlamento. No caminho, meu pai comprou um baralho muito interessante e abriu-o imediatamente para tirar o curinga, antes de me dar o resto das cartas.

Fizemos nossa refeição numa das muitas tavernas que existem na grande praça. Depois de tomar seu café, meu pai disse que não queria perder tempo e que ia fazer algumas averiguações sobre o paradeiro de mamãe. Graças àquela longa peregrinação seguindo as pegadas dos antigos gregos, meus pés estavam exaustos, e por isso meu pai me deixou sentado no café enquanto foi telefonar e fazer uma visitinha a uma agência de modelos que, ao que parecia, não ficava muito longe dali.

Depois que ele se foi, fiquei sentado sozinho no café daquela grande praça movimentada. Decidi fazer um experimento: coloquei todas as cartas do novo baralho sobre a mesa e tentei inventar uma pequena frase para cada carta. Em seguida, tentei pôr as frases numa determinada ordem, de modo a formar uma grande história. Acontece que sem lápis e papel aquela era uma tarefa tão penosa e confusa que desisti depois de algumas tentativas.

◆

Resolvi, então, pegar novamente a lupa e o livrinho e continuar a ler. Tinha certeza de que uma mudança decisiva no curso dos acontecimentos estava para acontecer. Era chegada a hora de o Curinga reunir numa história todas as frases desconexas que os anões tinham inventado. Talvez depois disso eu conseguisse entender melhor a relação entre mim e as coisas estranhas que o padeiro Hans tinha contado a um certo Albert muitos e muitos anos atrás.

A bebida daquela pequena garrafa tinha feito um bem enorme para todo o meu corpo. Senti o chão tremer sob os meus pés. Era como se estivesse de novo no mar.

— Como você pôde oferecer a garrafa a ele? — ouvi Frode perguntar.

E ouvi também o Curinga responder:

— Muito simples: ele me pediu com tanta insistência...

Não estou bem certo se foi mesmo essa a resposta que ele deu, pois nem bem suas palavras entraram pelos meus ouvidos e eu já tinha adormecido. Quando acordei, Frode estava debruçado sobre mim. Percebi que tinha me puxado cuidadosamente para um canto do salão.

— Você precisa acordar! — disse ele. — O Curinga vai começar a resolver o grande mistério!

Dei um salto.

— Que mistério?

— O mistério das cartas. O mistério do jogo do Curinga. Você sabe do que estou falando. Chegou a hora de ele reunir todas as frases para formar uma história.

Percebi, então, que o Curinga havia mandado os anões se posicionarem numa determinada sequência. De novo eles formavam um grande círculo, mas dessa vez os naipes das cartas estavam embaralhados. Em compensação, percebi de imediato que todas as cartas de mesmo número estavam dispostas umas ao lado das outras.

O Curinga subiu novamente na plataforma e sentou-se em seu lugar. Frode e eu fizemos o mesmo.

— Valetes! — gritou o Curinga. — Coloquem-se entre os reis e os anões de número dez. As damas devem ficar entre os reis e os ases. — Coçou duas vezes a cabeça, antes de prosseguir: — Nove de Paus e Nove de Ouros, troquem de lugar.

Com sua densa cabeleira toda embaraçada, Nove de Paus deu uns passos lentos e pesados para a frente e tomou o lugar da frágil Nove de Ouros, que, por sua vez, tomou o lugar de Nove de Paus com seus passos leves e miúdos.

O Curinga fez ainda algumas pequenas correções e depois parecia satisfeito.

— Isso é o que se chama distribuir as cartas — sussurrou Frode, bem ao meu lado. — Primeiro todas as cartas ganham uma frase, um sentido. Depois precisam ser embaralhadas e novamente distribuídas.

Tive dificuldade para entender o que ele disse, pois na barriga da minha perna esquerda senti de repente um gosto forte de limão, ao mesmo tempo que minha orelha esquerda era tomada pelo perfume inebriante de lilases.

— Agora cada um deve repetir novamente a frase que inventou — explicou o Curinga. — Mas só quando as partes estiverem reunidas num todo é que a paciência vai ganhar um sentido. Pois somos todos da mesma linhagem.

Por alguns segundos reinou no salão um silêncio sepulcral. Então o Rei de Espadas perguntou:

— Por favor... e quem de nós deve começar?

— Ele é sempre o mais ansioso — sussurrou Frode.

O Curinga abriu os braços.

— É claro que o início da história define todo o resto — admitiu. — E nossa história começa com... o Valete de Ouros. Por favor, Valete de Ouros, você tem a palavra!

— *Brigue de prata afunda em mar bravio* — disse o Valete de Ouros.

À sua direita estava o impaciente Rei de Espadas. E ele disse:

— *Quem quer entender o destino, tem de sobreviver a ele.*

— Não, não! — gritou o Curinga. — Esse jogo anda no sentido horário. O Rei de Espadas é o último!

Percebi que o rosto de Frode ficou desfigurado de preocupação.

— Era o que eu temia — murmurou ele.

— O quê?

— Que o Rei de Espadas fosse o último.

Não pude fazer nenhum outro comentário ao que ele disse, pois de repente toda a minha cabeça foi inundada por uma onda enorme com gosto de bombom. Na verdade, não era todos os dias que tínhamos balas e doces para comer lá em Lübeck.

— Vamos recomeçar do começo — disse o Curinga. — Primeiro todos os valetes, depois todos os dez, depois os nove, e assim por diante, sempre no sentido horário. Por favor, valetes!

E então, cada valete repetiu sua frase:

— *Brigue de prata afunda em mar bravio. Marujo é jogado em ilha que não para de crescer. Bolso do paletó oculta baralho que iria secar ao sol. Cinquenta e três cartas fazem companhia durante anos para filho do mestre-vidreiro.*

— Assim é melhor — comentou o Curinga. — É assim que começa nossa história. Talvez não seja um começo dos mais grandiosos, mas é um começo. Por favor, anões de número dez!

E as cartas de dez continuaram:

— *Antes de as cartas perderem a cor, cinquenta e três anões são forjados na imaginação do marujo solitário. Figuras estranhas dançam na cabeça do Mestre. Quando o Mestre adormece, os anões ganham vida. Numa bela manhã, rei e valete escapam do cárcere da consciência.*

— Só posso resumir minha satisfação ao ouvir isso numa palavra: bravo! — exclamou o Curinga. — Anões de número nove!

— *Criaturas da imaginação saltam do espaço que cria para o espaço criado. Mágico tira figuras da manga do paletó e elas descobrem que têm vida própria. Criaturas são belas, mas todas perderam a razão, exceto uma. Só o curinga do jogo não se deixa iludir.*

— Que coisa mais verdadeira! Experimentar a verdade é mesmo uma sensação muito solitária... Anões de número oito!

— *Bebida cintilante bloqueia sentidos do Curinga. Curinga cospe bebida cintilante. Sem o soro da mentira, pequeno bobo da corte consegue pensar com clareza. Cinquenta e dois anos depois, neto do náufrago chega ao povoado.*

O Curinga me lançou um olhar que confirmava o que eu ouvia.

— Anões de número sete! — ordenou ele.

— *Verdade está nas cartas. Filho do mestre-vidreiro é logrado pelas criaturas que ele mesmo inventou. Criaturas se rebelam contra o Mestre. Mestre não tarda a morrer pelas mãos dos anões.*

— Ai, ai! Anões de número seis!

— *Princesa do sol encontra caminho para o mar. Ilha mágica é destruída de dentro para fora. Anões têm cartas ruins. Filho do padeiro foge antes de o castelo de cartas ruir.*

— Melhor assim. Anões de número cinco, agora é a vez de vocês! Digam suas frases em voz alta e clara. O menor erro de pronúncia nessas frases tem consequências dramáticas.

O comentário dele sobre as dramáticas consequências de um possível erro de pronúncia me deixou tão confuso que não consegui ouvir a primeira frase.

— *Filho do padeiro foge para as montanhas e se refugia em povoado distante. Padeiro oculta tesouros da ilha mágica. Nas cartas está o que vai acontecer.*

Nesse momento o Curinga aplaudiu freneticamente.

— São verdades incômodas, endereçadas a pessoas diferentes — disse ele. — A vantagem desse jogo é que ele não apenas mostra o que já aconteceu, mas também revela o que vai acontecer. E só estamos na metade da paciência.

Voltei-me para Frode. Ele colocou a mão no meu ombro e sussurrou de forma quase inaudível:

— Ele tem razão, meu filho!

— Do que o senhor está falando?

— Não me resta mais muito tempo.

— Que bobagem! — respondi irritado. — Você não está levando a sério um jogo idiota como esse, está?

— Não é apenas um jogo, meu filho.

— Não vou deixar você morrer! — exclamei com tanta ênfase que alguns anõezinhos do círculo olharam para nós.

— As pessoas velhas têm o direito de morrer, meu jovem. Sabe, é bom saber que virá alguém para continuar nossa obra do ponto em que paramos.

— Na certa também vou acabar aqui nesta ilha — disse eu.

Com a voz suave, o velho me disse:

— Mas será que você não ouviu? *Filho do padeiro foge para as montanhas e se refugia em povoado distante.* Não é você o filho desse padeiro?

O Curinga bateu palmas novamente e todo o salão se encheu com o som dos guizos da sua roupa.

— Silêncio! — ordenou ele. — Vamos continuar: anões de número quatro!

A partir daquele momento, a ideia de que Frode pudesse morrer tomou conta da minha cabeça. Foi por isso que só consegui ouvir o que disseram o Quatro de Paus e o Quatro de Ouros.

— *Povoado acolhe menino abandonado, que perdeu a mãe, vítima de doença. Padeiro lhe oferece bebida cintilante e lhe mostra seus lindos peixes.*

— E agora os anões de número três, por favor!

Preocupado que estava, também só consegui ouvir dois dos quatro três.

— *Marujo se casa com bela mulher, que ganha um menino antes de ir para país no Sul a fim de se encontrar. Pai e filho procuram bela mulher, que não consegue se encontrar.*

Depois que os anões de número três tinham dito suas frases, o Curinga interrompeu novamente o jogo.

— Essa foi uma vaza e tanto! — elogiou ele. — Velejamos agora rumo ao Oriente!

Voltei-me para Frode e vi que seus olhos estavam cheios de lágrimas.

— Não estou entendendo nada! — disse eu, desesperado.

— Psit! — sussurrou Frode. — Preste atenção na história, meu filho!

— Na história?

— Ou no que vai acontecer no futuro, meu jovem. Ele também faz parte da história. Esse jogo nos leva para gerações que estão num futuro distante. É isso o que o Curinga quis dizer quando se referiu a um barco que navega rumo ao Oriente. Não somos capazes de entender tudo o que está nas cartas, mas depois de nós ainda virão outras pessoas.

— Anões de número dois! — disse o Curinga.

Tentei prestar atenção em tudo que se dizia, mas só consegui ouvir três das quatro frases. É que todos aqueles gostos e sabores aparecendo em todas as partes do meu corpo não me deixavam em paz.

— *Anão de mãos frias mostra caminho para povoado distante e dá ao menino do país do Norte uma lupa para a viagem. A lupa se encaixa no pedaço de vidro que falta no aquário. Peixinho não revela segredo da ilha, mas pãozinho sim.*

— Muito elegante! — exclamou o Curinga. — Eu sabia que o negócio da lupa e do pãozinho era uma chave para toda a história... E agora os ases. Princesas, sua vez, por favor!

Também dessa vez só consegui ouvir três das quatro frases.

— *O destino é uma cobra faminta que se engole a si mesma. O que está dentro da caixa revela o que está fora e o que está fora da caixa revela o que está dentro. O destino é uma couve-flor, que cresce por igual em todas as direções.*

— Damas!

Dessa vez foram só duas as frases que consegui ouvir naquele estado em que me encontrava.

— *Homem do pãozinho fala no tubo mágico e sua voz alcança centenas de milhas. Marujo cospe bebida forte.*

— E agora os reis vão concluir a paciência com algumas verdades muito ponderadas — disse o Curinga. — Muito bem, reis! Somos todos ouvidos.

Desta vez consegui prestar atenção em quase tudo. Faltou ouvir apenas o que o Rei de Paus disse.

— *A paciência é uma maldição de família. Há sempre um curinga que não se deixa iludir. Quem quer entender o destino, tem de sobreviver a ele.*

Era a terceira vez que o Rei de Espadas dizia que era preciso sobreviver ao destino para poder entendê-lo. Nesse momento, o Curinga e todos os anões batiam palmas em conjunto.

— Bravíssimo! — exclamou o Curinga. — Todos nós podemos nos orgulhar dessa paciência, pois cada um contribuiu com sua parte para ela.

De novo os anões aplaudiram e o Curinga bateu no peito.

— Honra ao Curinga em seu dia! — exclamou ele. — Pois a ele pertence o futuro!

DEZ DE OUROS

...um homenzinho, que espreitava por detrás de uma banca de jornais...

Quando tirei os olhos do livro, meus pensamentos eram como as águas de um rio que corre desenfreado. Ali, na grande praça Syntagma de Atenas, onde os gregos transitavam à minha volta com jornais e pastas de executivos, uma coisa tinha ficado perfeitamente clara para mim: o livro encontrado no pãozinho doce era uma espécie de oráculo, que relacionava a viagem que eu fazia com os acontecimentos ocorridos cento e cinquenta anos atrás na ilha mágica.

Folheei as páginas que já tinha lido. Embora o padeiro Hans não tivesse ouvido a profecia inteira, havia agora uma clara relação entre muitas frases: "Filho do padeiro foge para as montanhas e se refugia em povoado distante. Padeiro oculta tesouros da ilha mágica. Nas cartas está o que vai acontecer. Povoado acolhe menino abandonado, que perdeu a mãe, vítima de doença. Padeiro lhe oferece bebida cintilante e lhe mostra seus lindos peixes...".

Estava claro que o filho do padeiro era o padeiro Hans, algo que o próprio Frode já tinha entendido. O povoado distante devia ser Dorf, e o menino que tinha perdido a mãe vítima de uma doença só podia ser Albert.

O padeiro Hans não tinha ouvido as frases de dois anões de número três. Mas se eu juntasse as outras duas com as frases dos anões de número dois, que ele tinha ouvido, também conseguia formar um sentido: "Marujo se casa com bela mulher, que ganha um menino antes de ir para país no Sul a fim de se encontrar. Pai e filho procuram bela mulher, que não consegue se encontrar. Anão de mãos frias mostra caminho para povoado distante e dá ao menino do país do Norte uma lupa para a viagem. A lupa se encaixa no pedaço de vidro que falta no aquário. Peixinho não revela segredo da ilha, mas pãozinho sim".

Todas essas frases tinham uma clara relação entre si. Mas havia também muitas outras que eu não entendia: "O que está dentro da caixa revela o que está fora e o que está fora da caixa revela o que está dentro. Homem do pãozinho fala no tubo mágico e sua voz alcança centenas de milhas... Marujo cospe bebida forte...".

Uma coisa era certa: se a última frase significava que o meu pai não iria mais encher a cara todas as noites, tanto ela quanto a antiga profecia teriam ido fundo nas coisas importantes da minha vida.

O problema era que o padeiro Hans só tinha ouvido bem quarenta e duas frases. No final do jogo, principalmente, ele tinha tido dificuldades para se concentrar. O que, aliás, não era de admirar, pois à medida que o jogo do Curinga se desenvolvia, ele ia se afastando mais e mais no tempo. Todas aquelas frases devem ter soado muito nebulosas aos ouvidos de Frode e do padeiro Hans. E é mais difícil lembrarmos de coisas que a gente não entendeu que de coisas que ficaram claras para nós.

Mesmo hoje, a antiga profecia continuaria misteriosa e sem sentido para qualquer outra pessoa. Mas não para mim, pois eu sabia quem era o anão de mãos frias. E eu — só eu — tinha a lupa. Além de mim, ninguém mais poderia entender como um pãozinho seria capaz de revelar o mistério da ilha.

Fiquei um pouco irritado com o fato de o padeiro Hans

não ter prestado mais atenção no que ouvia. Só porque ele teve dificuldade para se concentrar, uma grande parte da antiga profecia permaneceria um tesouro oculto para todo o sempre. E justamente a parte da profecia que tratava do meu pai e de mim. Eu tinha certeza de que os anões também tinham dito se iríamos encontrar mamãe e se ela voltaria conosco para a Noruega.

Enquanto continuava sentado folheando o meu livro, percebi de repente um homenzinho, que espreitava por detrás de uma banca de jornais. A princípio, pensei que fosse uma criança brincando de me observar às escondidas; mas logo vi que de novo era o anão do posto de gasolina. Só o vi por um breve instante, depois ele desapareceu.

De novo fiquei paralisado de medo, mas dessa vez comecei a pensar no seguinte: por que eu tinha tanto medo desse anão? Era óbvio que ele estava me seguindo, mas isso não queria necessariamente dizer que ele tivesse más intenções. Talvez ele também conhecesse o mistério da ilha mágica. Sim... talvez ele tivesse me dado a lupa e me mandado para Dorf porque queria que eu lesse o livrinho. Se isso fosse verdade, não seria de admirar que ele quisesse saber o que aconteceria comigo dali por diante. Afinal, histórias como essa a gente não encontra todos os dias.

Lembrei-me da brincadeira que o meu pai tinha feito: para ele, o anão provavelmente seria um ser artificial, criado por um mago judeu muitos anos atrás. É claro que ele não tinha falado sério, mas se isso fosse mesmo verdade, então podia ser até que o anão tivesse conhecido Albert e o padeiro Hans pessoalmente.

Não pude continuar pensando sobre isso nem lendo, pois nesse momento vi o meu pai atravessando a praça todo apressado. Dava para ver que era ele, pois estava acima da média de estatura das pessoas por ali. Rapidamente coloquei o livrinho no bolso.

— Demorei muito? — perguntou, quase sem fôlego.

Neguei com a cabeça e decidi, em silêncio, que não lhe diria nada sobre o reaparecimento do anão. No fundo, o fato de estarmos sendo seguidos por um anão não passava de um detalhe pouco importante, se comparado com tudo o que eu acabara de ler.

— O que você ficou fazendo todo esse tempo? — perguntou meu pai.

Mostrei-lhe as cartas sobre a mesa e disse que tinha ficado jogando paciência. Logo apareceu o garçom querendo cobrar o último refrigerante que eu tinha tomado.

— *It's very small!* — disse ele.

Meu pai fez uma expressão de quem não entendeu nada, mas eu entendi na hora que ele se referia ao livrinho. Tive medo de precisar dar alguma explicação a meu pai; por isso tirei a lupa do bolso, mostrei-a ao garçom e disse:

— *It's very smart.*

— *Yes, yes!* — disse ele.

Mais uma vez eu tinha conseguido me safar.

Quando deixamos o café, eu disse ao meu pai:

— Estive analisando as cartas com a lupa para ver se há nelas algo mais do que a gente pode ver a olho nu.

— E o que você descobriu? — perguntou meu pai.

— Se você soubesse...! — respondi, em tom de mistério.

VALETE DE OUROS

...toda a sua vaidade se resumia ao seu desejo de ser um curinga...

De volta ao nosso quarto de hotel, perguntei ao meu pai se ele tinha conseguido descobrir alguma coisa sobre o paradeiro de mamãe.

— Estive com um agente que trabalha com modelos — disse ele. — Ele me assegurou que em toda a Atenas não há nenhuma modelo de nome Anita Tørå. Ele disse que conhece todas as modelos que trabalham aqui, pelo menos todas as estrangeiras.

Devo ter feito a expressão de uma criança que há muito quer comer um doce, mas justamente na hora que vai mordê-lo, alguém vem e lhe rouba o doce tão sonhado. Meus olhos ficaram pesados de lágrimas. Talvez tenha sido por isso que meu pai se apressou em completar:

— Então eu lhe mostrei a foto da revista de moda e o homem a reconheceu na mesma hora. Ele me disse que aqui em Atenas ela usa o nome artístico de Sol Strand. E disse também que há anos ela é uma das modelos mais solicitadas de Atenas.

— E o que mais? — perguntei.

Ele abriu os braços e disse:

— Vou telefonar para ele amanhã depois do almoço.

— Só isso?

— Só. Até lá só nos resta esperar, Hans-Thomas. Bem,

que tal irmos nos sentar lá no terraço da cobertura? Amanhã vamos até Pireu, o porto de Atenas. Lá também tem telefone.

Como ele falou em terraço da cobertura, não pude deixar de pensar numa coisa de que já tínhamos falado. Primeiro reuni coragem e depois disse:

— Tem mais uma coisa.

Meu pai me olhou como quem não sabia do que eu estava falando. Ou será que ele já sabia aonde eu queria chegar?

— Você me pediu um tempo para refletir sobre alguma coisa. E nós combinamos que você iria refletir logo sobre ela.

Ele tentou sorrir naturalmente, mas a coisa saiu meio forçada.

— Ah, é isso? — disse. — Como eu te disse, Hans-Thomas, estou pensando sobre o assunto. Mas hoje foi um dia daqueles, não foi? Estou exausto...

Foi então que tive uma ideia. Fui até a mala dele e encontrei uma garrafa de aguardente no meio de meias e camisetas. Sem hesitar um segundo, levei a garrafa até o banheiro e despejei toda aquela porcaria na privada. Até ele vir atrás de mim e entender o que eu tinha feito, não lhe restaria outra alternativa senão debruçar-se sobre o vaso sanitário e tentar beber as últimas gotas daquela droga antes de eu puxar a descarga. Por sorte, porém, ele ainda não estava tão dependente assim da bebida a ponto de fazer uma coisa dessas. Quando me viu, tive a impressão de que ele ainda não tinha decidido se iria rugir feito um tigre ou abanar o rabinho como um cachorrinho de estimação. Finalmente ele disse:

— O. k., Hans-Thomas. Você ganhou.

Saímos do banheiro e nos sentamos à janela do quarto.

Eu olhando para o meu pai, meu pai olhando para a Acrópole.

— Bebida cintilante bloqueia sentidos do Curinga — eu disse.

Confuso, meu pai olhou para mim.

— O que foi que você disse, Hans-Thomas? Será que você ainda está sob o efeito do martíni de ontem?

— Claro que não. Só estou querendo dizer que um curinga de verdade não toma bebida alcoólica. Pois sem a bebida alcoólica o curinga pensa de forma mais clara.

— Você não anda muito bom da cabeça — disse ele. — Deve ser hereditário...

Eu sabia que o tinha atingido no seu ponto mais fraco, pois toda a sua vaidade se resumia ao seu desejo de ser um curinga. Apesar disso, eu não tinha muita certeza de que seu pensamento não estava ainda naquela bebida barata que corria agora pela rede de esgoto. Não perdi tempo e disse:

— E então? Vamos lá para o terraço? O que você me diz de experimentarmos todo o estoque de refrigerantes e refrescos que eles têm? Você pode beber coca-cola ou seven-up, suco de laranja, de tomate ou de pera. Ou você prefere experimentar tudo de uma só vez? Você pode encher o seu copo com cubos de gelo bem refrescantes e mexer com uma colherinha comprida...

— Muito obrigado. Já chega... — disse ele, interrompendo minhas sugestões.

— Mas nós fizemos um trato, certo? — insisti.

— *Yes, sir.* E um velho marujo jamais volta atrás no que diz.

— Legal! Como recompensa, vou te contar uma história incrível...!

Subimos para a cobertura e nos sentamos na mesma mesa da tarde anterior. Depois de um tempo, apareceu o mesmo garçom e eu lhe perguntei em inglês o que havia de refrigerante e suco para beber. Acabamos pedindo dois copos de suco e quatro garrafas de coisas diferentes. O sujeito sacudiu a cabeça e resmungou alguma coisa sobre álcool demais num dia e água mineral demais no outro. Ao que meu pai explicou que uma coisa compensava a outra e que dessa forma ficava provado que ainda podia haver justiça nos lugares mais improváveis. Depois que o admirado garçom foi buscar nossas bebidas, meu pai disse:

— Muito bem, Hans-Thomas, aqui estamos nós nessa enorme cidade querendo encontrar uma formiguinha determinada no meio de todo esse imenso formigueiro.

— Só que estamos procurando justamente a rainha — disse eu e, modéstia à parte, achei minha resposta muito boa.

Meu pai deve ter achado a mesma coisa, pois abriu um largo sorriso de uma orelha a outra e disse:

— E esse formigueiro é tão organizado que realmente é possível encontrar a formiga número três milhões duzentos e trinta e oito mil e novecentos e cinco.

E é claro que ele não pôde deixar de filosofar um pouco sobre o que acabara de dizer:

— De fato, Atenas não passa de uma pequena ramificação de um formigueiro muito maior, onde vivem cinco bilhões de formigas. E quase sempre podemos encontrar uma formiga determinada no meio dessas cinco bilhões. Basta tirarmos o fone do gancho e discar um número. Pois nesse planeta há muitos bilhões de telefones, Hans-Thomas. A gente encontra telefone lá no alto dos Alpes e lá embaixo, na selva africana. No Alasca e no Tibete... e você pode chegar a todos esses lugares com o aparelho que está no seu quarto.

Ao ouvir isso, não consegui deixar de dar um salto da cadeira em que estava.

— Homem do pãozinho fala no tubo mágico e sua voz alcança centenas de milhas — sussurrei, mal cabendo em mim de tanta excitação.

De repente eu tinha entendido o que significava essa frase no jogo do Curinga.

Meu pai suspirou resignado.

— O que significa isso agora? — perguntou.

Eu não sabia o que responder. Só sabia que *precisava* dizer alguma coisa.

— Quando você falou em Alpes, eu me lembrei do padeiro que me deu pãozinho doce e refresco no pequeno povoado onde paramos para descansar. Eu vi que ele também tinha um telefone. E só agora entendi que de lá do alto dos Alpes ele pode falar com pessoas em todas as partes do mundo. Só precisa chamar a central de informações para descobrir o número do telefone de cada pessoa que existe na face da terra.

Meu pai não me pareceu muito satisfeito com a resposta, pois ficou um tempão olhando para a Acrópole sem dizer palavra.

— Pelo menos não se pode dizer que você não gosta de filosofar — disse ele finalmente.

Concordei. Eu estava cheio até a boca com tudo o que tinha lido no livrinho, a ponto de aos poucos ir ficando difícil guardar tudo aquilo só para mim.

Quando a noite caiu sobre Atenas e a iluminação artificial da Acrópole foi acesa, eu disse:

— Eu prometi que iria te contar uma história incrível.

— Vamos lá! — disse ele.

E comecei. Contei-lhe um monte de coisas que tinha lido no livrinho. Falei de Albert e do padeiro Hans, de Frode e das cartas do baralho na ilha mágica. Apesar de ter dito tudo isso, achei que não havia quebrado a promessa que tinha feito ao velho padeiro em Dorf, pois contei tudo como se tivesse acabado de inventar aquela história. Em algumas passagens, tive de florear um pouco e tomei muito cuidado para não mencionar o livrinho encontrado dentro do pão.

Meu pai estava visivelmente impressionado.

— Puxa vida... o que não te falta é imaginação, Hans-Thomas — disse ele. — Talvez você não devesse se tornar um filósofo. Talvez fosse melhor você experimentar escrever para ver como se sairia como escritor.

Mais uma vez eu colhia os louros por alguma coisa a que não tinha direito.

Naquela noite, quando fomos dormir, fui o primeiro a cair no sono. Fiquei um bom tempo acordado na cama, antes de conseguir adormecer, mas meu pai ficou mais tempo acordado ainda. A última coisa de que me lembro é que o vi levantar-se e ir até a janela.

Quando acordei na manhã seguinte, meu pai continuava dormindo. Ele parecia um urso que tinha acabado de entrar no seu período de hibernação.

Peguei a lupa e o livrinho e comecei a ler o que tinha acontecido na ilha mágica depois do grande jogo do Curinga.

DAMA DE OUROS

...então o pequeno clown *não se conteve e desandou a chorar...*

Depois de o Curinga ter proferido aquelas palavras solenes em honra de si mesmo, o círculo de anões se desfez e o Carnaval recomeçou. Alguns se serviam das fruteiras abarrotadas, outros tomavam a bebida cintilante e anunciavam em altos brados os gostos que sentiam.

— Mel!

— Lavanda!

— Amoras-do-mato!

— Nabo anelado!

— Gramíneas!

Frode olhou para mim. Embora fosse um homem de muita idade, com cabelos brancos e profundos sulcos no rosto, seus olhos ainda brilhavam como pedras preciosas. Ao constatar isso, não pude deixar de pensar em algo que já tinha ouvido muitas vezes na minha vida: os olhos são o espelho da alma.

Depois o Curinga bateu palmas novamente para chamar a atenção de todos.

— Dá para vocês verem a profundidade desse jogo do Curinga? — perguntou ele aos presentes.

Como ninguém lhe respondeu, começou a agitar os braços com impaciência.

— Dá para entender agora que Frode era o marujo que trazia o baralho no bolso e que as cartas do jogo somos nós? Ou será que, mesmo sabendo, vocês continuam tão dispostos quanto antes a continuar com esse jogo?

Pela expressão e pelo comportamento dos anões da festa dava para ver que eles não estavam entendendo nada do que dizia o pequeno bobo da corte. E também pareciam não estar muito interessados no assunto.

— Mas vejam só que sujeito mais barulhento! — reclamou a Dama de Ouros.

— Sim... ele é realmente insuportável — concordou um anão de espadas.

O pequeno Curinga parecia muito infeliz.

— Será que ninguém está entendendo? — repetiu ele. Ele estava tão tenso que seus guizos continuavam a tilintar mesmo quando ele tentava ficar quieto na cadeira.

— Não! — respondeu em uníssono um coro de anões.

— Será que vocês não entendem que Frode nos fez a todos de bobos? E que o único que não se deixou iludir fui eu?

Nesse momento, muitos anões taparam os ouvidos com as mãos e alguns chegaram mesmo a fechar os olhos também. Outros beberam rapidamente um gole de bebida púrpura. Todos pareciam não querer fazer o menor esforço para entender o que o Curinga dizia.

O Rei de Espadas pegou uma garrafa de bebida cintilante e, estendendo o braço em direção ao Curinga, que continuava sobre a plataforma, ofereceu-a a ele e perguntou:

— Nós viemos aqui para beber ou para adivinhar enigmas?

— Nós viemos aqui para ouvir a verdade — respondeu o Curinga.

Frode segurou no meu braço e me sussurrou ao ouvido:

— É difícil dizer o que vai sobrar do que criei nesta ilha depois que tudo isto aqui terminar.

— Você quer que eu faça alguma coisa para impedi-lo de continuar? — perguntei.

♦

Frode sacudiu a cabeça.

— Não, não. Agora a paciência precisa seguir suas próprias regras.

No momento seguinte, o Valete de Espadas deu um salto à frente e arrancou o Curinga de sua poltrona. Atirou-se sobre ele e os outros valetes vieram em sua ajuda. Três deles seguraram bem firme o pequeno bobo, enquanto o outro, o Valete de Paus, tentava enfiar na boca do Curinga o gargalo de uma garrafa cheia de bebida púrpura. Mas o Curinga resistia com todas as suas forças, contorcia-se feito uma cobra e sempre cuspia o que os valetes queriam lhe empurrar goela abaixo. Depois de muita luta, o Curinga acabou conseguindo se livrar dos quatro valetes.

— Curinga cospe bebida cintilante! — exclamou ele, limpando os cantos da boca. — Sem o soro da mentira, pequeno bobo da corte consegue pensar com clareza!

E dizendo isso, arrancou a garrafa das mãos do Valete de Paus e atirou-a com tanta força no chão que ela se partiu em mil pedaços. Depois saiu feito um louco desembestado em direção às mesas e, como se possuído por uma força brutal, começou a quebrar copos, garrafas e garrafões, fazendo voar cacos em todos os sentidos. Foi uma verdadeira chuva de estilhaços e cacos de vidro; curiosamente, porém, nenhum dos anões parecia se machucar. Só Frode levou um pequeno arranhão numa das mãos. Vi quando do corte saiu uma gota de sangue.

Quando o Curinga terminou, a bebida púrpura estava toda esparramada no chão, formando poças grandes e grudentas. Alguns anões de números dois e três ajoelharam-se no chão e tentaram lamber o líquido cintilante das poças, apesar dos afiados cacos de vidro que estavam por toda a parte. A cada lambida, a boca dos anões ficava cheia de estilhaços de vidro, mas eles os cuspiam e a impressão que eu tinha era que eles nunca se machucavam. Esses anões estavam visivelmente fora de si, mas também havia outros que, irados, observavam estarrecidos toda aquela cena.

Foi então que o Rei de Espadas tomou a palavra.

— Valetes! — exclamou. — Ordeno-vos que decepeis a cabeça desse louco!

No mesmo instante os valetes sacaram suas espadas das bainhas e marcharam em direção ao Curinga.

Achei que não podia mais continuar impassível diante de tudo o que estava acontecendo, mas quando quis me levantar, senti que uma forte mão me deteve.

Havia uma expressão de desespero no pequeno rosto do Curinga.

— Só existe um Curinga... — murmurou ele. — Não há ninguém... ninguém mais...

Então o pequeno *clown* não se conteve e desandou a chorar.

Os valetes recuaram e mesmo os anões, que até então tinham ficado de olhos e ouvidos tapados a tudo o que acontecia, olharam assustados para o Curinga. Já estavam acostumados com toda a sorte de travessuras e momices daquele brincalhão, mas pelo visto era a primeira vez que o viam chorar.

Percebi que os olhos de Frode também se encheram de lágrimas. E nesse momento entendi que nenhuma de suas criaturas lhe dizia tanto ao coração quanto aquele pequeno amotinador. Ele tentou colocar o braço sobre os ombros do Curinga.

— Mas, mas... — disse Frode, num tom consolador. Indignado, o Curinga afastou o braço de Frode, recusando a sua ajuda.

O Rei de Copas deu um passo à frente e exclamou:

— Devo lembrar-vos de que é terminantemente proibido decepar cabeças que choram.

— Oãçidlam! — exclamou o Valete de Espadas.

E o Rei de Copas continuou:

— Além disso, há uma regra muito antiga segundo a qual uma cabeça só pode ser decepada depois de ter dito tudo o que queria. E para completar, nem todas as cartas estão sobre a mesa. Ordeno-vos, portanto, que ponhais o Curinga sobre a mesa antes que nós lhe decepemos a cabeça.

— Muito obrigado, meu caro rei! — soluçou o Curinga. — O senhor é o único em toda essa paciência que possui treze bons corações.

Os quatro valetes ergueram o Curinga e o puseram sobre uma mesa. E assim como foi colocado — deitado de costas, as mãos cruzadas atrás da cabeça e as pernas também cruzadas —, ele fez um discurso aos anões que se amontoaram ao seu redor.

— Fui o último a chegar a este povoado — começou. — E todos sabem que eu era diferente de todos vocês. Por isso, a maior parte do tempo eu passava sozinho.

Alguma coisa fez com que os anões prestassem atenção nas suas palavras sem dar um pio. Talvez porque, apesar de tudo, eles sempre tivessem vivido intrigados com a questão de saber por que o Curinga era diferente de todos.

— Minha casa é em lugar nenhum — prosseguiu ele. — Não sou de copas, nem de ouros, nem de paus, nem de espadas. Também não sou rei ou valete, nem oito, nem ás. Aqui estou eu, um simples curinga. E tive de descobrir sozinho o que é ser um curinga. Toda vez que mexo a cabeça, meus guizos tilintam e me lembram de que não tenho família, de que sou sozinho. Não tenho um número nem um ofício. Não domino a arte de soprar vidro dos anões de ouros, nem a arte da panificação dos anões de copas; a mim me faltam as mãos habilidosas para lidar com a terra, como as dos anões de paus, e também a força muscular dos anões de espadas. Assim, tudo o que sempre fiz foi andar por aí observando tudo o que os outros faziam. Em contrapartida, pude ver um monte de coisas para as quais todos os outros sempre foram cegos.

Enquanto falava, o Curinga mexia o pezinho da perna

cruzada e seus guizos tilintavam bem baixinho a cada movimento.

— Toda manhã vocês se levantavam e saíam para o trabalho. Na verdade, porém, vocês nunca estiveram de fato acordados. Pode ser que vocês tenham visto o sol, a lua e as estrelas no céu, e também tudo o que existe e se move sobre a terra... mas vocês nunca viram todas essas coisas como elas *realmente* são. No caso do curinga é diferente, pois ele veio ao mundo com o defeito de ver coisas demais e de ver todas elas em profundidade!

— Então desembucha de uma vez, seu idiota! — interrompeu-o a Dama de Ouros. — Se você viu alguma coisa que nós não vimos, vá dizendo logo o que é!

— *Eu vi a mim mesmo!* — exclamou o Curinga. — Eu vi a mim mesmo errando por um imenso jardim cheio de arbustos e árvores.

— Você consegue ver a si mesmo do alto? — deixou escapar Dois de Copas. — Será que os seus olhos têm asas como os pássaros?

— No fundo eles têm, sim. Pois não basta ficar se olhando o tempo todo num pequeno espelho, como as quatro damas aqui do povoado gostam tanto de fazer. Elas estão tão preocupadas com sua aparência que não se dão conta de que vivem.

— Jamais ouvi tamanho atrevimento — comentou a Dama de Ouros, indignada. — Por quanto tempo esse louco vai poder continuar falando essas asneiras?

— A questão é que eu não apenas vejo todas essas coisas — prosseguiu o Curinga. — Eu também as *sinto.* Sinto que sou... bem, que sou uma criatura vi... uma criatura viva... uma criatura muito estranha, com pele, cabelos e tudo... uma marionete viva... robusto como um boneco de borracha. "Mas de onde veio este homem de borracha?", eu me pergunto.

— Vamos deixar que ele continue falando essas coisas? — quis saber o Rei de Espadas.

O Rei de Copas fez que sim com a cabeça.

— Estamos vivos! — exclamou o Curinga, e estendeu com tanta força os braços que os guizos de sua roupa tilintaram estridentes. — Vivemos uma aventura maravilhosa aos olhos de um céu maravilhoso! Coisa estranha, misteriosa... podem acreditar! Vira e mexe dou um beliscão no meu braço para ver se tudo isso é verdade...

— E dói? — perguntou Três de Ouros.

— Agora, cada vez que ouço um dos meus guizos, sinto que estou vivo. E eles tilintam, como vocês todos sabem, ao menor dos meus movimentos.

Ergueu um braço e agitou-o com tanta força que os anões da fileira da frente recuaram, assustados.

O Rei de Ouros pigarreou e perguntou:

— Você também descobriu de onde vem o homem de borracha?

— Está aí uma coisa que vocês mesmos adivinharam — respondeu o Curinga. — Cada um solucionou uma pequena parte do enigma. Isso porque quando se tem pouca massa encefálica é preciso juntar várias cabeças para se conseguir pensar um pensamento, por mais simples que ele seja. E essa cabeça fraca é resultado apenas do exagero de bebida púrpura. Eu vos digo que eu, o Curinga, sou mesmo uma marionete muito esquisita; mas todos vocês são tão esquisitos quanto eu. Só que vocês não conseguem ver isso por vocês mesmos. E também não dá para *sentir* isso quando se toma bebida púrpura demais, pois a gente fica completamente tomado pelo gosto de mel, lavanda, amoras-do-mato, nabos anelados e gramíneas. Quando isso acontece, a gente tem a impressão de formar uma coisa só com o jardim à nossa volta, e o resultado é que não conseguimos mais sentir que *vivemos nossa própria vida* no interior desse jardim. Pois quem tem o mundo inteiro na cabeça acaba se esquecendo de que possui uma boca. E quem sente todos os gostos do mundo nos braços e nas pernas se esquece de que é uma marionete cheia de mistérios. Eu, este Curinga que vos fala, tentei por várias e várias vezes contar-lhes a verdade, mas vocês não tinham ouvidos para ouvir. Ou melhor: ouvidos vocês tinham, mas os canais de audição estavam entupidos de maçãs e peras, morangos e bananas. Está certo que vocês tinham olhos para ver, mas de que adianta ter olhos se eles só veem copos, garrafas e garrafões? Ouçam bem o que vos digo, pois só o Curinga conhece a verdade.

Admirados, os anões trocavam olhares cheios de indagações.

— De onde vem o homem de borracha? — perguntou novamente o Rei de Copas.

— Somos frutos da imaginação de Frode — disse o Curinga abrindo os braços. — Um dia, porém, as criaturas da imaginação de Frode se tornaram tão vivas que conseguiram escapar de sua cabeça. "Mas isso é impossível!", eu me dizia. "Tão impossível quanto o sol e a lua", eu me respondia. Só que o sol e a lua também são verdadeiros.

Os anões no salão voltaram seus olhos cheios de dúvidas e perguntas para Frode e o velho homem segurou no meu pulso.

— Mas isso não é tudo — continuou o Curinga. — "Quem é Frode, Curinga?", eu me perguntava. "Ele também é uma marionete cheia de mistérios", eu me respondia. Uma marionete cheia de vida aos olhos de um céu misterioso. Um homem solitário nesta ilha mas que na verdade pertence a um outro jogo. Uma carta de um outro jogo. E não se sabe a quantidade de cartas que tem esse jogo. E nem quem distribui essas cartas. O Curinga só sabe de uma coisa: Frode também é uma marionete, que um belo dia descobriu que tinha vida própria. "De que cabeça essa marionete escapou?", pergunto. E assim vou perguntando, perguntando... até um dia encontrar uma resposta.

Foi como se os anões acordassem de um longo sono. Dois e Três de Copas foram buscar vassouras e começaram a varrer o chão do salão. Os quatro reis formaram um pequeno círculo, colocando os braços sobre os ombros uns dos outros. E ficaram assim, confabulando sobre alguma coisa, até que o Rei de Copas virou-se para o Curinga e disse:

— É com profundo pesar que os quatro reis do povoado chegaram à conclusão de que o pequeno Curinga está dizendo a verdade.

— Pesar por quê? O que há de tão triste no fato de eu dizer a verdade? — perguntou o Curinga, que continuava em cima da mesa.

Desta vez foi o Rei de Ouros quem tomou a palavra:

— De fato *é* muito triste saber que o Curinga nos disse a verdade — disse ele. — Pois isso significa que o Mestre tem de morrer.

— E por que o Mestre tem de morrer? — perguntou o Curinga. — Sempre é preciso cantar a regra antes de cortar o monte de cartas.

O Rei de Ouros respondeu-lhe:

— Enquanto Frode circular pelo povoado, sua presença vai nos lembrar de que somos criaturas artificiais. É por isso que ele deve morrer pela espada dos valetes.

Nesse momento o Curinga desceu da mesa. Olhou primeiro para Frode e depois voltou-se para os reis:

— Não é bom que criador e criatura convivam tão próximos um do outro, pois é grande o perigo de um acabar enervando o outro. Por outro lado, também não podemos censurar Frode por ter uma imaginação tão viva. Não há o que ele possa fazer se as criaturas que criou na sua rica imaginação acabarem por se declarar independentes.

O Rei de Paus ajeitou a coroa na cabeça e disse:

— Cada qual pode imaginar o que quiser. Mas ele tem o dever de advertir as criaturas de sua imaginação para o fato de elas *serem* criaturas da imaginação. Caso não o faça, ele as estará enganando... e, nesse caso, as criaturas que ele imaginou têm o direito de matá-lo.

Lá fora, o sol desapareceu por detrás de uma grande nuvem e todo o salão mergulhou subitamente numa penumbra.

— Vocês ouviram o que dissemos, valetes? — perguntou o Rei de Espadas. — Ordeno-vos, portanto, que decepeis a cabeça do Mestre!

Ao ouvir isso, dei um salto da minha cadeira. No mesmo instante, porém, o Valete de Espadas apontou para Frode e para mim e disse:

— Não é necessário, Majestade, o mestre Frode já está morto!

Virei-me para o lado. Frode havia deslizado de sua poltrona e jazia no chão, sem vida. Não era a primeira vez que eu via um morto. E eu sabia que nunca mais veria aquele brilho nos olhos de Frode.

Senti o vazio e a solidão mais profundos que alguém é capaz de sentir. De repente, lá estava eu: completamente sozinho na ilha misteriosa. À minha volta agitava-se um jogo de cartas vivas... mas nenhum, nenhum dos anões daquelas cartas era uma pessoa como eu.

Os anões formavam agora um círculo bem apertado ao redor de Frode. Seus semblantes pareciam vazios... mais vazios ainda do que no dia anterior, quando eu chegara ao povoado. Percebi que Ás de Copas sussurrou alguma coisa ao ouvido do Rei de Copas. Depois, correu em direção à porta e desapareceu.

— Estamos agora sobre nossas próprias pernas — disse finalmente o Curinga. — Pois Frode está morto e foram suas próprias criaturas que o mataram.

Eu estava tão triste, mas também tão furioso, que agarrei o Curinga com ambas as mãos e o chacoalhei. Seus guizinhos tilintaram histericamente, como se protestassem contra aquilo.

— *Você* o matou! — gritei. — Foi você quem roubou a

bebida púrpura da casa dele e revelou o mistério das cartas!

Coloquei-o no chão e ouvi o Rei de Espadas dizer:

— Nosso convidado diz a verdade e por isso é nosso direito decepar a cabeça do bobo. Só vamos nos ver livres de quem nos enganou quando eliminarmos também o seu bobo da corte. Valetes! Ordeno-vos que decepeis imediatamente a cabeça desse amotinador!

Soltei o Curinga e ele fugiu. Só precisou empurrar para o lado alguns anões de número sete e oito, e logo já tinha atravessado a porta da rua, como pouco antes fizera Ás de Copas. Eu sabia que também já estava mais do que na hora de sumir dali. Saí correndo atrás do Curinga e ganhei a rua. A luz do sol naquele fim de tarde encobria as pequenas casas do povoado como uma manta amarela. Olhei à minha volta, mas não consegui ver nem o Curinga nem Ás de Copas.

REI DE OUROS

...a gente deveria usar um sino amarrado no pescoço...

Um pouco antes da morte de Frode, meu pai já tinha começado a se mexer na cama. Mas eu estava tão curioso para saber o desfecho da festa do Curinga que simplesmente não consegui pôr o livro de lado. Só quando o meu pai começou a resmungar umas coisas é que coloquei o livrinho depressa no bolso da calça.

— Você dormiu bem? — perguntei, quando ele se sentou na cama.

— Fabulosamente bem — respondeu ele bocejando e com os olhos arregalados. — E acho que sonhei uma coisa muito estranha.

— Conte! — pedi.

Ele continuou sentado na cama. Acho que estava com medo de esquecer o que tinha sonhado quando colocasse os pés no chão.

— Sonhei que as pessoas eram como aqueles anões de que você falou lá no terraço da cobertura. Mas apesar de todos eles serem vivos, só você e eu ficávamos admirados desse fato. E também havia no sonho um médico velho que descobriu de repente que todos os anões traziam uma pequena etiqueta debaixo da unha do dedão do pé. Essa etiqueta só podia ser vista com uma lupa, ou então com a ajuda de um microscópio. E em cada etiqueta havia o símbolo

♦

de uma carta de baralho e um número que ia de um até muitos milhões. Um anão tinha o símbolo de copas e o número setecentos e vinte e oito mil novecentos e sessenta e quatro; um outro o símbolo de paus e o número sessenta mil cento e quarenta e três; um terceiro o símbolo de ouros e o número dois mil seiscentos e cinquenta e nove. Depois de uma espécie de recenseamento populacional, ficou provado que não havia dois anões com o mesmo número. A humanidade inteira se transformou numa espécie de jogo de paciência. Mas então, e agora vem o mais importante, descobriu-se que dois anões não tinham essa identificação e nem eram numerados. E... bem, esses dois eram Hans-Thomas e seu velho pai. Por isso os outros anões tinham medo de nós. E no fim decidiram que a gente deveria usar um sino amarrado no pescoço, para que eles sempre pudessem saber onde a gente estava.

Tive de admitir que aquele era mesmo um sonho muito estranho. Ou será que meu pai simplesmente não continuara a inventar a história que eu tinha lhe contado na noite anterior? Ele sacudiu a cabeça e prosseguiu:

— Que coisa inacreditável os pensamentos e ideias que passam pela cabeça da gente...! Ao que tudo indica, porém, as ideias mais profundas só aparecem quando a gente dorme.

— Pelo menos quando a gente dorme sem ter enchido a cara antes de ir dormir — completei.

Excepcionalmente, meu pai se limitou a abrir um largo sorriso no rosto, em vez de reagir ao que eu havia dito com uma sentença mais inteligente. Excepcionalmente, também, ele não fumou o seu tradicional cigarro da manhã, antes de irmos tomar o nosso café.

♦

No Hotel Titânia podia-se escolher o café da manhã: incluído no preço do quarto estava um café da manhã que não passava de lixo barato; mas havia também um enorme bufê, onde a gente podia se servir o quanto quisesse, bastando para isso ter bastante dinheiro.

Meu pai nunca foi muito comilão, mas naquele dia pediu suco, iogurte, ovos, tomates, presunto e aspargos. Quando eu vi tudo o que ele tinha pedido, resolvi acompanhá-lo.

— O que você disse sobre o meu hábito de beber estava certo — disse ele, enquanto fazia um buraquinho no ovo quente. — Já tinha quase me esquecido da clareza deste mundo!

— Mas você não vai parar de filosofar por causa disso, vai? — perguntei.

Sempre tive um pouco de medo de que suas reflexões filosóficas pudessem estar diretamente associadas ao consumo de bebida alcoólica, e que ele se tornasse uma pessoa simples e banal depois que parasse de beber.

Ele me olhou um tanto perplexo com a pergunta e disse:

— Não! Como é que você pode pensar uma coisa dessas? Agora é que vou me tornar um filósofo *perigoso*.

Respirei aliviado.

— Você sabe por que a maioria das pessoas vive nesse mundo sem se admirar das coisas que veem? — perguntou ele.

Fiz que não com a cabeça.

— Porque elas se habituam com o mundo! — Pôs sal no ovo e continuou: — Todos nós precisamos de muitos anos para nos acostumar com o mundo. E é fácil observar isso nas crianças pequenas: elas ficam tão impressionadas e admiradas de tudo o que veem que simplesmente não acreditam nos seus olhos. Por isso é que elas vivem apontando para todos os lados e perguntando sobre todas as coisas que descobrem. Conosco, os adultos, a coisa é diferente; já vimos as coisas tantas vezes que acabamos por considerar toda a realidade algo absolutamente evidente.

Ficamos ainda um bom tempo sentados comendo presunto e queijo, mas não conversamos mais sobre nada. Só quando nossos pratos estavam vazios é que meu pai perguntou:

— Vamos fazer uma promessa mútua, Hans-Thomas?

— Depende — respondi.

— Vamos prometer um ao outro que só vamos deixar este planeta quando tivermos descoberto mais sobre quem somos e de onde viemos.

— Combinado — disse eu, e selei nosso acordo com um aperto de mão sobre a mesa. — Mas primeiro precisamos achar mamãe — acrescentei. — Sem ela não vamos conseguir cumprir nossa promessa.

COPAS

ÁS DE COPAS

...virei-a, e era Ás de Copas...

Meu pai parecia um tanto nervoso quando nos sentamos no carro para ir até Pireu. Não sei se porque íamos a Pireu, ou se porque ele teria de ligar para o tal agente que talvez soubesse do paradeiro de mamãe.

Depois de estacionarmos o carro no centro da cidade, fomos perguntando às pessoas o caminho até o porto internacional.

— Foi exatamente aqui que nosso navio ficou atracado há dezessete anos — disse o meu pai, apontando para o lugar onde estava um navio mercante russo. Explicou-me mais uma vez que a vida consiste em círculos que se fecham etc., coisas que eu não estava a fim de ouvir naquele momento.

— A que horas você ficou de ligar para ele? — perguntei.

— Depois das três.

Olhamos os dois para o relógio, mas só era meio-dia e meia.

— O destino é uma couve-flor, que cresce por igual em todas as direções — disse eu.

Irritado, meu pai fez um gesto com a mão e disse:

— Pare com essas besteiras, Hans-Thomas!

Acho que ele estava mais nervoso do que eu pensava.

— Estou com fome — eu disse.

♥

Não era verdade, mas não me ocorreu nenhuma outra coisa que tivesse a ver com couve-flor. Fomos almoçar no famoso cais Microlimano.

A caminho de lá, passamos por um navio que ia para uma ilha chamada Santorino. Meu pai me explicou que um dia ela havia sido muito maior do que hoje e que a maior parte dela tinha afundado no mar depois de uma forte erupção vulcânica.

Comemos mussaca e meu pai fez algumas observações sobre os pescadores que remendavam suas redes bem na frente do restaurante. No mais, quase não conversamos. Em compensação, cada um de nós olhou para o relógio umas três ou quatro vezes. Nós dois tentávamos disfarçar ao máximo nossa ansiedade, mas nenhum de nós conseguiu fazer com que o outro não percebesse. Finalmente meu pai disse que já estava na hora de ligar. Faltavam quinze para as três. Antes de ir telefonar, ele pediu ao garçom que me trouxesse uma generosa porção de sorvete, mas antes mesmo de a sobremesa chegar eu já tinha tirado do bolso a lupa e o livrinho. Dessa vez, por precaução, resolvi continuar a leitura segurando o livro embaixo do tampo da mesa.

Subi a encosta correndo até a casa de Frode. Tinha a impressão de estar ouvindo um ruído surdo que vinha do fundo da terra. Era como se o chão quisesse ceder sob os meus pés.

Ao chegar à frente da casa de Frode, virei-me para trás e olhei o povoado, lá embaixo. Nesse meio-tempo, muitos anões também tinham saído do salão e corriam agora por entre as casas.

Um deles gritou:

— Matem-no!

— Vamos matar os dois! — gritou um outro.

Entrei correndo na casa. Agora que sabia que Frode

nunca mais poria os pés ali dentro, aquela casa me pareceu um lugar abandonado havia anos. Deixei-me cair sobre um banquinho e tentei recompor o fôlego. Mas não podia perder tempo. Olhei ao meu redor: em cima da mesa, bem na minha frente, um peixinho solitário nadava em um aquário; sobre o parapeito da janela havia uma garrafa vazia, mas fechada com uma rolha; num canto havia um saco branco, talvez feito de pele de miluco costurada. Tirei a rolha da garrafa e despejei a água do aquário lá dentro, com peixinho e tudo. Fechei a garrafa e, cuidadosamente, coloquei-a junto com o aquário vazio no saco branco. Peguei também a caixinha de madeira que abrigara um dia as cartas do baralho de Frode, coloquei-a dentro do saco e, naquela pressa desvairada, peguei mais alguns objetos que estavam ao alcance das minhas mãos. Lembro-me ainda de que tinha nas mãos uma estatueta de vidro de um miluco quando ouvi o fraco tilintar de uns guizos do lado de fora da casa. Segundos depois entrou o Curinga, muito apressado.

— Nós precisamos chegar ao mar — disse ele, esbaforido.

— Nós?

— Isso mesmo, nós dois. Mas temos de nos apressar, marujo.

— Por quê?

— Ilha mágica é destruída de dentro para fora — disse ele.

O jogo do Curinga... é claro!

Enquanto eu amarrava a boca do saco, o Curinga começou a remexer as coisas dentro de um armário e logo encontrou o que estava procurando: uma garrafa cheia até a metade de bebida púrpura.

Quando saímos da casa, senti o sangue se congelar nas veias: toda a legião de anões vinha subindo aos gritos pela encosta da montanha. Alguns vinham a pé, outros montados em milucos. À frente de todos estavam os quatro valetes de espadas em punho.

♥

— Por aqui! — disse o Curinga. — Depressa!

Correndo à minha frente, deu a volta na casa e entrou por uma pequena trilha na floresta. Antes de desaparecermos no meio das árvores, olhei para trás e vi que os primeiros anões já tinham chegado à casa de Frode.

O Curinga saltava e pulava à minha frente com o desembaraço e a agilidade de um cabrito montês. O único problema era que justamente esse cabrito montês carregava uns sininhos, cujo barulho facilitaria e muito a perseguição pelo resto do rebanho.

— Filho do padeiro precisa encontrar caminho para o mar — resfolegou o Curinga.

Respondi-lhe que tinha chegado ao povoado atravessando uma vasta planície. Disse-lhe ainda que nessa planície tinha visto as grandes abelhas e também os primeiros milucos, antes de descobrir o Dois e o Três de Paus trabalhando no campo.

— Para se chegar à planície a gente tem que ir por ali! — disse o Curinga, apontando para uma trilha à nossa esquerda.

Pouco depois tínhamos deixado a floresta para trás. Paramos um instante e olhamos à nossa volta: estávamos no alto de um penhasco. E ele tinha razão: lá embaixo estava a planície onde eu tinha encontrado os primeiros anões.

O Curinga começou a descer por entre blocos de rocha e outras pedras menores. De repente, tropeçou, caiu e foi escorregando encosta abaixo, os braços se movendo desesperados no ar. Os sininhos de sua roupa fizeram um tal alarido que dessa vez nossos perseguidores não poderiam deixar de ouvir. Mas o meu maior medo era que ele tivesse se machucado seriamente. Ao chegar lá embaixo, porém, ele se ergueu de um salto, abriu os braços como se tivesse terminado um número de circo e deu gargalhadas estridentes. O pequeno bobo não tinha sofrido um arranhão sequer. Resolvi descer com maior cuidado. Ao chegar lá embaixo, senti nitidamente que o chão tremia sob os meus pés.

Atravessamos a planície a passos acelerados, e de repente tive a sensação de que ela era menor do que eu me lembrava. Logo encontramos um enxame das grandes abelhas. Continuavam bem maiores do que as abelhas que eu conhecia de outros lugares, mas também não me pareceram tão grandes quanto da primeira vez.

— Acho que é por ali — disse eu, apontando para a montanha.

— A gente vai ter que escalar toda a montanha? — perguntou o Curinga, desesperado.

Sacudi a cabeça negativamente.

— Eu passei por uma pequena abertura que encontrei numa caverna.

— Então precisamos encontrá-la mais do que depressa, marujo!

Ele apontou para trás: os anões estavam bem no nosso encalço. Os anões que vinham montados tinham tomado a dianteira. Sob as patas dos milucos a poeira subia em redemoinhos. E de novo escutei um barulho estranho. Parecia um barulho surdo de um trovão... e não vinha do galope dos animais. Ao mesmo tempo, tive a impressão de que o caminho pela planície tinha ficado mais curto para os anões do que fora para nós.

Os milucos já estavam a poucos metros de nós quando encontrei a pequena abertura na rocha.

— É aqui! — constatei ofegante.

Primeiro me espremi pela pequena abertura adentro e depois o Curinga tentou me seguir. E embora fosse muito menor do que eu, tive de puxá-lo pelo braço para ele passar pela abertura. Eu estava molhado de suor, mas os braços do Curinga se achavam tão frios quanto as paredes rochosas da caverna.

Ouvimos quando lá fora os primeiros milucos pararam. Logo depois apareceu um rosto na abertura da rocha: era o Rei de Espadas. Mas ele só conseguiu olhar ra-

♥

pidamente para nós, pois no mesmo instante a parede se fechou. E ele só teve tempo de retirar rapidamente a mão que tinha enfiado no buraco para nos apanhar.

— Acho que a ilha está encolhendo — disse eu.

— Ou então está sendo destruída de dentro para fora — disse o Curinga. — Precisamos sair daqui antes que ela desapareça por completo.

Atravessamos correndo a caverna e logo chegamos à saída que dava para o vale estreito que terminava no sopé do alto penhasco. Como antes, por ali ainda havia sapos e lagartos, só que eles não eram mais tão grandes quanto coelhos.

Continuamos a correr pelo vale e tínhamos a impressão de que a cada passo vencíamos centenas de metros. Assim, chegamos logo às roseiras amarelas e às borboletas que pareciam emitir sons de flautas. Ainda havia muitas delas voando por ali, mas tirando uma ou outra, todas as demais eram agora muito menores do que antes. Também não consegui ouvi-las, mas pode ser que não tenha conseguido por causa do barulho dos guizos da roupa do Curinga.

Logo chegamos ao topo da montanha de onde observei o nascer do sol na manhã seguinte à minha chegada. Tínhamos a impressão de estarmos flutuando quando tirávamos os pés do chão. Lá embaixo ficava o lago onde eu havia nadado na companhia de cardumes de peixes que tinham todas as cores do arco-íris. Só que também o lago me parecia agora muito menor. E então... então vimos o mar. Longe, lá longe dava para ver a espuma branca das ondas quebrando na praia.

O Curinga começou a saltar e a dançar feito uma criança.

— É o mar? — perguntou ele admirado. — Diga-me, marujo, é ele?

Não tive tempo de responder, pois nesse momento ouvimos o ribombar de um trovão seguido de um forte solavanco lá embaixo, no coração da terra. Depois disso começaram uns estalidos e rangidos, como se um gigante estivesse mastigando pedras.

— A montanha está devorando a si mesma — disse o Curinga.

Descemos correndo. O lago onde eu tinha nadado não passava agora de uma poça d'água. Mas os peixinhos continuavam ali, disputando agitados o que restava da água. Era como se um arco-íris tivesse caído do céu e agora fervilhasse dentro daquela poça.

Enquanto o Curinga espiava à sua volta, abri o saco branco que tinha carregado nas costas durante todo o tempo. Com muito cuidado, tirei o aquário lá de dentro e o enchi de peixes. Mas quando quis erguê-lo de novo, o aquário virou. E eu praticamente não o tinha tocado. Foi como se ele tivesse virado por sua livre e espontânea vontade. Ou será que os próprios peixes tinham se incumbido de virá-lo? Percebi, então, que um pedaço do vidro da borda tinha se lascado.

— Depressa, marujo, depressa! — disse o Curinga.

Ele me ajudou a encher novamente o aquário com os peixes. Depois rasguei a camisa que usava, enrolei-a bem apertado em volta do aquário, joguei o saco de novo nas costas e continuamos a correr. Enquanto corria com o saco nas costas, segurava o aquário com firmeza junto ao corpo.

De repente ouvimos um barulho tão forte e tão penetrante que tivemos a impressão de que a ilha tinha se desfeito em pedaços. Atravessamos correndo por entre altas palmeiras e alcançamos a laguna, aonde eu tinha chegado fazia dois dias. E lá estava o meu bote, entre duas palmeiras, do jeitinho que eu o deixara. Quando olhei para trás, vi que a ilha não passava agora de uma elevação rochosa na vastidão do mar. Por entre as palmeiras, tive a impressão de poder ver o mar lá do outro lado. Na pequena laguna havia só uma coisa diferente do dia da minha chegada: o mar aberto continuava calmo como dois dias atrás, mas perto da praia erguiam-se ondas enormes que depois se desfaziam em espuma branca. Se até então eu tinha duvidado, agora tinha a certeza de que a ilha iria afundar.

De repente vi uma coisa amarela brilhar embaixo de uma palmeira. Um vestido amarelo... o vestido de Ás de Copas. Coloquei o aquário e o saco branco no chão e fui até lá, enquanto o Curinga pulava e dançava em volta do bote como uma criança. Ao me aproximar, vi que ela estava de costas.

— Ás de Copas? — sussurrei.

Ela se virou para mim, e seu olhar era tão terno e saudoso que cheguei a ter medo de que ela pudesse estar me enganando e quisesse mesmo me apanhar e me entregar aos seus colegas. Mas ela se recostou na palmeira e desviou o olhar para o chão.

— Finalmente encontrei a saída do labirinto — disse. — Agora sei que minha casa é em outra praia... Você está escutando as ondas trazendo o marulhar de uma praia que fica a muitos anos e a muitas milhas daqui?

— Não estou entendendo o que você quer dizer — respondi.

— Há um jovem, um menino, que pensa em mim o tempo todo — continuou ela. — Não posso encontrá-lo aqui... mas talvez *ele possa me encontrar*. Eu me perdi... e tão longe de onde ele está, entende? Atravessei mares e uma mente, montanhas altas e pensamentos complicados. Mas alguém embaralhou as cartas de novo...

— Lá vêm eles! — gritou o Curinga.

Voltei-me assustado e vi que o enorme bando de anões avançava impetuosamente por entre as palmeiras. Bem à frente, a todo o galope, vinham quatro milucos e seus miluqueiros: eram os quatro reis.

— Apanhem-na! — gritou o Rei de Espadas. — Ponham-na de volta na paciência!

Mas foi nesse momento que se ouviu um ruído ensurdecedor e alguma coisa me atirou de costas no chão. Quando consegui me recompor, todos os milucos e tam-

♥

bém os anões tinham desaparecido como num passe de mágica. Virei-me para onde estava Ás de Copas, mas também não consegui vê-la. Corri até a palmeira e lá, bem no lugar onde ela estava, encontrei uma carta de baralho com a figura voltada para baixo. Virei-a, e era Ás de Copas.

Senti os meus olhos se encherem de lágrimas; ao mesmo tempo, uma ira estranha parecia se misturar à minha aflição. Saí correndo até o lugar sob as palmeiras por onde tinham passado os milucos e os anões. Ali, uma rajada de vento ergueu em redemoinho um monte de cartas. Eu já tinha Ás de Copas na mão. Recolhi, então, uma a uma todas as outras cinquenta e uma cartas. Todas estavam bastante manuseadas e com as bordas gastas, e quase não era possível distinguir as diferentes figuras. Coloquei-as uma a uma no bolso. Quando apanhei a última, descobri quatro besouros no chão. Eram besouros brancos e tinham seis pernas. Quis tocá-los com a ponta do dedo, mas eles correram para debaixo de uma pedra e desapareceram.

De novo ouviu-se um ruído e senti a água do mar bater em ondas fortes nos meus pés. Vi que o Curinga já estava no bote e se afastava da ilha remando. Saí correndo atrás dele, e quanto mais andava, mais afundava na água. Quando alcancei o bote e consegui subir a bordo, já tinha água na altura dos quadris.

— Quer dizer que o filho do padeiro resolveu vir junto comigo — disse o Curinga. — Eu já ia embora sozinho.

Deu-me um remo, e enquanto nos ajeitávamos para começar a remar, vimos a ilha afundar no mar. Bolhas enormes subiam do fundo e a água engoliu num turbilhão as copas das palmeiras. Quando a última palmeira submergiu, vi um passarinho fugir voando.

Remamos o mais que pudemos, com todas as nossas forças, para que a ressaca da ilha que afundava não nos puxasse para o fundo. Quando finalmente pudemos parar e puxamos os remos para dentro do barco, minhas mãos estavam sangrando. O Curinga também tinha remado como gente grande, mas suas mãos continuavam tão limpas e brancas como quando ele as estendeu para me cumprimentar no dia anterior, defronte à casa de Frode.

Logo o sol se pôs no mar. Durante toda a noite e todo o dia seguinte, ficamos à deriva, ao sabor do vento e do tempo. Por algumas vezes tentei puxar conversa com meu companheiro de bordo, mas não consegui arrancar dele uma palavra sequer. A maior parte do tempo ele passou sentado ao meu lado, com aquele seu risinho pérfido no canto da boca.

No fim daquela tarde fomos recolhidos por uma escuna de Arendal. Contamos que fazia alguns dias que tínhamos sido vítimas do naufrágio do *Maria* e que provavelmente éramos os únicos sobreviventes.

A escuna estava a caminho de Marselha e durante toda a viagem até a Europa o Curinga permaneceu tão mudo quanto tinha ficado no bote. Os marujos achavam que ele era meio doido e não o importunavam. Nem bem pisamos os pés em Marselha, o pequeno bobo da corte desapareceu com a rapidez de um raio numa ruazinha estreita entre dois armazéns do porto. E não se dignou sequer de me dizer adeus.

Mais tarde, naquele mesmo ano, cheguei a Dorf. Tinha vivido tantas experiências misteriosas, inexplicáveis, que achei que teria de pensar sobre elas pelo resto da minha vida. E Dorf era o lugar ideal para isso. Foi totalmente por acaso que cheguei aqui há cinquenta e dois anos. Quando vi que eles não tinham um padeiro, abri uma pequena padaria. Já tinha sido aprendiz de padeiro há muitos anos, em Lübeck, antes de me tornar marinheiro. E desde então esta é minha casa.

Jamais contei a ninguém sobre as experiências que vivi. As pessoas não teriam acreditado em mim. É... às vezes eu mesmo cheguei a duvidar da história da ilha mágica. Mas quando desembarquei em Marselha, trazia nas costas um saco branco. E esse saco, junto com todas as coisas que havia nele, eu guardei comigo, com todo o cuidado, durante todos esses anos.

♥

DOIS DE COPAS

...ela deve estar numa praia,
olhando para o mar...

Tirei os olhos do livro. Já passava das três e meia, e o sorvete que estava diante de mim tinha derretido completamente. Pela primeiríssima vez passou pela minha cabeça um pensamento terrível: Frode tinha dito que os anões da ilha mágica não envelheciam como as pessoas. Se isso fosse verdade, então o Curinga ainda devia estar vivo e circulando por aí.

Lembrei-me das coisas que o meu pai tinha dito sobre o tempo e sua ira implacável lá na antiga praça do mercado de Atenas. Ao que tudo indicava, porém, o tempo não conseguira surtir seus efeitos sobre os anões da ilha, pois apesar de eles terem conseguido passar para a realidade na condição de seres vivos, não eram de carne e osso como qualquer um de nós. Além disso, algumas passagens do livro tinham deixado claro que os anões eram invulneráveis: nenhum deles se cortou quando o Curinga quebrou garrafas e copos em sua festa. O próprio Curinga não sofreu nenhum ferimento quando rolou encosta abaixo e suas mãos também não ficaram marcadas pela força dos remos, na luta desesperada dos dois dentro do bote, tentando escapar da ressaca da ilha que afundava. Mas isso não era tudo: o padeiro Hans dissera também que os anões tinham as mãos sempre frias. Nesse momento, senti uma dorzinha no estômago: o anão! Ele também tinha as mãos frias! Seria possível que o estranho anão do posto de gasolina fosse o mesmo que há mais de cento e cinquenta anos desapareceu entre dois armazéns do porto de Marselha? Teria sido o próprio Curinga que me deu a lupa com que eu lia e que me indicou o caminho até o livro do pãozinho doce, que eu lia agora? Teria sido o próprio Curinga que apareceu no parque de diversões de Como, na ponte em Veneza, no ferry para Patras e na praça Syntagma de Atenas?

Esse pensamento era tão terrível que olhar para o sorvete derretido embrulhou meu estômago. Olhei para todos os lados à minha volta e não teria me surpreendido se o anão tivesse aparecido por ali também. Mas só o que vi foi o meu pai atravessando a rua apressado. E foi ele quem me arrancou dos meus pensamentos.

De longe pude ver que ele tinha esperança de encontrar mamãe. E por alguma razão não pude deixar de pensar em Ás de Copas olhando o mar e falando de uma praia que ficava a muitos anos e muitas milhas de distância daquela onde ela estava, antes de se transformar novamente numa carta de baralho.

— Acho que sei onde ela estará hoje à tarde — disse meu pai, quase sem fôlego.

Concordei com a cabeça. Estávamos bem próximos do fim de nossa viagem.

— Ela deve estar numa praia, olhando para o mar — disse eu.

Meu pai se sentou à mesa, bem na minha frente.

— É bem possível, sim. Mas como é que você sabe disso?

A dar uma resposta, preferi sacudir os ombros.

Então meu pai me contou que mamãe tinha ido fazer umas filmagens numa grande península no mar Egeu. Cabo Súnio chamava-se o lugar, localizado na extremidade sul do continente grego, setenta quilômetros ao sul de Atenas.

— Bem na ponta desse cabo ficam as ruínas monumentais de um templo de Posêidon — acrescentou meu pai. — Posêidon era o deus grego do mar. Anita vai fazer umas fotos na frente do templo.

— Homem jovem de país distante encontra bela mulher na frente de antigo templo — disse eu.

Meu pai suspirou, resignado.

— Que bobagens são essas que você fica falando o tempo todo?

— O oráculo de Delfos — respondi. — Você mesmo fez o papel de Pítia, lembra-se?

— Puxa vida! É mesmo! Mas eu estava pensando num templo da Acrópole quando disse isso, entende?

— *Você* estava pensando, mas Apolo não!

Ele me deu um sorriso, cujo significado não consegui decifrar.

— Pítia devia estar tão confusa que não sabia mais do que estava falando — admitiu ele.

Não consigo me lembrar muito bem de todas as coisas que vivenciei naquela viagem; mas jamais vou me esquecer da ida até o cabo Súnio.

Depois de deixarmos para trás todos os balneários ao sul de Atenas, viajamos tendo à nossa direita a companhia do azul-profundo do Mediterrâneo.

Nós dois não conseguíamos pensar em outra coisa senão como seria quando revíssemos mamãe. Apesar disso, meu pai tentou falar de outros assuntos. Acho que ele não queria que eu nutrisse falsas esperanças. Num dado momento chegou mesmo a me perguntar se eu tinha gostado de nossas férias.

— Eu teria preferido viajar com você para o cabo de Hornos ou para o cabo da Boa Esperança — disse ele. — Como não deu, pelo menos você vai conhecer o cabo Súnio.

A viagem estava ficando tão comprida que meu pai precisou fazer uma pausa para fumar um cigarro. Paramos no alto de uma elevação, cuja aridez me lembrou uma paisagem lunar. Lá embaixo, o mar se quebrava na praia em ondas brancas de espuma. Duas banhistas, deitadas ao sol nos rochedos, pareciam focas preguiçosas. A água era tão azul e transparente que ao olhar para ela me vinham lágrimas aos olhos. Comentei que, pela transparência da água, a gente podia ver o fundo a uns vinte ou trinta metros de profundidade. Meu pai disse que, na opinião dele, isso não seria mais possível a partir dos oito ou dez metros. E não dissemos muita coisa além disso. Aquela talvez tenha sido a pausa para um cigarro mais quieta de toda a viagem.

Antes, muito antes de chegarmos ao templo de Posêidon, já podíamos vê-lo entronado na extremidade da península.

— O que você acha? — perguntou meu pai.

— Você quer saber se acho que ela estará lá?

— É... o que você acha de tudo... — disse ele.

— Eu *sei* que ela está lá — respondi. — E sei também que ela vai voltar conosco para a Noruega.

Ele deu uma boa risada.

— Não é tão fácil assim, Hans-Thomas. Não se abandona uma família e se passa oito anos longe dela para depois simplesmente se deixar arrastar de volta para casa.

— Ela não tem escolha — disse eu.

Acho que nenhum de nós disse mais nada até que, quinze minutos depois, estacionamos o carro próximo ao grande templo.

Tivemos de abrir caminho entre dois ônibus de excursão e passar por um grupo de quarenta ou cinquenta italianos. Depois tivemos de fingir que queríamos visitar o templo e pagar duzentos dracmas para podermos entrar no sítio arqueológico. Quando conseguimos subir até um ponto mais elevado, meu pai tirou um pente do bolso e dobrou aquele boné ridículo que tinha comprado em Delfos.

TRÊS DE COPAS

...uma mulher de roupas extravagantes,
com um chapéu de aba larga...

Daquele momento em diante, os acontecimentos se sucederam com tanta rapidez que até hoje tenho uma dificuldade enorme para ordenar todas as coisas que vivi naquele dia. Primeiramente, meu pai viu dois fotógrafos do outro lado daquele plano elevado onde estávamos. Depois viu também um grupo de pessoas que, ao que tudo indicava, não eram turistas normais. Quando nos aproximamos deles, vimos uma mulher de roupas extravagantes, com um chapéu de aba larga, óculos de sol bem escuros e um vestido longo amarelo-gema. Era evidente que ela era o centro das atenções.

— Lá está ela — disse o meu pai. A princípio ficou grudado onde estava, enquanto eu fui caminhando em direção a ela; depois, ele me seguiu.

— Pausa para um descanso! — disse eu aos dois fotógrafos, embora eles provavelmente não tenham entendido nada.

Ainda me lembro de que toda aquela situação me irritou muito. Achava o cúmulo que tantas pessoas pudessem estar ali fotografando e olhando mamãe enquanto nós dois, meu pai e eu, não tínhamos tido nem sinal dela durante mais de oito anos.

♥

Mamãe ficou dura feito estátua quando me viu caminhando em sua direção. Tirou os óculos escuros e olhou para mim a uma distância de uns dez ou quinze metros. Depois desviou o olhar para o meu pai. E de novo voltou os olhos para mim.

Passou-me pela cabeça o pensamento de que, na verdade, eu não a conhecia. Por alguma razão, porém, eu sabia com certeza que ela era mamãe. Acho que as crianças simplesmente sabem disso e pronto. Achei-a linda.

O resto se sucedeu diante dos meus olhos como em câmera lenta. Mamãe tinha reconhecido o meu pai, mas foi em minha direção que ela veio. Naquele momento, fiquei com uma tremenda pena do meu pai. Acho que ele pensou que para mamãe a única pessoa que realmente importava era eu. Quando ela chegou ao lugar onde eu estava, atirou no chão o lindo chapéu de aba larga e tentou me levantar no colo, mas não conseguiu. Em oito anos, não é só na Grécia que as coisas mudam um bocado. Por fim, ela me abraçou e me apertou com força contra si.

Lembro-me ainda de que reconheci o seu perfume e de que mal cabia em mim de tanta felicidade. Não era o tipo de felicidade que a gente experimenta quando come ou bebe alguma coisa gostosa, pois esse tipo de felicidade a gente sente só na boca. Não... naquela hora, todo o meu corpo fervia de felicidade.

— Hans-Thomas! — disse ela suspirando. Depois não disse mais uma palavra sequer e simplesmente começou a chorar.

Só quando ela olhou de novo para onde estava o meu pai é que foi a vez de ele entrar em cena. Meu pai deu um ou dois passos em nossa direção e disse:

— Nós atravessamos a Europa inteira à sua procura.

Não foi preciso dizer mais nada, pois nesse momento mamãe o abraçou e, colada nele, continuou a chorar. Não apenas os fotógrafos foram testemunhas desse espetáculo ao mesmo tempo triste e feliz. Alguns turistas também pararam o que estavam fazendo para ficar nos olhando, sem terem a menor ideia de que foram necessários alguns séculos para que o nosso encontro pudesse acontecer.

Quando mamãe parou de chorar, ela reassumiu no mesmo instante o seu papel de modelo. Virou-se e gritou alguma coisa em grego para os fotógrafos. Eles sacudiram os ombros e responderam alguma coisa que, aparentemente, deixou mamãe furiosa. Não sei o que foi, só sei que ela começou a discutir a sério com aqueles malditos fotógrafos, até que eles afinal chegaram à conclusão de que tinham perdido o jogo. Juntaram suas tralhas e foram arrastando aquela parafernália toda lá para baixo. Um deles chegou a pegar o chapéu que mamãe tinha jogado no chão quando correu ao meu encontro. Pouco antes de chegar à saída do sítio arqueológico, um deles apontou para seu relógio de pulso e gritou alguma coisa em grego. Na certa uns bons palavrões.

Quando finalmente conseguimos ficar a sós, nós três estávamos tão acanhados que não sabíamos o que dizer ou fazer. Não é difícil reencontrar pessoas que a gente não vê há muitos anos. O difícil começa depois de passado o impacto do reencontro.

O sol já estava bem baixo no céu e se escondera atrás do frontão do antigo templo de Posêidon. Uma fileira de colunas projetava compridas sombras sobre a elevação onde a gente estava. Não fiquei nada surpreso quando descobri um coração vermelho estampado na parte de baixo, à esquerda, do vestido de mamãe.

Não me lembro mais quantas vezes demos a volta ao redor do templo. Tive a certeza de que não apenas mamãe e eu precisávamos de um tempo para voltarmos a nos familiarizar um com o outro. Para um velho marinheiro de

Arendal, com certeza não devia ser nada fácil encontrar o tom adequado para se relacionar com uma modelo elegante, que falava grego fluentemente e que havia muitos anos vivia na Grécia. E para a modelo na certa a coisa também não devia ser nada fácil. Assim, mamãe contou coisas sobre o templo do deus do mar e o meu pai falou sobre as condições do tempo. Muitos anos atrás, o navio em que ele viajava para Istambul tinha enfrentado uma tempestade no cabo Súnio.

Quando o sol desapareceu no horizonte e os contornos do templo ficaram mais definidos, descemos do sítio arqueológico rumo à saída. Nos últimos minutos eu tinha me mantido um pouco ao fundo da cena, pois só os dois adultos, distantes um do outro por tanto tempo, é que poderiam decidir se aquilo seria apenas um breve encontro ou o final de uma longa separação.

De qualquer forma, mamãe tinha de voltar conosco para Atenas, pois os fotógrafos não haviam esperado por ela no estacionamento. Meu pai abriu a porta do nosso Fiat como se ele fosse um Rolls-Royce e como se mamãe fosse, no mínimo, a esposa de um presidente.

Antes de o meu pai dar a partida, nós três ainda ficamos conversando por algum tempo dentro do carro. Coisas desconexas. Depois nos pusemos a caminho de Atenas. Quando passamos pelo primeiro povoado, foi a minha vez de passar a conduzir a conversa.

Em Atenas, colocamos o carro na garagem e depois ficamos parados na frente do hotel, os três sem dizer nada. O fato é que tínhamos conversado sem parar desde que deixáramos o templo de Posêidon, só que nenhum de nós tinha dito uma palavra sequer sobre o que realmente estava acontecendo entre nós.

No fim, fui eu quem quebrou aquele silêncio constrangedor.

— Acho que já está mais do que na hora de a gente conversar sobre uns planos para o futuro — eu disse.

Mamãe passou o braço sobre o meu ombro e meu pai disse algumas bobagens sobre a necessidade de cada coisa acontecer a seu tempo. Depois de alguma hesitação, decidimos nos sentar no terraço da cobertura para festejarmos nosso reencontro com alguma coisa fria e refrescante. Chegando lá em cima, meu pai fez um sinal para o garçom e pediu uma garrafa de refrigerante para ele e para mim e o champanhe mais caro da casa para "madame".

O garçom coçou a cabeça e olhou para nós como se tivesse sérias dúvidas sobre a profissão que escolhera. Sacudindo a cabeça em sinal de reprovação, anotou o nosso pedido e desapareceu na direção do bar. Mamãe, que nem imaginava o que estava acontecendo, olhou surpresa para o meu pai. E ficou realmente confusa quando o meu pai me olhou com aqueles olhos enigmáticos de curinga.

Depois de conversarmos por mais de uma hora sobre todos os assuntos possíveis e imagináveis, menos sobre aquele que estava o tempo todo nas nossas cabeças, mamãe fez a "maravilhosa" sugestão de que eu deveria deixar os dois sozinhos e ir me deitar. Aquela decerto era a sua maneira de contribuir para a minha educação, depois de não ter se preocupado comigo durante oito longos anos.

Meu pai me lançou um olhar de agora-faça-o-que-ela--pediu, que eu já conhecia, e entendi que provavelmente era por minha causa que a conversa não chegava ao ponto que deveria chegar. Entendi, também, que os dois adultos precisavam estar a sós para conversar. Afinal, eram eles que tinham se separado. Quanto a mim, eu só tornava as coisas um pouco mais difíceis.

♥

Abracei mamãe o quanto quis, e ela me sussurrou ao ouvido que no dia seguinte iríamos à melhor confeitaria da cidade. Isso significava que estávamos prestes a confiar segredos um ao outro.

De volta ao nosso quarto, vesti o pijama e continuei a ler o meu livrinho. Não faltavam muitas páginas para ele acabar.

QUATRO DE COPAS

...e também nós não sabemos quem dá as cartas...

O padeiro Hans tinha os olhos parados, fixos em algum ponto na sua frente. Enquanto contava sobre a ilha mágica, havia em seus profundos olhos azuis um brilho especial, que agora parecia ter se extinguido. A saleta estava quase totalmente às escuras. Havia muito já se fizera noite. Só na lareira ainda existia um resquício do fogo que, no final da tarde, tinha ardido em labaredas. O padeiro Hans levantou-se e cutucou as brasas com um atiçador. Por um breve instante o fogo da lareira se avivou e projetou uma luz bruxuleante sobre os aquários e sobre os muitos outros objetos curiosos que enchiam a saleta.

Durante toda aquela longa noite eu tinha ouvido com o fôlego suspenso cada palavra do velho padeiro. Enquanto ele contava sobre as cartas do baralho de Frode eu me flagrara algumas vezes com a boca aberta de espanto. Não ousei interrompê-lo uma única vez. E embora aquela tenha sido a primeira e única vez em que ele me falou sobre Frode e a ilha mágica, tenho certeza de que guardei na lembrança cada uma de suas palavras.

— E foi assim que, de uma certa forma, Frode acabou voltando para a Europa — concluiu ele, ainda de frente para a lareira.

Não sei se ele falava comigo ou consigo mesmo. E também não estava bem certo de que tinha entendido o que ele quis dizer com aquela frase.

— O senhor está se referindo às cartas? — perguntei.

— Sim, a elas também.

— Elas estão lá em cima, no sótão, não estão?

O velho concordou com a cabeça. Depois entrou em seu quarto. Quando voltou, tinha nas mãos a caixinha de cartas.

— Estas são as cartas da paciência de Frode, Albert.

Com cuidado, pôs a caixinha sobre a mesa, bem na minha frente. Senti o coração bater mais rápido quando tirei o baralho de dentro da caixa. A primeira carta era o quatro de copas. Peguei o monte e fui tirando carta por carta. Todas estavam tão gastas e as figuras tão apagadas que nem sempre eu conseguia distinguir que carta tinha nas mãos. Algumas, porém, dava para reconhecer bem: o valete de ouros, o rei de copas, o rei de espadas, o dois de paus, o ás de copas e algumas outras.

— E estas são as mesmas cartas que... que ganharam vida na ilha? — perguntei bem baixinho.

De novo o velho se limitou a concordar com a cabeça.

De fato, cada carta que eu tinha nas mãos me parecia uma pessoa viva. Quando segurei o rei de copas à luz do fogo da lareira, lembrei-me do que ele tinha dito na ilha misteriosa. Um dia, pensei, ele tinha sido um anão cheio de vida, a andar entre flores e árvores do imenso jardim da Terra. Fiquei segurando algum tempo o ás de copas. E não pude deixar de pensar nas suas últimas palavras: que o seu lugar não era naquele jogo de paciência.

— Só está faltando o curinga — disse eu, quando terminei de repassar todo o baralho. Eu tinha contado cinquenta e duas cartas.

O padeiro Hans fez um gesto com a cabeça e disse:

— Ele passou comigo para a *grande* paciência. Entende, meu filho? Nós também somos como aqueles anõezinhos. E também nós não sabemos quem dá as cartas.

— O senhor acha... que *ele* ainda está circulando por aí?

♥

— Pode apostar que sim, meu filho. Não há nada neste mundo que possa fazer mal ao Curinga.

O padeiro Hans estava de costas para a lareira. Por um brevíssimo instante, quando o fogo da lareira em labaredas crepitou, seu corpo projetou sobre mim uma sombra escura que me fez estremecer de medo. Não se esqueça de que naquela época eu tinha apenas doze anos. Talvez meu pai estivesse em casa esperando por mim. E talvez estivesse furioso porque eu estava de novo com o padeiro Hans e de novo não tinha encontrado o caminho de casa. Se bem que ele só esperava por mim quando estava sóbrio, o que era muito raro. Talvez estivesse caído em algum ponto de Dorf, curtindo a sua bebedeira. No fundo, o padeiro Hans era a única pessoa em quem eu podia confiar na minha vida.

— Então ele deve estar terrivelmente velho — repliquei.

O padeiro Hans negou energicamente com a cabeça:

— Você já se esqueceu? Os curingas não envelhecem.

— O senhor chegou a vê-lo novamente depois que vocês voltaram? — perguntei.

— Uma única vez, há mais ou menos meio ano.Tenho certeza absoluta de que vi o pequeno diabo na calçada, bem em frente à minha padaria. Mas quando consegui sair para ver se era ele mesmo, ele já tinha sumido sem deixar vestígios. E é aí que você entra na história, Albert. Naquela tarde tive o prazer de dar uns pescoções num bando de moleques que fazia tempo vinham infernizando a sua vida. E no dia que isso aconteceu... bem, aquele era um dia muito especial: fazia exatamente cinquenta e dois anos que a ilha de Frode havia submergido no mar. Fiz e refiz as contas várias vezes, e tenho certeza de que era o dia do Curinga.

Olhei para ele como se estivesse diante de um fantasma.

— Quer dizer que o antigo calendário continua a ter validade? — perguntei.

— Parece que sim, meu filho. Naquele dia entendi que só podia ser *você* o garoto solitário que tinha perdido a mãe, vítima de uma doença. E foi só por isso que o deixei tomar um gole da bebida cintilante e conhecer meus lindos peixinhos coloridos...

Eu estava mudo de espanto e de admiração. Pela primeira vez atinei com a possibilidade de que aquilo que os anões tinham dito na festa do Curinga tivesse alguma coisa a ver comigo. Tive de respirar fundo antes de conseguir fazer outra pergunta.

— E... como a história continua? — perguntei.

— Como você sabe, não consegui gravar todas as frases que ouvi lá na ilha mágica. Aparentemente, porém, tudo o que a gente ouve fica guardado na cabeça, mesmo que a gente ache que não se lembra. E um belo dia, sem que a gente menos espere, a coisa volta, reaparece. Foi assim agora mesmo, quando eu estava avivando o fogo da lareira: de repente me lembrei do que disse o Quatro de Copas depois que o Quatro de Ouros falou do padeiro que daria ao menino a bebida cintilante e lhe mostraria os belos peixinhos.

— E o que foi?

— Menino envelhece e ganha cabelos brancos, mas antes de sua morte aparece soldado infeliz vindo de um país do Norte — disse o padeiro Hans.

Depois de ouvir isso, fiquei olhando um tempão para o fogo que ardia na lareira. Um sentimento de respeito e de veneração pela vida preencheu todo o meu corpo e desde então nunca mais me abandonou. Alguém resumira numa única frase toda a minha vida. Eu sabia que o padeiro Hans morreria em breve e que eu seria o próximo padeiro de Dorf. Sabia também que *eu* seria aquele que, dali em diante, carregaria consigo o segredo da bebida púrpura e da ilha mágica. E que passaria o resto da minha vida naquela casinha onde tinha entrado pela primeira vez no fim de tarde do dia anterior. Ali aprenderia a cuidar dos peixinhos da ilha mágica. E um dia...

um dia apareceria um soldado infeliz vindo de um país do Norte e se tornaria o próximo padeiro de Dorf. Cinquenta e dois anos se passariam até que isso acontecesse. Uma coisa, porém, era certa: ele apareceria.

— Os peixinhos coloridos também formam uma longa cadeia de gerações que remonta àqueles que eu trouxe da ilha mágica — continuou o padeiro Hans. — Alguns vivem apenas poucos meses, mas a maioria chega a viver muitos anos. E cada vez que algum morre é uma tristeza, pois nenhum deles é igual ao outro. Esse é o segredo dos peixinhos coloridos, Albert: cada um deles também é um indivíduo único, insubstituível. Por isso é que os enterro na floresta, debaixo das árvores frondosas. E cubro seus túmulos silenciosos com uma pedrinha branca, pois acho que cada um deles merece um pequeno monumento capaz de sobreviver ao tempo.

O padeiro Hans morreu alguns anos depois de ter me contado sobre a ilha mágica. Antes dele morreu o meu pai, como você já sabe. Foi assim que o padeiro Hans ainda teve tempo de me adotar e de me deixar como herança o que possuía. No seu leito de morte, o velho homem que eu tanto amava me disse:

Soldado não sabe que mulher de cabeça raspada ganha um lindo menino.

Eu sabia que aquela era mais uma das frases que faltavam no jogo do Curinga. No momento de sua morte, ele tinha se lembrado dela.

Era meia-noite quando meu pai bateu na porta.

— Ela vai voltar conosco para Arendal? — perguntei, nem bem ele tinha entrado no quarto.

— Vamos ver... — respondeu ele.

Percebi que o lampejo de um sorriso misterioso iluminou o seu rosto.

— Amanhã a gente vai junto a uma confeitaria — disse

♥

eu como se fizesse o juramento de que não deixaria o peixe escapar bem na hora de trazê-lo para o barco.

— Ela vai estar esperando você às onze horas no saguão de entrada — disse ele. — E olha que ela cancelou todos os outros compromissos que tinha...

Ficamos os dois deitados, olhando o teto do quarto, antes de conseguirmos pegar no sono. A última coisa que meu pai disse, não sei se para mim ou para ele mesmo, foi:

— Não dá para alterar com a mão o curso de um barco em movimento.

— Pode ser — respondi. — Mas o destino está do nosso lado.

CINCO DE COPAS

...o importante agora era ficar frio e não cantar vitória antes da hora...

Na manhã seguinte, mesmo sem abrir o livro, tentei me lembrar palavra por palavra da frase sobre a mulher de cabeça raspada. Mas não demorou para o meu pai começar a se mexer na cama. Hora de se levantar para um novo dia.

Depois do café, encontramos mamãe no saguão. Ela insistiu em irmos só os dois à confeitaria. Combinamos que o meu pai passaria para nos apanhar duas horas mais tarde. Ao nos despedirmos, dei uma piscada para ele, sem que mamãe percebesse. Uma espécie de agradecimento pelo dia anterior e também um sinal de que eu faria tudo o que estivesse ao meu alcance para trazer à razão aquela mulher que havia tempos se perdera em busca de si mesma.

Já na confeitaria, depois de termos feito o nosso pedido, mamãe olhou dentro dos meus olhos e perguntou:

— Na certa você não entende por que eu deixei vocês, não é, Hans-Thomas?

Não me deixei perturbar por essa forma de iniciar a conversa.

— Você está querendo dizer que sabia exatamente o que estava fazendo? — perguntei de volta.

— Não exatamente... — murmurou ela.

Mas não me dei por satisfeito com essa meia confissão.

— *Não dá* para entender que alguém largue marido e filho só para posar para as câmeras de fotógrafos medíocres que trabalham para revistas de moda gregas — disse eu.

Um garçom trouxe café, refrigerante e uma travessa com um bolo maravilhoso. De novo, não me deixei impressionar por todas aquelas coisas gostosas.

— E se você está querendo me dizer que consegue entender por que não mandou um único cartão-postal para o seu filho em todos esses oito longos anos, então na certa você também será capaz de entender se eu me levantar agora e for embora.

Ela tirou os óculos de sol e esfregou os olhos. Não vi qualquer vestígio de lágrimas, mas talvez por conveniência ela tentasse encontrar algumas para enxugar.

— Não é assim tão simples, Hans-Thomas — disse ela, e pelo menos a sua voz tremia.

— Um ano tem trezentos e sessenta e cinco dias — continuei. — Em oito anos são dois mil novecentos e vinte dias, isso sem contar o dia 29 de fevereiro. Mas nem nos dois dias intercalares eu não tive uma noticiazinha sequer da mamãe. Você quer coisa mais simples? Na minha opinião, não existe. Sabe, sou muito bom em matemática.

Creio que foi a menção aos dias intercalares que a abateu. O fato de eu trazer à baila o dia do meu aniversário foi demais para ela. Segurou na minha mão e suas lágrimas escorreram pelo rosto.

— Você acha que um dia vai poder me perdoar, Hans-Thomas? — perguntou ela.

— Depende — respondi. — Você faz alguma ideia de quantas partidas de paciência um garoto é capaz de jogar em oito anos? Não tenho o número exato, mas acho que foram muitas. Quando a paciência dá certo, todas as cartas ficam separadas por naipes. E de repente a gente se flagra pensando na própria mãe, toda vez que vê o ás de copas.

♥

Olhando-se por esse ângulo, deve haver mesmo alguma coisa errada nessa história.

Eu tinha mencionado essa história do ás de copas só para verificar se ela sabia de alguma coisa. Mas ela ficou me olhando com os olhos arregalados, como se não tivesse entendido nada.

— O ás de copas?

— O ás de copas, sim. Você não tinha um coração vermelho estampado no vestido que estava usando ontem? A questão é saber por quem o seu coração bate...

— Mas...

Ela parecia realmente confusa. Talvez pensasse que faltava um parafuso na cabeça do seu filho por ela tê-lo deixado por tanto tempo.

— Eu explico: é que meu pai e eu tivemos alguns belos problemas com a nossa paciência familiar. Não havia meio de ela dar certo, porque o ás de copas tinha se perdido numa busca desesperada por si mesmo — respondi.

E agora a confusão na cabeça da mamãe era completa.

— Lá em casa, em Hisøy, nós temos uma gaveta cheinha de curingas — continuei. — Mas isso de nada nos ajudou, pois tivemos de perambular pela Europa inteira à procura do ás de copas.

A história da gaveta cheia de curingas conseguiu arrancar dela o esboço de um sorriso.

— Ele ainda coleciona curingas? — perguntou ela.

— Ele próprio é um curinga — respondi. — Acho que você não o conhece. Ele é uma pessoa muito especial, entende? Nos últimos tempos, porém, não tem feito outra coisa a não ser tentar libertar o ás de copas de uma estúpida aventura na Grécia.

Ela se debruçou sobre a mesa e tentou me fazer um carinho no rosto. Mas recuei e evitei o contato. O importante agora era ficar frio e não cantar vitória antes da hora.

♥

— Acho que entendo o que você quer dizer com essa história de ás de copas — disse ela.

— Ótimo — repliquei. — Mas não me venha com essa história de que não sabia o que estava fazendo quando nos deixou. Está tudo muito claro: a solução do enigma está no que aconteceu há duzentos anos com as cartas de um baralho misterioso.

— Do que você está falando?

— Quero dizer que estava nas cartas que você viria a Atenas para tentar se encontrar. Estou falando de uma maldição de família, algo que não acontece todos os dias. Você sabe, uma coisa dessas deixa suas marcas em muitos lugares: nas profecias das videntes e numa certa padaria nos Alpes.

— Você está zombando de mim, Hans-Thomas.

Neguei com a cabeça, fazendo um esforço enorme para parecer tão misterioso quanto possível. Depois olhei para os lados, debrucei-me sobre a mesa e sussurrei:

— O fato é que você se envolveu numa coisa que começou numa misteriosa ilha do Atlântico, muito antes de os meus avós se conhecerem em Froland. E também não foi por acaso que você veio justamente para Atenas. Foi a sua imagem invertida que atraiu você para cá.

— Imagem invertida?

Tirei do bolso uma esferográfica e escrevi ANITA num guardanapo.

— Por favor, leia isso de trás para a frente — pedi. Eu sabia que ela falava grego.

— ATINA... — leu mamãe. — Deus do céu, você está começando a me meter medo. Sabe de uma coisa? Nunca pensei nisso!

— É claro que não — respondi com um ar de superioridade. — Há muitas outras coisas sobre as quais você nunca pensou. Mas isso também não é a coisa mais importante que temos para conversar agora.

— E o que é mais importante, Hans-Thomas?

— O mais importante é saber em quanto tempo você é capaz de arrumar suas malas — respondi. — No fundo, meu pai e eu estamos esperando por você há mais de cem anos e agora já estamos prestes a perder a paciência.

Nem bem eu acabara de dizer isso, meu pai entrou na confeitaria. Mamãe olhou para ele e, resignada, abriu-lhe os braços.

— O que foi que você fez com ele? — perguntou ela. — Esse menino só fala por enigmas.

— Ele sempre teve uma imaginação muito extravagante — disse o meu pai, e sentou-se numa cadeira que estava livre à mesa. — No mais, porém, acho que vai tudo bem com ele.

Achei aquela uma resposta muito boa, principalmente se considerarmos que ele não fazia a menor ideia do jogo complicado que eu estava encenando ali.

— E olha que nem comecei — disse eu. — Nem falei ainda do anão misterioso que está no nosso encalço desde a fronteira da Suíça.

Meus pais trocaram um olhar que resumia todas as suas inquietações. Depois, meu pai disse:

— E eu acho que é melhor você esperar um pouco para vir com mais essa, Hans-Thomas.

Na tarde daquele dia nós já sabíamos que éramos uma família e que nenhum de nós suportaria um dia a mais de separação. Aparentemente eu tinha despertado os instintos maternais de mamãe. Além disso, os dois se abraçavam a toda hora, como um casal de pombinhos apaixonados. E não tinha anoitecido ainda quando registrei os primeiros

♥

beijos de verdade que trocaram. Eu me dizia que era meu dever suportar aquilo, pois afinal eles tinham deixado de aproveitar muitas coisas ao longo desses oito anos. Mas fui discreto o suficiente para não olhar enquanto eles se beijavam.

Na verdade, não tem muita importância como nós conseguimos colocar mamãe naquele Fiat. O mais importante é que CONSEGUIMOS. Acho que o meu pai ficou muito surpreso ao ver como mamãe era uma mulher despachada. Quanto a mim, não me surpreendi nem um pouco. Havia muito estava convencido de que aqueles oito terríveis anos terminariam no momento em que a encontrássemos. A única coisa que achei foi que ela era a pessoa mais rápida do mundo para arrumar as malas. Além disso, ela teve de romper um contrato e parece que não há delito mais grave ao sul dos Alpes. Meu pai disse que na Noruega ela certamente receberia novas ofertas de emprego.

Depois de dois dias turbulentos, estávamos de novo no carro rumo ao Norte da Itália. Dessa vez, atravessando de carro a Iugoslávia, o caminho mais curto. Como antes, eu viajava no banco de trás, só que agora havia *dois* adultos à minha frente e era totalmente impossível continuar lendo o meu livro. Mamãe se virava para trás a toda hora e eu não queria nem pensar no que poderia acontecer se ela descobrisse o livrinho e quisesse saber o que estava escrito nele.

Mas quando chegamos ao Norte da Itália, já bem tarde da noite, eles me colocaram num quarto sozinho. E eu pude fazer o que queria, sem ser perturbado. Li sem parar, até que, já de madrugada, adormeci com o livrinho no colo.

SEIS DE COPAS

...tão verdadeira quanto o sol e a lua...

Albert tinha contado sua história durante toda a noite e por várias vezes eu o tinha imaginado como um menino de dez, doze ou treze anos. Sentado diante da lareira, ele tinha os olhos fixos num montinho de brasas e de cinzas que havia muito, muito tempo deixara de ser aquelas labaredas crepitantes do início de nossa conversa. Durante todo o tempo em que ele falara, eu não o interrompera, assim como ele próprio tinha ficado calado naquela noite, cinquenta e dois anos atrás, quando o padeiro Hans contou *a ele* sobre Frode e sobre a ilha misteriosa. Levantei-me e fui até a janela que dava vista para o povoado.

Lá embaixo, o vermelho da aurora começava a tingir uma faixa do céu. Uma cortina de neblina encobria o povoado e sobre o lago Waldemar havia nuvens carregadas. Para além do povoado, a luz do sol avançava aos poucos sobre a encosta das montanhas.

Minha cabeça estava tão cheia de perguntas que eu não sabia por onde começar. Resolvi, então, calar-me. Voltei para a lareira e me sentei ao lado de Albert, que havia me acolhido com tanta hospitalidade quando, totalmente exaurido, desmaiei bem em frente à sua casa.

Um fiozinho de fumaça ainda subia das brasas na lareira. E ela se parecia com a neblina da manhã.

♥

— Portanto, meu caro Ludwig, você vai ficar aqui em Dorf — disse o velho padeiro.

O modo como ele disse isso podia ser interpretado tanto como uma ordem quanto como uma pergunta. Ou talvez as duas coisas.

— Naturalmente — disse eu. Há muito eu tinha entendido que seria o próximo padeiro de Dorf. E entendi também que, atrelado a essa função, vinha o compromisso de guardar comigo o segredo da ilha mágica.

— Em nenhum momento pensei... — eu disse.

— Em quê, meu filho?

— O jogo do Curinga... se sou eu o soldado infeliz de um país do Norte...

— Sim?

— Isso quer dizer que... quer dizer que sou pai de um menino — completei. E depois disso não consegui mais me controlar. Afundei o rosto nas mãos e chorei.

O velho padeiro pôs o braço no meu ombro.

— É isso mesmo — disse ele. — Soldado não sabe que mulher de cabeça raspada ganha um lindo menino!

Albert me deixou chorar o quanto eu quis. Quando consegui me conter, ele disse:

— Só uma coisa eu nunca entendi, e talvez você possa me explicar.

— O que é?

— Por que a pobrezinha teve a cabeça raspada?

— Eu também não sabia que isso tinha acontecido com ela — respondi. — Eu não sabia que a tinha feito sofrer tanto. Ouvi dizer que depois da libertação aconteceram coisas desse tipo. As mulheres que tinham estado com soldados inimigos perderam o cabelo e a honra, como se costuma dizer. E por isso... sim, provavelmente só por causa disso é que eu nunca mais a procurei. Talvez ela queira me esquecer, pensei, talvez eu a prejudique ainda mais se voltar a procurá-la. Além disso, achei que ninguém soubesse do que tinha acontecido entre nós. E é possível que ninguém soubesse mesmo. Mas quando uma mulher espera uma criança... bem, nesse caso não há como ocultar a verdade.

— Entendo — disse Albert com o olhar voltado para o fogo da lareira, a essa altura reduzido a quase nada.

Levantei-me e, sem fazer barulho, fiquei andando na sala de lá para cá. Será que tudo aquilo era realmente verdade?, eu me perguntava. E se Albert fosse meio louco, como se dizia à boca pequena lá no "Zum Schönen Waldemar"? De repente me ocorreu que eu não tinha a menor prova concreta de que a história de Albert era mesmo verdadeira. Tudo o que ele tinha contado sobre o padeiro Hans podia não passar de delírios de uma pessoa perturbada mentalmente. Eu mesmo nunca tinha visto nem vestígios da tal bebida púrpura e nem do baralho. Meu único ponto de apoio eram as poucas palavras sobre o soldado infeliz que viria de um país do Norte. Mas isso era uma coisa que Albert também podia ter inventado. Restava ainda a história da mulher de cabeça raspada. Estava aí uma coisa que ele não podia saber, por mais que quisesse. Mas será que eu não tinha falado alguma coisa sobre isso enquanto dormia? Não teria sido de se estranhar que uma mulher de cabeça raspada aparecesse nos meus sonhos. Afinal, eu temia por Line. E é claro que eu também tinha um certo medo de que ela pudesse ter ficado grávida. Se fosse assim, Albert poderia ter incluído todos esses ingredientes que eu lhe passara enquanto dormia na massa do bolo de sua história. Ele tinha perguntado depressa demais pela mulher de cabeça raspada...

Eu só tinha uma certeza: Albert não havia tentado me ludibriar conscientemente durante toda a noite. Ele próprio acreditara com devoção em cada palavra do que contara. Mas podia ser que sua enfermidade mental fosse justamente essa. Talvez as pessoas em Dorf tivessem razão e Albert *fosse mesmo* uma pessoa doente, que vivia mergulhado por completo na realidade de um mundo só seu.

Desde a minha chegada a Dorf, tinha me chamado de "seu filho". E talvez estivesse aí o cerne de toda a sua história fantástica: Albert desejava ter um filho, um filho homem, que desse continuidade ao seu trabalho lá embaixo, no povoado. E talvez por isso tivesse inventado toda aquela história confusa, sem ter consciência do que fazia. Eu já tinha ouvido falar de pessoas doentes que podiam ser verdadeiros gênios em determinadas áreas específicas. Será que a área de especialidade de Albert eram os contos fantásticos?

Eu continuava a andar na sala de lá para cá. O sol avançava aos poucos sobre a encosta das montanhas.

— Você está tão inquieto, meu filho — disse o velho.

Sentei-me ao lado dele e me lembrei de como aquela noite tinha começado: eu estava sentado no "Zum Schönen Waldemar" quando Fritz André começou a falar novamente dos tais peixinhos de Albert. Eu mesmo só tinha visto um único peixinho, e em nada me surpreendeu que um padeiro velho e solitário tivesse um peixinho de estimação. Mais para o fim da tarde, quando vim para cá, ouvi os passos de Albert no sótão. E quando lhe disse que o tinha ouvido andando lá em cima, nós nos sentamos aqui e ele começou a contar. E eu a ouvir.

— Os peixinhos — disse eu. — Você me contou que eram muitos os peixinhos que o padeiro Hans trouxe da ilha misteriosa. Eles continuam aqui em Dorf? Ou só restou um deles, aquele que está com você lá na padaria?

Albert desviou o olhar da lareira e olhou fundo dentro dos meus olhos.

— Você confia tão pouco, meu filho.

Foi exatamente isso o que ele disse. E, ao dizê-lo, uma sombra tomou conta do seu rosto. Mas eu estava muito impaciente e respondi-lhe de forma mais grosseira do que desejava. Talvez porque estivesse pensando em Line.

— Responda! — eu disse. — O que aconteceu com os peixinhos?

— Venha comigo — disse ele.

Levantou-se e entrou em seu quarto. Eu o segui e o vi desdobrar uma escada que ficava presa ao teto. Provavelmente como o padeiro Hans fez quando Albert ainda era um menino.

— Vamos até o sótão, Ludwig — sussurrou ele.

Ele foi na minha frente e eu o segui. Lembro-me ainda de que me passou pela cabeça que ele seria realmente doente se tivesse inventado tudo aquilo sobre Frode e a ilha mágica. Mas quando olhei pelo buraco do alçapão tive a certeza de que a história de Albert era tão verdadeira quanto o sol e a lua. Lá no sótão, não apenas havia incontáveis aquários, como também havia dentro de cada um deles um peixinho de todas as cores do arco-íris. No sótão havia também uma infinidade de objetos os mais estranhos. Reconheci a estátua de Buda, a estátua em vidro de um miluco com suas seis patas, espadas, adagas e muito, muito mais. Todas aquelas coisas tinham ornamentado a sala da cabana quando Albert ainda era uma criança.

— Isso... i-isso é... fantástico! — gaguejei, quando dei os primeiros passos no sótão. E não estava me referindo apenas aos peixinhos. Eu não tinha mais a menor dúvida de que a história da ilha mágica era verdadeira.

A luz azulada da manhã entrava pela pequena claraboia, pois desse lado do vale o sol só chegava ali pelo meio-dia. Em compensação, o sótão estava inundado por uma luz que não podia vir da claraboia.

— Ali está! — sussurrou Albert, e apontou para um canto, bem próximo à chanfradura do telhado.

Ali só havia uma velha garrafa, mas era dela que vinha toda aquela luz que se derramava e se refletia, cintilante, sobre os aquários e os outros objetos do sótão, sobre bancos, cadeiras e arcas.

— Aquela é a bebida púrpura, meu filho. Há cinquenta e dois anos ela está ali, sem ser tocada por ninguém, e chegou a hora de nós dois a levarmos lá para a sala.

Albert se debruçou e pegou a garrafa. Quando a segurou no alto e a inclinou, vi que o conteúdo da garrafa era de uma beleza tão singular que me vieram lágrimas aos olhos. E bem na hora em que íamos passar de novo pelo alçapão, descobri a caixinha de madeira com o baralho.

— Po-posso... vê-lo? — perguntei.

Num gesto solene, o velho padeiro concordou, e eu peguei aquela caixinha cheia de cartas gastas e puídas. Fui retirando dela carta por carta: o seis de copas e o dois de paus, a dama de espadas e o oito de ouros... Contei e recontei, e vi que faltava uma carta.

— Só há cinquenta e uma — disse eu.

O velho olhou à sua volta.

— Ali está ela! — disse ele e apontou para debaixo de um velho banquinho. Debrucei-me para apanhar a carta que ali estava e a recoloquei junto das outras. Era o ás de copas.

— Ela vive se perdendo das outras. Mas sempre a encontro em algum lugar.

Coloquei as cartas de novo na caixa e descemos pela escada do alçapão. Chegando à sala, Albert pegou um copinho desses de tomar aguardente e colocou-o sobre a mesa.

— Você sabe o que vem agora — disse ele, e eu fiz que sim com a cabeça. Eu seria o próximo a experimentar a bebida púrpura. Antes de mim, fazia exatos cinquenta e dois anos, Albert tinha estado ali onde eu agora estava e tinha provado daquela bebida misteriosa. E antes dele, cinquenta e dois anos antes, o padeiro Hans tinha tomado a bebida púrpura na ilha mágica.

— Mas não se esqueça — disse Albert — de que você só vai experimentar um golinho. Depois disso, uma partida inteira de paciência terá de ser colocada na mesa, antes que você retire novamente a rolha da garrafa. Dessa forma, o que resta de bebida púrpura na garrafa ainda vai durar por muitas gerações.

♥

Depois de dizer isso, Albert colocou um golinho no fundo do copo.

— Por favor... — disse ele, entregando-me o copo.

— Não sei... se me atrevo a beber — disse eu.

— Você sabe que tem de beber — replicou Albert. — Pois se essas poucas gotas não cumprirem tudo o que prometem... bem, nesse caso o velho Albert Klage pode ser mesmo considerado um homem doente, que durante toda a noite não fez outra coisa a não ser ficar te contando um monte de mentiras. E esse é o tipo de coisa que nem um padeiro velho como eu quer para si. Pois mesmo que você não duvide da história agora, um belo dia esta dúvida vai atormentar você. Por isso é importante que você *sinta o gosto* da história que eu contei em todo o corpo. Só fazendo isso é que você poderá se tornar o novo padeiro de Dorf.

Sentei-me em frente à lareira e ergui o copo à boca. Bebi as poucas gotas, e numa questão de segundos todo o meu corpo se transformou num palco de prazeres gustativos. Pareceu-me estar passeando pelos mercados de rua do mundo inteiro. Em Hamburgo experimentei um delicioso tomate; em Lübeck, dei uma mordida numa pera suculenta; em Zurique chupei um belo cacho de uvas; em Roma comi figos; em Atenas comi amêndoas e nozes e no Cairo experimentei tâmaras. E muitos, muitos outros gostos me tomaram todo o corpo, alguns deles tão desconhecidos que tive a impressão de estar passeando pela ilha mágica, colhendo todos aqueles frutos estranhos de suas árvores. "Isso deve ser o gosto de tufo", pensei; "na certa esse deve ser o sabor de nabos anelados, e esse gosto certamente é o das amoras-do-mato." Mas isso ainda não era tudo. Tive a nítida impressão de estar comendo uvas-do-monte e de sentir o perfume dos cabelos de Line.

Não sei por quanto tempo fiquei sentado na frente da lareira experimentando todas essas sensações. Acho que durante todo esse período não disse uma palavra sequer a Albert. Aliás, foi ele quem se levantou depois de um tempo e quebrou o silêncio.

— Este velho padeiro precisa agora de um pouco de descanso. Antes, porém, vou recolocar a garrafa de volta no sótão. E você pode estar certo de que vou fechar muito bem aquele alçapão. Mais uma coisa: você já é um homem-feito e vai poder entender. As frutas e os legumes podem ser alimentos saudáveis e saborosos, meu bom soldado... mas nem por isso você deve querer se transformar num deles.

Não me lembro exatamente se foi essa a imagem que ele usou. Só sei que, antes de se deitar, ele me advertiu para o perigo dos exageros... e sei que sua advertência dizia respeito à bebida púrpura e às cartas da paciência de Frode.

♥

SETE DE COPAS

...homem do pãozinho fala no tubo mágico...

Só quando acordei, já quase na hora do almoço, é que me dei conta de que o velho padeiro, que eu tinha conhecido em Dorf, era o meu próprio avô. Isso porque a mulher de cabeça raspada *não* podia ser outra pessoa senão minha avó, que vivia na Noruega. Ou será que as coisas não eram assim como eu estava pensando? O jogo do Curinga não tinha dito textualmente que a mulher de cabeça raspada era a minha avó ou que o padeiro de Dorf era meu avô. Por outro lado, não era possível que houvesse na Noruega tantas "putinhas de alemães" chamadas Linc.

A verdade nua e crua, porém, ainda não tinha vindo à tona. Havia frases do jogo do Curinga das quais o padeiro Hans não tinha conseguido se lembrar. Isso significava que elas haviam morrido junto com ele, antes de serem passadas para Albert ou para qualquer outra pessoa. Ou será que haveria um jeito de recobrar essas frases algum dia, para que a paciência fosse fechada com todas as cinquenta e duas cartas? A ilha mágica tinha submergido no mar sem deixar vestígios. E o padeiro Hans estava morto, o que significa que dele não poderíamos saber mais nada. Igualmente impossível seria tentar devolver a vida às cartas do baralho de Frode para ver se, quem sabe, os anões ainda se lembravam do que tinham dito naquela época, cento e cinquenta anos atrás. Só restava uma alternativa: *caso* o Curinga ainda estivesse zanzando por aí, era bem possível que ainda se lembrasse do jogo que ele próprio presidira naquele dia.

Eu sabia que tinha de convencer os adultos a darem mais uma passadinha por Dorf a caminho de casa. O povoado ficava fora do nosso trajeto e as férias do meu pai já estavam chegando ao fim. Pior de tudo era conseguir que eles concordassem com isso sem lhes mostrar o livro que tinha vindo dentro do pãozinho doce.

Imaginei-me entrando na pequena padaria e dizendo ao velho padeiro: "Aqui estou eu novamente. Voltei de um país do Sul e trouxe comigo o meu pai, seu filho".

Para preparar o terreno, resolvi introduzir o assunto do meu avô na conversa com meus pais durante o café da manhã. Tive o cuidado, porém, de deixar a grande revelação dramática para o final da refeição. Eu sabia que a minha credibilidade andava meio em baixa, depois de eu já ter deixado escapar em doses homeopáticas um monte de coisas sobre o livro. Meus pais tinham o direito de, pelo menos, tomar o café em paz.

Quando mamãe se levantou para ir buscar sua segunda xícara de café, olhei bem no fundo dos olhos do meu pai e disse, num tom enfático:

— Foi bom termos encontrado mamãe em Atenas. Só que ainda falta uma carta para terminar essa paciência. E eu acabei de encontrá-la.

Preocupado, meu pai olhou na direção de mamãe. Depois olhou para mim e disse:

— Do que você está falando, Hans-Thomas? Será que posso saber?

— Você se lembra do padeiro que me deu uma garrafa de refresco e quatro pãezinhos enquanto você se enchia de

♥

"aguardente dos Alpes" junto com os habitantes de Dorf lá no Zum Schönen Waldemar?

Ele se limitou a acenar rapidamente com a cabeça.

— Aquele padeiro é seu pai.

— Que bobagem!

Ele bufou como um cavalo que leva uma esporada no lombo; mas eu sabia que agora já o tinha fisgado.

— Tudo bem... não precisamos discutir isso aqui e agora — eu disse. — Mas posso assegurar a você que tenho certeza absoluta do que estou dizendo.

Mamãe sentou-se novamente à mesa e deu um suspiro quando ficou sabendo do que estávamos falando. Mas meu pai me conhecia. Ele sabia que não poderia simplesmente ignorar o que eu acabara de dizer. Ele tinha de ir um pouco mais a fundo no assunto, pois sabia que eu também era um curinga. Um curinga que de vez em quando tinha umas inspirações danadas de boas.

— E o que o faz ter tanta certeza de que ele é meu pai? — perguntou ele.

Não pude revelar-lhe que a coisa estava "preto no branco" dentro do livrinho. Por isso resolvi enumerar tudo aquilo que tinha me chamado a atenção durante a leitura:

— Em primeiro lugar, ele também se chama Ludwig.

— Um nome nada incomum na Suíça ou na Alemanha — replicou ele.

— É possível, mas ele também me contou que durante a guerra esteve em Grimstad.

— Contou mesmo?

— Sim, só que num norueguês não muito bom. Mas quando eu lhe disse que era de Arendal, ele disse que também tinha estado na *grimmen Stadt*. Acho que ele queria dizer Grimstad.

Meu pai sacudiu a cabeça.

— *Grimme Stadt*? Mas em alemão isso também pode

significar "cidade terrível", "cidade ruim", ou coisa que o valha. E ele pode muito bem ter misturado essa expressão alemã para se referir a Arendal, já que o seu norueguês, como você mesmo disse, não era lá essas coisas. Sabe, Hans-Thomas, naquela época havia muitos soldados alemães no Sul da Noruega.

— Eu sei — concordei. — Mas só um deles é meu avô. E esse homem é o padeiro de Dorf. Disso tenho certeza.

Para encurtar a história, meu pai acabou telefonando para a minha avó. Não sei se por causa do que eu tinha dito, ou se de repente se lembrou de que deveria contar à mãe dele que tínhamos encontrado mamãe em Atenas. Como minha avó não respondeu ao telefone, ele tentou falar com a tia Ingrid. E a única coisa que ela sabia era que minha avó tinha ido viajar às pressas para os Alpes.

Quando ouvi isso, dei um sonoro assobio.

— Homem do pãozinho fala no tubo mágico e sua voz alcança centenas de milhas.

Meu pai fez a expressão de quem procura a resposta para todos os mistérios do mundo ao mesmo tempo.

— Você já não disse exatamente essa frase uma outra vez? — perguntou ele.

— *Yes, sir* — respondi. — Temos de considerar a hipótese de o velho padeiro ter pressentido que estava diante de seu próprio neto. Aliás, ele também chegou a ver você e... você sabe, o sangue fala mais alto nessas horas. Mas pode ser também que, depois de todos esses anos, ele tenha tido a ideia de ousar dar um rápido telefonema para a Noruega, já que acabara de receber a visita de um menino nascido em Arendal. Quer dizer, eu mesmo! Nesse caso, também temos de considerar a hipótese de um antigo amor ter reavivado suas chamas em Dorf, assim como aconteceu em Atenas.

Fizemos, portanto, um desvio para passarmos por Dorf. Nem mamãe e nem o meu pai achavam que o velho padeiro era o meu avô, mas eles sabiam que eu nunca mais iria lhes dar sossego se não tirasse essa história a limpo.

Em Como, pernoitamos de novo no Hotel Baradello. O parque de diversões já tinha ido embora. E com ele a vidente, sua filha e tudo o mais. Meu único consolo foi ter um quarto só para mim. E embora estivesse exausto depois da longa viagem, decidi ler as páginas finais do meu livro.

♥

OITO DE COPAS

...um milagre tão fantástico que, diante dele, a gente não sabe se ri ou se chora...

Levantei-me e fui lá para fora. Não era fácil caminhar normalmente, pois em todo o meu corpo gostos e sabores os mais diversos brigavam entre si para ganhar minha atenção. Enquanto o creme de morangos mais saboroso do mundo se instalava no meu ombro esquerdo, uma mistura ácida de limão e groselhas selvagens me espetava o joelho direito. Todos esses sabores percorriam tão rápido o meu corpo que muitas vezes eu não tinha nem tempo de identificá-los. Era como se eu participasse da mesa de refeições de todas as pessoas do mundo ao mesmo tempo.

Resolvi dar um pequeno passeio pela floresta, um pouco acima da cabana de Albert. Quando a tempestade que se instalara no meu interior por fim começou a se acalmar, tomou conta de mim um sentimento que desde então nunca mais me deixou: ao me virar e, lá de cima, vislumbrar o povoado, eu me dei conta, pela primeira vez, de que o mundo é um milagre que está além da nossa compreensão. "Como explicar", eu me perguntei, "o fato de que nascemos seres humanos?" Essa indagação e esse sentimento tiveram em mim o impacto de uma descoberta totalmente nova. E, não obstante, aquilo que eu descobria estava ali, à mostra, desde os primeiros dias da minha infância. Era como se eu tivesse dormido du-

♥

rante toda a minha vida até aquele momento. Um sono de muitos anos.

"Eu existo!", pensei. "Sou um ser vivo!" Pela primeira vez em minha vida entendi o que é um ser humano. Ao mesmo tempo, sabia que não poderia mais beber da misteriosa bebida púrpura, senão aquilo que eu estava sentindo iria se esvair a cada novo gole, até afinal desaparecer. Se continuasse bebendo dela, eu não demoraria a experimentar com tanta frequência e com tanta intensidade todas as coisas do mundo que inevitavelmente acabaria me tornando indiferente a elas. E no fim deixaria de ter qualquer sentimento: seria como um tomate, ou como uma ameixeira.

Sentei-me num pequeno toco de árvore e logo vi um cervo que se aproximou de onde eu estava. Não havia nada de anormal na aproximação de um animal silvestre: nas florestas ao redor de Dorf havia muitos cervos. Mas não conseguia me lembrar de já ter *visto e experimentado em mim mesmo* a maravilha de um ser vivo como aquele. É claro que eu já tinha visto outros cervos, quase todos os dias. Mas nunca tinha entendido como cada um deles era algo único, misterioso, muito além do que a gente pode compreender. E naquele momento entendi também por que até aquele dia tudo tinha acontecido desse jeito: eu não tinha dado tempo a mim mesmo de *vivenciar* a presença de um cervo, exatamente porque já tinha visto tantos.

E é assim com tudo, pensei, com todas as coisas do mundo. Enquanto somos crianças, ainda possuímos a capacidade de experimentar intensamente o mundo à nossa volta. Com o passar do tempo, porém, acabamos por nos acostumar com o mundo. Ser criança e se tornar um adulto, pensei, é como embebedar-se de sensações, de experiências sensoriais.

Naquele momento entendi também o que tinha acontecido com os anões na ilha mágica: eles tinham se fechado à experiência dos mistérios mais profundos da existência. Talvez porque nunca tivessem sido crianças. E se queriam recuperar o tempo perdido se embriagando todos os dias com aquela bebida milagrosa, não era de admirar que acabassem por se tornar indiferentes a todas as coisas à sua volta. De repente pude entender o quanto Frode e o Curinga devem ter se sentido vitoriosos por conseguirem abandonar a bebida púrpura.

O cervo me olhou por uns dois segundos e depois saltou de volta para o meio das árvores. Por um breve instante experimentei um silêncio indescritível. Depois, um rouxinol começou a cantar. Um canto lindo, repleto de júbilo. Era impressionante ver como um corpo tão pequeno podia conter tanto som, tanto fôlego, tanta música.

"Este mundo", pensei, "é um milagre tão fantástico que, diante dele, a gente não sabe se ri ou se chora. Talvez as duas coisas ao mesmo tempo, o que não é nada fácil."

Lembrei-me de uma camponesa que vivia lá em Dorf. Ela só tinha dezenove anos, mas naquela semana havia entrado na padaria com um bebê: uma menina de, no máximo, duas ou três semanas de vida. Nunca tinha me interessado muito por crianças de colo, mas quando olhei aquele cestinho em que estava a menina, pareceu-me ver nos olhos da criança uma expressão de surpresa, de espanto sem palavras. Eu não tinha mais pensado sobre o assunto, mas sentado ali na floresta sobre o tronco de árvore e ouvindo o canto do rouxinol, enquanto um tapete de sol se estendia sobre as cumeadas do outro lado do vale, naquele momento entendi o que o bebê teria dito se pudesse falar: teria dito que aquele mundo a que ele tinha chegado era uma coisa de fato surpreendente. Não tinha me esquecido de cumprimentar aquela jovem mãe pelo nascimento de sua filha, mas acho que no fundo devia mesmo era ter dado os parabéns à criança. Do mesmo modo como a gente deveria se debruçar sobre cada novo cidadão do mundo e dizer: "Bem-vindo a este mundo, meu pequeno amigo! Você tem realmente uma sorte incrível em poder nascer e viver!".

Súbito me senti infinitamente triste por todos nós, seres humanos, que acabamos nos acostumando com uma coisa tão incrível, tão imperscrutável como a vida. Um belo dia acabamos achando evidente o fato de existirmos... e então... bem, só então voltamos a pensar que um dia teremos de deixar este mundo.

Senti um forte sabor de morango tomar conta da parte superior do meu corpo. Era um sabor delicioso, mas ao mesmo tempo tão forte, tão intenso, que por pouco não me senti nauseado. Não... ninguém ia precisar me convencer a não tomar mais da bebida púrpura. Sabia que, daquele dia em diante, eu me contentaria em comer umas groselhas negras na floresta e em receber, de vez em quando, a visita de um cervo ou de um rouxinol.

Ainda fiquei um bom tempo sentado ali naquele tronco de árvore. Bem no momento em que quis me levantar, pareceu-me ouvir um ruído bem perto do local onde eu estava. Quando me virei, descobri uma figura de baixa estatura olhando na minha direção por detrás de umas árvores menores que a gente cortava para usar como lenha. Meu coração pareceu querer sair pela boca quando alguma coisa me disse que aquele homenzinho era o Curinga.

Deu alguns passos na minha direção e disse:

— E então? Você se deleitou com aquela bebida maravilhosa? Mam... mam...

Eu ainda tinha no corpo a longa história da ilha mágica e por isso não tive medo. Em questão de segundos, desapareceu de mim o impacto daquele aparecimento repentino. Senti que, de alguma forma, nós dois tínhamos muita coisa em comum. Afinal, também eu era um curinga num grande jogo de cartas.

Levantei-me e caminhei na direção dele. Ele não usava mais a sua roupa lilás de bobo da corte, cheia de guizos,

♥

mas um macacão marrom de listas pretas. Estendi-lhe a mão e disse:

— Eu sei quem você é.

Ele apertou minha mão e eu ouvi o leve tilintar de uns guizos. Percebi, então, que ele usava o macacão por cima da roupa de bobo da corte. Sua mão era fria como o orvalho da manhã.

— É com muito prazer que aperto a mão do soldado que veio de um país do Norte — disse ele.

E ao dizer isso, esboçou um sorriso enigmático. Seus dentes de madrepérola brilharam à luz da manhã.

— De agora em diante, que viva este novo valete! Meus parabéns pelo seu aniversário, meu irmão! — continuou.

— Mas eu... eu não estou fazendo aniversário hoje — gaguejei.

— Psit! — respondeu o Curinga. — Não basta a gente ter nascido um dia — continuou. — Esta noite foi o dia em que o aprendiz do padeiro renasceu. E é por isso que estou te cumprimentando.

Sua voz era fina e entrecortada, como a voz de uma boneca. Soltei sua mão fria e disse:

— Eu... eu ouvi tudo... tudo sobre você, sobre Frode e todos os outros...

— É claro que ouviu — replicou ele. — Pois hoje é o dia do Curinga, meu jovem, e amanhã começamos uma nova rodada. Depois disso, e até a próxima vez, cinquenta e dois anos deverão se passar. O menino do país do Norte terá se tornado um homem-feito. Antes disso, porém, ele vai passar por Dorf. E nesse dia seria muito bom que ele ganhasse uma pequena lupa para o acompanhar em sua viagem. Uma lupa sábia, feita do vidro mais fino já produzido pelas anãs de copas. Sabe, a gente pode enfiar muitas coisas no bolso se um velho aquário se quebra. Mas foi a esse valete, que nasceu hoje, que coube a tarefa mais importante.

Não entendi o que o anãozinho quis dizer com essas

palavras. Ele se aproximou mais ainda de mim e sussurrou:

— É preciso escrever sem falta um pequeno livro sobre as cartas da paciência de Frode. Depois é preciso assar um pãozinho doce com o livrinho lá dentro, pois peixinho não revela segredo da ilha, mas pãozinho sim. Ouça bem minhas palavras. E ponto final.

— Mas... a história das cartas de Frode dificilmente caberá dentro de um pãozinho doce — repliquei.

Em seu rosto se abriu um lindo sorriso.

— Depende do tamanho do pão, meu jovem. Ou do livro.

— A história da ilha mágica... e tudo o mais... é tão comprida, que vai acabar virando um livro enorme — revidei. — E nesse caso vamos precisar de um pão doce do tamanho de um bonde!

Ele me lançou um olhar levemente malicioso.

— Ouça o que digo: a gente nunca deve ter tanta certeza das coisas. Péssimo hábito esse, repito. O pão não precisa ser grande se as letras do livro forem bem miudinhas.

— Não creio que alguém possa escrever um livro com letras tão pequenas — teimei. — E ainda que fosse possível, ninguém conseguiria lê-lo.

— Guarde as minhas palavras: você só precisa escrever o livro. E pode começar imediatamente. Quando chegar o momento, uma pessoa conseguirá ler as letras miúdas. Aquele que tiver a lupa conseguirá.

Olhei para o vale que se descortinava na minha frente. Do outro lado, o tapete de sol já se estendera sobre Dorf. Depois me virei para o Curinga, mas ele já tinha desaparecido. Olhei para todos os lados, mas o pequeno bobo da corte tinha se embrenhado na floresta e desaparecera no meio das árvores como o cervo fizera pouco antes.

Estava exausto quando comecei a descer a encosta para voltar para casa. Num dado momento, quase perdi o equilíbrio, pois minha perna foi atacada por um forte sa-

♥

bor de cereja, bem na hora em que eu ia firmar o pé numa pedra.

Pensava nos meus amigos lá do povoado. Se eles soubessem! Logo eles se sentariam de novo para beber no Zum Schönen Waldemar. Tinham de conversar sobre alguma coisa, e o que era mais fácil do que meter a boca num velho padeiro que vivia sozinho, longe de todos, numa cabana na floresta? Eles o achavam um tanto estranho e, por precaução, o tinham declarado louco. Mas eles mesmos eram parte do grande mistério. E esse mistério, o maior de todos, estava bem ali diante de todos. O problema é que *isso* eles não viam. Talvez fosse verdade que Albert guardasse um grande segredo. Mas o maior de todos os mistérios era o próprio mundo.

Eu sabia que nunca mais iria me sentar no Zum Schönen Waldemar para beber vinho. E sabia também que um dia eu mesmo iria me transformar no centro das conversas à mesa. Em alguns anos seria eu o único curinga em Dorf.

Quando finalmente caí na cama, dormi quase até o fim da tarde.

♥

NOVE DE COPAS

...até esse dia o mundo não estará maduro para ouvir a história das cartas da paciência de Frode e da ilha mágica...

Senti as últimas páginas do livro fazerem cócegas no meu dedo indicador direito. Descobri, então, que elas estavam escritas com letras de tamanho normal. Coloquei a lupa sobre o criado-mudo e continuei a ler como se tivesse nas mãos um livro como outro qualquer.

Aproxima-se o dia em que você virá para Dorf e guardará consigo o segredo das cartas da paciência de Frode e da ilha mágica, meu filho. Coloquei no papel tudo o que consegui me lembrar do relato de Albert. Dois meses depois daquela noite, o velho padeiro morreu e eu o substituí na função de padeiro de Dorf. Escrevi tudo, tim-tim por tim-tim, e resolvi fazê-lo em norueguês para que você entendesse. E para que os habitantes do povoado não conseguissem ler o livro, caso algum dia o encontrassem. Depois de escrevê-lo, praticamente esqueci essa língua nórdica.

Sempre pensei que não deveria ter nenhum contato com vocês na Noruega. Não sabia como Line iria reagir e não ousei contrariar a antiga profecia. Afinal, eu sabia que um dia você viria para Dorf.

Escrevi o livro numa máquina de escrever comum. Foi totalmente impossível escrevê-lo com letras menores. Um dia, porém, alguém inventou uma máquina capaz

♥

de reproduzir em cópias reduzidas o que tinha sido escrito em letras comuns. Do original até a forma final foram oito cópias, uma redução da outra, até que a escrita ficou tão pequena que pude encadernar essas páginas minúsculas e transformá-las num pequeno livro. E você, meu filho, na certa ganhou uma lupa do Curinga, não foi?

Quando escrevi esta história, eu só conhecia as frases do jogo do Curinga das quais o padeiro Hans tinha conseguido se lembrar. Ontem, porém, recebi uma carta que trazia o jogo do Curinga completo. E é claro que a carta veio dele, Curinga.

Assim que você passar por Dorf, vou ligar para Line. Quem sabe um dia nós ainda possamos nos reunir e estar todos juntos.

Ah... nós, os padeiros de Dorf, somos todos curingas que passam de um para o outro uma história fantástica. E essa história nunca deverá se propagar como as outras histórias. Como todos os curingas — seja nas grandes, seja nas pequenas paciências — precisamos dizer às pessoas que este mundo é uma aventura incrível. Sabemos que não é fácil abrir os olhos das pessoas para que elas vejam o quanto é imenso e imperscrutável este nosso mundo. E enquanto elas não virem que aquilo que se mostra a olho nu é um mistério, até esse dia o mundo não estará maduro para ouvir a história das cartas da paciência de Frode e da ilha mágica.

Um dia, no futuro, o mundo inteiro ficará sabendo do livro que coloquei dentro de um pãozinho doce. Até esse dia chegar, a cada cinquenta e dois anos algumas gotas de bebida púrpura devem ser colocadas num copo e oferecidas a alguém.

E há mais uma coisa de que você não deve se esquecer: o Curinga continuou perambulando pelo mundo. Mesmo que um dia todas as cartas da grande paciência fiquem cegas, *ele* não perderá a esperança de poder abrir os olhos de algumas delas.

♥

E agora, ao me despedir, quero desejar tudo de bom a você, meu filho! Talvez a essa altura você já tenha encontrado a sua mãe lá no país do Sul. E um dia, quando você for grande, talvez venha para Dorf.

As últimas páginas deste livro são os apontamentos do Curinga sobre o grande jogo que ele presidiu e que foi encenado na ilha mágica por todos os anões há muitos e muitos anos.

O JOGO DO CURINGA

Brigue de prata afunda em mar bravo. Marujo é jogado em ilha que não para de crescer. Bolso do paletó oculta baralho que iria secar ao sol. Cinquenta e três cartas fazem companhia durante anos para filho do mestre-vidreiro.

Antes de as cartas perderem a cor, cinquenta e três anões são forjados na imaginação do marujo solitário. Figuras estranhas dançam na cabeça do Mestre. Quando o Mestre adormece, os anões ganham vida. Numa bela manhã, rei e valete escapam do cárcere da consciência.

Criaturas da imaginação saltam do espaço que cria para o espaço criado. Mágico tira figuras da manga do paletó e elas descobrem que têm vida própria. Criaturas são belas, mas todas perderam a razão, exceto uma. Só o curinga do jogo não se deixa iludir.

Bebida cintilante bloqueia sentidos do Curinga. Curinga cospe bebida cintilante. Sem o soro da mentira, pequeno bobo da corte consegue pensar com clareza. Cinquenta e dois anos depois, neto do náufrago chega ao povoado.

Verdade está nas cartas. Filho do mestre-vidreiro é logrado pelas criaturas que ele mesmo inventou. Criaturas se rebelam contra o Mestre. Mestre não tarda a morrer pelas mãos dos anões.

Princesa do sol encontra caminho para o mar. Ilha mágica é destruída de dentro para fora. Anões têm cartas ruins. Filho do padeiro foge, antes de o castelo de cartas ruir.

♥

Bobo da corte desaparece entre armazéns sujos. Filho do padeiro foge para as montanhas e se refugia em povoado distante. Padeiro oculta tesouros da ilha mágica. Nas cartas está o que vai acontecer.

Povoado acolhe menino abandonado, que perdeu a mãe, vítima de doença. Padeiro lhe oferece bebida cintilante e lhe mostra seus lindos peixes. Menino envelhece e ganha cabelos brancos, mas antes de sua morte aparece soldado infeliz vindo de um país do Norte. Soldado guarda segredo da ilha mágica.

Soldado não sabe que mulher de cabeça raspada ganha um lindo menino. Menino precisa ir para o mar, porque é filho do inimigo. Marujo se casa com bela mulher, que ganha um menino antes de ir para país no Sul a fim de se encontrar. Pai e filho procuram bela mulher, que não consegue se encontrar.

Anão de mãos frias mostra caminho para povoado distante e dá ao menino do país do Norte uma lupa para a viagem. A lupa se encaixa no pedaço de vidro que falta no aquário. Peixinho não revela segredo da ilha, mas pãozinho sim. Homem do pãozinho é soldado do país do Norte.

Verdade sobre avô está nas cartas. O destino é uma cobra faminta que se engole a si mesma. O que está dentro da caixa revela o que está fora e o que está fora da caixa revela o que está dentro. O destino é uma couve-flor, que cresce por igual em todas as direções.

Menino entende que homem do pãozinho é seu avô e homem do pãozinho entende que menino do país do Norte é seu neto. Homem do pãozinho fala no tubo mágico e sua voz alcança centenas de milhas. Marujo cospe bebida forte. Bela mulher, que não se encontrou, encontra seu filho querido.

A paciência é uma maldição de família. Há sempre um curinga que não se deixa iludir. Gerações se sucedem, mas um bobo da corte, que a engrenagem do tempo é incapaz de engolir, perambula pelo mundo. Quem quer entender o destino, tem de sobreviver a ele.

♥

DEZ DE COPAS

...um bobo da corte, que a engrenagem do tempo é incapaz de engolir, perambula pelo mundo...

Não foi nada fácil pegar no sono depois de ter lido as últimas páginas do livro. De repente, o hotel onde eu estava não parecia mais tão pequeno assim. O Baradello e a cidade de Como faziam parte de alguma coisa infinitamente maior.

Quanto ao Curinga, tudo era exatamente como eu tinha imaginado: o anão do posto de gasolina era o mesmo que desaparecera no meio de armazéns do porto de Marselha. Desde aquele dia, muitos anos atrás, ele andava por esse mundo. Só raras vezes ele tinha aparecido para os padeiros de Dorf; o restante do tempo, decerto peregrinou sem descanso pelo mundo. Um dia num povoado, outro dia em outro. A única coisa que ocultava sua verdadeira personalidade era um simples macacão, que ele usava para encobrir sua roupa lilás cheia de guizos tilintantes. Diferentemente de qualquer um de nós, ele não podia apenas se mudar para uma cidadezinha qualquer. Se fixasse residência em algum lugar, as pessoas perceberiam que em dez, vinte ou cem anos ele não mudaria nada.

A leitura da história tinha deixado claro que o Curinga sabia correr e remar sem se cansar como nós, meros mortais. Podia ser, portanto, que ele tivesse corrido atrás do meu pai e de mim desde a primeira vez que o vimos na fronteira da Suíça. Mas é claro que ele também podia ter resolvido saltar para dentro de um trem na sua jornada em nosso encalço.

Eu tinha certeza absoluta de que o Curinga havia mergulhado de cabeça na grande paciência do mundo, depois de conseguir escapar da pequena paciência da ilha misteriosa. E em ambos os casos ele tivera uma tarefa muito importante: lembrar grandes *e* pequenos anões, de tempos em tempos, de que eles eram criaturas muito especiais; criaturas que, embora vivas, sabiam muito pouco de si mesmas.

Num ano ele deve ter estado no Alasca ou no Cáucaso; no outro, na África ou no Tibete. Numa semana ele apareceu no porto de Marselha; na semana seguinte já estava correndo pela praça de São Marcos, em Veneza.

Agora, portanto, todas as peças do jogo do Curinga tinham encontrado o seu lugar. Foi uma sensação maravilhosa ver que todas as frases que o padeiro Hans tinha esquecido se encaixavam perfeitamente no todo.

Uma das frases dos reis também tinha escapado à atenção do padeiro Hans: "Gerações se sucedem, mas um bobo da corte, que a engrenagem do tempo é incapaz de engolir, perambula pelo mundo". Está aí uma frase que eu gostaria de ler para o meu pai. Eu a escreveria em letras garrafais e a mostraria a ele como prova de que a imagem da fúria do tempo, que ele tinha pintado para mim lá em Atenas, não era assim tão negra como ele dizia. Nem tudo o tempo reduz a pó. Sempre há um curinga no baralho, que atravessa os séculos fazendo seus malabarismos sem perder um dente de leite sequer.

Ah... para mim isso era um sinal mais do que claro de que a capacidade do homem de se surpreender com a vida jamais terminaria. Está certo que essa capacidade era um dom

♥

raro; em compensação, ela jamais se extinguiria por completo. Continuaria aparecendo aqui e acolá, enquanto houvesse uma história e uma humanidade que abrigassem os curingas e suas peripécias. A velha Atenas teve Sócrates; Arendal tinha meu pai e eu, se é que posso dizer isso. E na certa também houve, há e haverá curingas em outros lugares e em outros tempos, mesmo que nós não sejamos tantos assim.

O padeiro Hans tinha gravado bem a última frase do jogo do Curinga. Não fora difícil gravá-la na memória, pois graças à impaciência do Rei de Espadas ela havia sido repetida três vezes: "Quem quer entender o destino, tem de sobreviver a ele".

Talvez essa frase se aplicasse sobretudo ao Curinga, que sobreviveria aos séculos. Mas depois de ter lido aquela longa história do livro, uma história da qual eu mesmo fazia parte, eu também achava que podia entender o destino. E não era assim com todas as outras pessoas? Nossa vida na terra pode parecer extremamente breve, mas fazemos parte de uma história comum que continua a se desenrolar, mesmo depois de já termos partido. Pois não vivemos *apenas* nossas próprias vidas. Quando visitamos lugares antigos como Delfos e Atenas, podemos até sentir isso que estou dizendo: a gente anda e sente no ar a presença de pessoas que viveram neste mundo muito antes de qualquer um de nós.

Olhei pela janela do hotel que dava para um pátio interno. Lá embaixo estava escuro feito breu, mas na minha cabeça brilhava uma luz. Tive a sensação de ter passado os olhos pela história da humanidade. *Isso* era a grande paciência. E faltava só uma única e pequena carta na paciência da minha família, ainda.

Será que encontraríamos meu avô em Dorf? Será que minha avó já tinha chegado à casa do velho padeiro? A escuridão lá de fora já ia ficando azulada quando finalmente adormeci, de roupa e tudo.

♥

VALETE DE COPAS

...um homenzinho em atitude suspeita no banco de trás...

Na manhã seguinte, enquanto viajávamos rumo ao Norte, só se tocou no assunto do meu avô quando mamãe se virou para trás e disse que, para ela, a ideia de visitar esse padeiro em Dorf chegava aos píncaros do que ela podia suportar em termos de maluquices da juventude. Meu pai não chegou a afirmar que acreditava mais do que ela nessa história do padeiro, mas intercedeu a meu favor, e isso foi muito importante para mim.

— Vamos voltar para casa pelo mesmo caminho que usamos para ir até a Grécia — disse ele. — E em Dorf vamos comprar um saco bem grande de pãezinhos doces, cheios de uvas passas. Na pior das hipóteses, a gente vai comer pãozinho doce até enjoar. Quanto às maluquices da juventude, por alguns anos você também andou fazendo das suas, não foi?

Mamãe contornou aquela situação perigosa colocando o braço sobre os ombros do meu pai.

— Eu não quis ser grosseira... — murmurou ela.

— Cuidado — murmurou ele. — Estou dirigindo...

Depois ela se virou para mim e disse:

— Desculpe-me, Hans-Thomas. Mas acho bom você se preparar para não ficar muito decepcionado caso esse padeiro saiba tanto quanto nós sobre o paradeiro do seu avô.

♥

A comilança de pãezinhos doces cheios de uvas passas teria de esperar até que chegássemos a Dorf, lá pelo final da tarde. E até lá não ia dar para ficar sem comer nada. Assim, já quase passando da hora do almoço, meu pai parou em Bellinzona e estacionou o carro numa travessa entre dois restaurantes. Enquanto comíamos macarrão e carne de vitela, cometi o maior erro da minha vida: contei aos dois sobre o livro que havia encontrado dentro do pãozinho doce. E tudo o que aconteceu a seguir foi consequência do fato de eu não ter conseguido guardar para mim o grande segredo.

Contei-lhes, portanto, que tinha encontrado um livro dentro de um dos pães doces que o velho padeiro havia me dado. E como tinha sido providencial ganhar uma lupa do anão do posto de gasolina. Primeiro sobre o livrinho, depois sobre a lupa e, por último, em linhas gerais, falei da história que estava escrita no livro.

Perguntei-me várias vezes como pude ser tão idiota e quebrar o juramento solene que tinha feito ao velho padeiro. E justamente quando estávamos a poucas horas de Dorf. Nesse meio-tempo, acho que encontrei a resposta — eram duas as coisas que eu mais queria naquele momento: encontrar meu avô no pequeno povoado dos Alpes e fazer com que mamãe acreditasse em mim. Mas minha língua comprida só tornou as coisas muito mais difíceis.

Quando terminei, mamãe olhou primeiro para o meu pai e depois para mim.

— Acho muito bom você ter uma imaginação fértil, meu filho. Mas até a imaginação precisa de limites.

— Você não me contou algo parecido em Atenas? — perguntou meu pai. — Ainda me lembro de que invejei a sua imaginação. Mas mamãe tem razão: essa história do livrinho dentro do pão foi demais.

Não sei bem por quê, mas naquele momento comecei a chorar. Só eu sabia o quanto tinha sido difícil guardar todo aquele segredo só para mim. E agora que eu acabara de revelar meu segredo, ninguém acreditava em mim.

— Vocês vão ver — disse, chorando. — Esperem até voltarmos para o carro e eu lhes mostrar o livrinho. Prometi ao meu avô que não faria isso, e acabei fazendo.

Eu tinha uma remota esperança de que meu pai pelo menos considerasse a possibilidade de ser verdade tudo aquilo que eu tinha contado. Ele colocou uma nota de cem francos suíços na mesa e nós saímos, sem esperarmos o troco.

Quando estávamos nos aproximando do carro, vimos um homenzinho em atitude suspeita no banco de trás. Até hoje não consigo entender como ele conseguiu entrar no carro com as portas travadas.

— Ei, você! — gritou o meu pai. — O que está fazendo?

Meu pai saiu correndo em direção ao carro, mas o homenzinho, veloz como um raio, pulou para fora e virou na primeira esquina que encontrou. E durante aquela fuga desenfreada, tive a nítida sensação de ter ouvido o tilintar de uns guizos. Meu pai saiu correndo atrás dele. Mamãe e eu ficamos esperando perto do carro. Esperamos por mais ou menos meia hora, até que meu pai apareceu esbaforido pela mesma esquina que tinha virado a toda a velocidade.

— Ele sumiu como se o chão o tivesse engolido — disse ele. — Esse bandido! — Então começamos a revistar a bagagem para ver se não estava faltando nada.

— Minhas coisas estão todas em ordem — disse mamãe, depois de verificar sua bagagem.

— As minhas também — disse o meu pai com a mão enfiada no porta-luvas. — Documentos do carro, passaporte, carteira com dinheiro trocado e talão de cheques. Nem o curinga ele pegou. Talvez estivesse apenas procurando alguma coisa para beber.

Entramos no carro. Os dois na frente e eu, como sempre, no banco de trás. E nem bem me sentei, senti uma pontada no estômago: de manhã eu tinha escondido o livrinho debaixo do meu pulôver no banco de trás. Naquele instante descobri que ele tinha desaparecido.

— O livro do pãozinho! — exclamei. — Ele roubou o livro do pãozinho!

E novamente comecei a chorar aos berros.

— Foi o anão — solucei. — O anão roubou o livro do pãozinho porque eu não consegui guardar o segredo.

Continuei chorando até que mamãe veio se sentar ao meu lado no banco de trás. Ela me abraçou forte e nós ficamos assim, os dois juntos, até eu me acalmar.

— Meu pobre e querido Hans-Thomas — repetia ela. — Tudo isso é minha culpa. Mas nós vamos voltar juntos para Arendal, para a nossa casa, você vai ver. Talvez fosse melhor você tirar uma soneca agora.

Ao ouvir a palavra *Arendal*, dei um salto no banco.

— Quer dizer que não vamos passar por Dorf?! — perguntei.

Nesse momento, meu pai estava pegando a estrada.

— É claro que vamos passar por Dorf — assegurou ele. — Um marujo nunca quebra sua palavra.

Antes de pegar no sono, ainda ouvi quando ele sussurrou para mamãe:

— Mas foi mesmo uma coisa muito esquisita. Todas as portas do carro estavam travadas... E temos de admitir que o sujeito era bem mais baixo do que a média das pessoas!

— Esse bobo da corte com certeza é capaz de passar por portas trancadas — eu disse. — E ele é assim tão pequeno porque é um ser artificial.

Depois adormeci com a cabeça no colo de mamãe.

DAMA DE COPAS

...vimos, então, uma senhora de idade saindo da estalagem...

Quando acordei, duas horas depois, vi que estávamos no alto dos Alpes.

— Você já acordou? — perguntou o meu pai. — Vamos chegar a Dorf daqui a meia hora. E poderemos passar a noite no Zum Schönen Waldemar.

Logo depois, porém, quando chegamos ao povoado que eu conhecia muito melhor do que qualquer um naquele carro, ele não parou na frente da estalagem, e sim na frente da pequena padaria. Os dois adultos trocaram secretamente uns olhares e acharam que não percebi.

A padaria estava vazia. Só o peixinho colorido nadava solitário em seu aquário, do qual faltava um pedaço. Quanto a mim, também eu me sentia um peixe dentro de um aquário.

— Olhem! — disse eu, tirando a lupa do bolso da calça. — Vocês estão vendo que a lente é do mesmo tamanho deste pedaço de vidro que falta no aquário?

Aquela era a única prova de que tudo o que eu estava dizendo não era mentira.

— Puxa vida, é mesmo... — disse o meu pai. — Ao que tudo indica, porém, vai ser um pouco mais difícil encontrar o tal padeiro.

Não sei se ele disse aquilo para terminar nossa discussão de uma forma agradável, ou se no fundo do coração acreditava em mim e ficou tremendamente decepcionado por não encontrar o seu pai.

Estacionamos o carro e nos dirigimos ao Zum Schönen Waldemar. Mamãe me perguntou com quem eu brincava lá em Arendal e eu não quis entrar em detalhes. Afinal, aquela história do padeiro e do livro no pãozinho não era brincadeira nenhuma. Vimos, então, uma senhora de idade saindo da estalagem. Quando ela nos viu, veio em nossa direção.

Era a minha avó!

— Mãe?! — exclamou meu pai, muito surpreso. E se não houvesse ninguém à sua volta, certamente os anjos do céu o teriam escutado. Ainda me lembro de como fiquei assustado com o grito que ele deu. Foi um grito rouco, de cortar o coração.

No momento seguinte, minha avó já estava junto de nós, abraçando-nos um a um. Mamãe estava tão confusa que não sabia como se comportar naquela situação. Fui o último que minha avó abraçou. Depois disso ela começou a chorar.

— Meu menino — disse ela. — Meu bom menino...

E ela não parava mais de chorar.

— Mas como... por quê... — gaguejou meu pai.

— Ele faleceu esta noite — disse minha avó, com um tom grave na voz. Depois, sem dizer nada, olhou para cada um de nós.

— Quem? — perguntou mamãe.

— Ludwig — respondeu ela, baixinho. — Ele me telefonou na semana passada e nós ainda tivemos a chance de passar alguns dias juntos. Ele me contou que um menino o tinha visitado na sua padaria e que depois de o menino ir embora ele achou que esse garoto podia ser o seu neto e que o homem no carro vermelho, com quem o garoto viajava, podia ser o seu filho. Tudo isso é tão maravilhoso e tão triste ao mesmo tempo. Mas foi bom... foi muito bom eu ter podido me encontrar com ele mais uma vez. Ele teve um ataque do coração. E... bem, ele faleceu nos meus braços, aqui mesmo no hospital.

Então quem não conseguiu mais se controlar fui eu. Tive uma crise de choro tão forte que não havia quem pudesse me consolar. Achei que minha infelicidade era muito maior que a de todos os outros. Três adultos faziam de tudo para me consolar, mas para mim não havia consolo. Não apenas o meu avô não estava mais ali, mas um mundo inteiro tinha desaparecido junto com ele! Agora ninguém mais ia poder confirmar que tudo o que eu tinha contado sobre a bebida púrpura e sobre a ilha mágica tinha realmente acontecido. Ou será que a coisa toda não tinha sido feita para ser assim? Meu avô era um homem de muita idade, no fim da vida, e podia ser que tivesse apenas me emprestado aquele livrinho...

Só consegui me controlar bem mais tarde, quando estávamos sentados numa das quatro mesas do pequeno refeitório da estalagem Zum Schönen Waldemar. De vez em quando aquela gorda e simpática senhora aparecia e dizia:

— Hans-Thomas, não é?

— Vocês não acham muito estranho o fato de ele de repente se dar conta de que Hans-Thomas era seu neto? — perguntou minha avó. — Ele nem sequer sabia que tinha um filho...!

Mamãe concordou.

— É inacreditável mesmo... — disse.

Para o meu pai as coisas não eram assim tão simples.

— O mais difícil para mim é entender como é que

Hans-Thomas ficou sabendo que o velho padeiro era seu avô — disse ele.

Os três adultos olharam para mim.

— Menino entende que homem do pãozinho é seu avô e homem do pãozinho entende que menino do país do Norte é seu neto — disse eu.

Eles me olharam com uma expressão mais séria, mais preocupada ainda. E eu continuei:

— Homem do pãozinho fala no tubo mágico e sua voz alcança centenas de milhas.

E assim experimentei uma espécie de indenização por ter tido de suportar todas as dúvidas que haviam sido lançadas sobre a minha palavra. Ao mesmo tempo, entendi que o livrinho encontrado dentro do pão doce seria o maior segredo que eu teria de guardar pelo resto da minha vida.

REI DE COPAS

...as lembranças se afastando mais e mais daquilo que um dia as criou...

Na viagem de volta, éramos quatro no carro: dois a mais do que na viagem de ida. Achei que aquela vaza não era nada ruim, mas não consegui deixar de pensar que faltava o rei de copas.

De novo passamos pelo posto de gasolina que tinha apenas uma bomba. Acho que o meu pai queria muito rever o misterioso anão. Mas o pequeno *clown* não deu o ar de sua graça. Quanto a mim, não fiquei nada surpreso por não vê-lo. O meu pai, porém, praguejou e xingou à beça. Informamo-nos na vizinhança e ficamos sabendo que desde a crise do petróleo, nos anos 70, aquele posto de gasolina estava desativado.

Pouco tempo depois, a grande viagem até a pátria dos filósofos chegara ao fim. Tínhamos encontrado mamãe em Atenas e meu avô num povoado dos Alpes. Mas eu trazia comigo uma ferida na alma. Uma ferida que, para mim, tinha suas raízes num passado remoto da nossa história.

Só quando chegamos em casa minha avó me confessou que Ludwig tinha deixado para mim tudo o que possuía. Segundo ela me disse, meu avô ainda chegou a brincar que um dia, quem sabe, eu poderia querer assumir a pequena padaria de Dorf.

♥

Já faz alguns anos que meu pai e eu fizemos essa longa viagem de Arendal até Atenas para encontrar mamãe, perdida no conto de fadas do mundo da moda. Lembro-me como se fosse hoje das horas que passei sentado no banco de trás de nosso Fiat vermelho. Mais do que nunca, tenho certeza de que ganhei uma lupa de um anão perto da fronteira da Suíça. A lupa, eu a tenho até hoje, e meu pai também pode atestar que a ganhei de um anão num posto de gasolina.

Posso jurar que meu avô tinha um peixinho colorido nadando num aquário em sua padaria, pois meu pai e eu o vimos na vitrine. Por falar nisso, o peixinho dourado mudou para a sala de refeições do Zum Schönen Waldemar. E, quem sabe, talvez a hospitaleira dona da estalagem esteja cuidando de todos os outros lá na cabana da floresta. Meu pai e eu também nos lembramos muito bem das pedrinhas brancas que encontramos na floresta, um pouco acima da cabana. E o tempo também não vai conseguir apagar o fato de o velho padeiro ter me dado um saquinho com quatro pães doces, cheios de uvas passas. Ainda posso sentir na boca o gosto do refresco de pera; e nunca mais vou me esquecer de que meu avô mencionou uma bebida que era mil vezes melhor do que aquela.

Mas será que realmente havia um livrinho dentro de um dos pães? Será que eu realmente li uma história sobre uma bebida púrpura e sobre uma ilha mágica no banco de trás do nosso carro? Ou será que tudo não passou de imaginação? Com o passar do tempo, e com as lembranças se afastando mais e mais daquilo que um dia as criou, não é possível evitar que muitas dúvidas se instalem na nossa cabeça.

Como o Curinga me roubou o livrinho, tive de escrever tudo de memória. E só o oráculo de Delfos poderá dizer se me lembrei de tudo como realmente aconteceu, ou se não inventei alguma coisa aqui e ali.

A velha profecia da ilha mágica deve ter sido a responsável por *eu* entender que tinha encontrado em Dorf o meu próprio avô. Pois só me dei conta disso quando encontramos mamãe em Atenas. Mas o que será que fez com que *meu avô* se desse conta de que eu era seu neto? Só tenho uma resposta para essa pergunta: o pequeno livro tinha sido escrito por ele. Ele conhecia a velha profecia desde os tempos da guerra.

Talvez o grande mistério tenha sido justamente o nosso encontro numa pequena padaria de um pequeno povoado das montanhas da Suíça. Pois como fomos parar lá? Um anão de mãos geladas nos indicara esse desvio do nosso caminho.

Ou será que o mistério maior foi encontrarmos minha avó no mesmo povoado a caminho de casa?

Talvez o maior de todos os mistérios tenha sido o fato de termos conseguido libertar mamãe da ilusão do mundo da moda. Pois maior do que tudo é o amor. E o tempo nem de longe consegue apagá-lo com a mesma rapidez com que apaga as lembranças.

Agora vivemos os quatro muito felizes em Hisøy. Quatro, sim, pois ganhei uma irmã. Ela está lá embaixo, na rua, pisando num tapete de folhas no meio das castanheiras. Seu nome é Tone Angelika, vai fazer cinco anos e fala mais do que a boca da hora em que acorda até quando vai dormir. De todos nós, talvez seja ela a maior filósofa.

O tempo se encarrega de nos transformar em adultos. O tempo se encarrega também de transformar velhos templos em ruínas e de afundar no mar ilhas mais velhas ainda.

Será que realmente havia um livrinho dentro daquele

pão doce maior do que os outros? Nenhuma outra pergunta me vem à cabeça com mais frequência do que essa. Como Sócrates, também eu poderia dizer: "Sei que nada sei". Mas tenho certeza absoluta de que um curinga continua perambulando pelo mundo. Ele se encarregará de não permitir que o mundo se acomode. A qualquer momento, e em qualquer parte, pode aparecer um pequeno bobo da corte usando um barrete e uma roupa cheia de guizos tilintantes. Ele nos olhará nos olhos e nos perguntará: "Quem somos? De onde viemos?".

1ª EDIÇÃO [1996] 43 reimpressões

ESTA OBRA FOI COMPOSTA PELA VERBA EDITORIAL EM
PALATINO E IMPRESSA PELA GRÁFICA BARTIRA EM OFSETE
SOBRE PAPEL PÓLEN SOFT DA SUZANO S.A. PARA A
EDITORA SCHWARCZ EM SETEMBRO DE 2023

FSC
www.fsc.org
MISTO
Papel | Apoiando o manejo florestal responsável
FSC® C105484

A marca FSC® é a garantia de que a madeira utilizada na fabricação do papel deste livro provém de florestas que foram gerenciadas de maneira ambientalmente correta, socialmente justa e economicamente viável, além de outras fontes de origem controlada.